A Faint Cold Fear Thrills Through My Veins · William Shakespeare

Zu diesem Buch

«Da war gerade ein Anruf, Sir...»

«Ja?»

«Flug 816 wird als vermißt gemeldet. Die letzte Nachricht wurde von Beirut aufgefangen, alles normal, keinerlei Unregelmäßigkeiten. Seither haben sie nichts mehr gehört.»

Ainslie ließ die Akte, die er in der Hand gehalten hatte, auf die Schreibtischunterlage fallen. «Das ist Lauras Maschine, nicht?»

«Ja, Sir.» Larry schluckte. «Das ist alles, was sie zur Zeit wissen.»

Für den amerikanischen General Ainslie und Larry Carter beginnt eine Zeit der Angst und des Wartens, ein Warten, das um so entsetzlicher ist, als die Militärmaschine, in der sich auch Ainslies Tochter Laura befindet, die mit Larry verlobt ist, mit neun Passagieren an Bord pünktlich zum Flug nach Norwegen gestartet ist. Die Stunden verrinnen, ohne daß eine neue Meldung eintrifft. Die Maschine mußt entweder abgestürzt oder entführt worden sein. Doch offenbar sind beide Vermutungen falsch: Das Flugzeug und die beiden Piloten werden auf einem improvisierten Flugplatz entdeckt. Die Männer sind betäubt, die Maschine ist leer, nicht einmal eine Zigarettenkippe befindet sich darin. Die Passagiere, drei Frauen, fünf Männer und ein achtjähriger Junge, scheinen sich in Luft aufgelöst zu haben.

Immer wieder stellen sich die Männer die Frage, warum jemand es ausgerechnet auf diese Passagiere abgesehen hat. Wegen Laura? Weil General Ainslie an einem wichtigen Projekt der NATO arbeitet? Als der englische Captain Skinner eintrifft, scheint sich zum erstenmal ein Motiv abzuzeichnen. Irgend jemand von den neun Passagieren – genauer gesagt acht, denn Timmy kommt ja wohl kaum in Frage – fungiert als Kurier, um eine Liste, einen Mikrofilm, auf dem so ziemlich sämtliche Agenten, die auf der Soldliste der Engländer stehen, aufgeführt sind, in Sicherheit zu bringen. Doch der Mann, der als einziger den Kurier kennt, ist plötzlich gestorben...

Und ein anderer Mann, der eigentlich in der entführten Maschine sitzen sollte, wird tot aufgefunden. Die Zeit verrinnt. Sie arbeitet für die Entführer.

Paula Gosling ist gebürtige Amerikanerin, die seit 1964 als freie Schriftstellerin in England lebt. Für ihren ersten Kriminalroman Töten ist ein einsames Geschäft (Nr. 2533) wurde sie von der Crime Writers' Association ausgezeichnet. Weitere Romane sollen folgen.

Paula Gosling

Die Falle im Eis

Deutsch von
Ute Tanner

Rowohlt

rororo thriller
Herausgegeben von Richard K. Flesch

Deutsche Erstausgabe
Veröffentlicht im Rowohlt Taschenbuch Verlag GmbH,
Reinbek bei Hamburg, Oktober 1981
Die Originalausgabe erschien bei Macmillan London Limited,
unter dem Titel «The Zero Trap»
Redaktion Jutta Schmidt-Walk
Umschlagentwurf Ulrich Mack
Umschlagtypographie Manfred Waller
Copyright © 1981 by Rowohlt Taschenbuch Verlag GmbH,
Reinbek bei Hamburg
«The Zero Trap» Copyright © Paula Gosling, 1979
Satz Bembo (Linotron 404)
Gesamtherstellung Clausen & Bosse, Leck
Printed in Germany
580-ISBN 3 499 42572 6

Die Hauptpersonen

Laura Ainslie
Professor David Skinner
Mr. und Mrs. Morgan
Timothy Morgan
Sergeant Goade
Federal Marshall Denning
Joey Hallick
Sherri Lasky

} sind entführt worden und bereiten sich, auf engem Raum eingepfercht, eine private Hölle, der sie aber nicht entfliehen können. Denn draußen, außerhalb des Hauses, tobt ebenfalls eine Hölle. Sturm und Eis und Einsamkeit. Und 28 Grad Kälte.

Orange
Gelb

} bringen den nötigen Nachschub und verschwinden wieder.

General Ainslie
Larry Carter
Captain Edward Skinner

} verfügen über alle Mittel, ein verschwundenes Flugzeug aufzuspüren. Aber nicht, wenn sich die gesuchte Maschine ‹in Luft auflöst›.

Für Tony – auch eine Inkarnation

Das weiße Telefon unter der Vase mit Treibhausrosen schlug einmal an.

Die sorgfältig manikürte Männerhand streckte sich aus einer blütenweißen Hemdenmanschette und einem Smokingärmel hervor.

«Ja?»

«Die Maschine steht jetzt auf der Rollbahn.»

«Und sie sitzt ganz bestimmt drin?»

«Ja.»

«Und unser Freund?»

«Ebenso.»

«Sehr gut. Plan läuft.»

Der Hörer wurde aufgelegt.

I

Alle Triebwerke liefen, das gedämpfte Grollen war durch die metallenen Wände der Maschine spür- und hörbar. Laura schnallte sich an und lehnte sich zurück. Die von den Strahlen der untergehenden Sonne beschienene Rollbahn blendete so stark, daß sie die Augen schließen mußte. Im Flugzeug hatte sich die Nachmittagshitze gefangen, und sie hoffte auf einen baldigen Start. Sehnlichst wünschte sie sich die kühle Luft der Ferne.

Die letzten sechs Wochen hatten sie ausgelaugt, sie war wie betäubt von dem aufwendigen Luxusleben, das ihre Mutter führte. Ihre Mutter, soviel stand fest, war glücklich dabei, sie genoß diese Gesellschaft, in der sie durch die Stellung ihres neuen Ehemannes in der Hierarchie des Ölkonzerns automatisch eine führende Rolle spielte. Doch auf Laura hatte das hohle Geschwätz, das Lachen, das Rangeln um sinnlosen gesellschaftlichen Einfluß beängstigend gewirkt. All diese Menschen schienen nur aus weißblitzenden Zähnen in gebräunten Gesichtern zu bestehen, trugen Gold und Diamanten wie billigen Kaufhausschmuck, die Augen taxierten rastlos ihre Umgebung.

«Ihr müßt unbedingt meine Tochter kennenlernen», hatte ihre Mutter den Partygästen zugerufen. «Mein kleines Mädchen, ach nein, eigentlich ist sie ja gar kein kleines Mädchen mehr . . . Endlich hat Daddy ihr einmal erlaubt, ihre schreckliche Mutter zu besuchen. Er hat wohl Angst, ich könnte ihr den Reichtum zu schmackhaft machen. Ich bin eben ein schlechter Einfluß.»

Nein, Mutter, dachte Laura, das bist du nicht, das warst du nie. Du hattest nur Angst, in jener anderen Wüste, der Wüste des Armylebens, ungesehen zu verkümmern.

«Hallo.»

Sie hatte so sehr gehofft, daß sich niemand neben sie setzen würde. Auf dem langen Flug in der fast leeren Maschine hatte sie versuchen wollen, wieder zu sich selbst zu finden. Sie raffte all ihre Manieren zusammen, machte die Augen auf und sah einen kleinen Jungen von etwa acht Jahren vor sich stehen. Er hatte ein liebes, rundes Gesicht und große graue Augen. Um den Hals trug er einen gewaltigen Feldstecher. Er stand an der Sitzlehne, bereit, sofort den Rückzug anzutreten, falls sie Ärger über die Störung erkennen ließ.

«Hallo», sagte Laura erleichtert. «Wie heißt du denn?»

«Timothy Andrew Morgan. Und du?»

«Laura Amanda Louise Ainslie.»

Er dachte einen Augenblick nach. «Lala», befand er dann.

Sie mußte lachen, seine Ernsthaftigkeit wirkte unwiderstehlich. «Wie bitte?»

«Aus deinen Anfangsbuchstaben kann man Lala machen. Bei mir kommt Tam heraus.»

«Richtig, darauf bin ich bisher noch gar nicht gekommen.»

Ermutigt schob er sich ein Stück näher heran. «Man findet eine Menge Wörter in anderen Wörtern, man muß nur darauf achten.»

«Sag mal eins.»

«In Blumentopferde steckt 'n Pferd, und in Springseil ein Ring.»

«Stimmt. Und in absentieren ist beinah ein Rentier versteckt.»

«Was ist absentieren?»

«Sich entfernen, weggehen.»

«Ach so.» Er spielte an dem Fernglas herum, das seine schmale Brust fast vollständig bedeckte, dann schob er sich in den Sitz neben ihr. «Das Flugzeug absentiert sich jetzt gleich vom Flugplatz, nicht?»

«Ja, so könnte man sagen.»

Laura sah auf. Eine gutaussehende, gepflegte, aber gehetzt wirkende Frau stand im Mittelgang; es sah aus, als halte sie sich an ihrer Handtasche fest. «Komm jetzt zurück an deinen Platz, Timmy. Hoffentlich hat er Sie nicht belästigt?» Sie war ein bißchen rundlich, mochte etwa fünfunddreißig Jahre alt sein und hatte große graue Augen wie ihr Sohn.

«Überhaupt nicht. Wir haben über Semantik gesprochen, nicht wahr, Timmy?»

Er machte große Augen. Schon wieder ein neues Wort. Laura redete mit ihm wie mit einem Erwachsenen. Er fand sie furchtbar nett, auch wenn sie zusammenzuckte wie ein Kaninchen, sobald jemand sie ansprach.

«Ich will aber hierbleiben», erklärte er sehr energisch.

«Das geht nicht, Timmy. Du kannst später mal wieder vorbeikommen, wenn Miss –»

«Ainslie, Laura Ainslie. Komm wieder, wenn das Flugzeug in

der Luft ist, Tim. Inzwischen überlege ich mal, ob mir noch ein paar Wörter einfallen, okay?» Laura merkte, daß die Frau den Jungen bei sich haben wollte, sie schien ihn zu brauchen. Reisten die beiden allein? Sie meinte, vorhin, als sie an Bord ging, einen Mann bei ihnen gesehen zu haben.

«Na schön», murrte Timmy und erhob sich müde wie ein ganz alter Mann.

«Wo hast du das Fernglas schon wieder her?» fragte seine Mutter.

«Der Mann hat gesagt, daß ich durchsehen darf. Ich mach es bestimmt nicht kaputt.» Laura sah, wie die Frau ein paar Reihen vor ihr stehenblieb und mit jemandem sprach. Timmy müsse das Fernglas zurückgeben, erklärte seine Mutter, es sei ein teures Stück, und er dürfe nicht –

Eine sehr britische, leise, leicht belustigte Männerstimme antwortete. «Timothy wird sich bestimmt vorsehen. Und ich kann Ihnen versichern, daß es durchaus kein teures, sondern ein sehr altes und nicht besonders gutes Stück ist. Vielleicht geht damit die Zeit ein bißchen schneller vorbei. Es ist ein langer Flug.»

«Er will mir die Namen der Sterne sagen, wenn es dunkel wird», bettelte Timmy.

«Tja, ich weiß nicht recht . . .»

«Das ist schon ganz in Ordnung so», sagte die leise, ruhige Stimme. Laura sah einen Kopf mit sandfarbenem, graumeliertem Haar über eine Rückenlehne ragen. Auch an diesen Passagier meinte sie sich zu erinnern. Er war, ohne nach rechts oder links zu sehen, den Gang hinuntergegangen und hatte eine dicke Aktentasche an sich gepreßt.

«Vielen Dank, Mr. –»

«Skinner. Gern geschehen, wirklich.»

Die Frau warf dem dunkelhäutigen Steward, der sie finster ansah, einen nervösen Blick zu. Die Triebwerke waren jetzt sehr laut. Mit einem leichten Ruck rollte die Maschine an. Timmy und seine Mutter setzten sich, Laura hörte ein Klicken und eine männliche Stimme, die in dem Lärm des Starts unterging. Sie schloß die Augen, umklammerte die Sitzlehnen und ärgerte sich, daß das Aufbäumen und Abheben des Flugzeugs sie ängstigte. Sie war mit ihrem Vater schon durch die ganze Welt geflogen, sie hatte Zeit genug gehabt, sich daran zu gewöhnen. Was sie ängstigte, war die geballte Kraft, ja, und auch die prickelnde Erregung. Das war es, was sie beunruhigte. Immer wieder.

Als die Leuchtschrift erlosch, löste Laura mit einem erleichterten Seufzer den Sitzgurt. Sie holte ihre Puderdose heraus, tat, als ob sie sich die Nase puderte, und sah in den kleinen Spiegel. Ihr neues «Gesicht», das unter der Aufsicht ihrer Mutter im Kosmetiksalon entstanden war, wollte nicht recht zu ihr passen. Möglich, daß es der letzte Modeschrei war, aber sie fand sich häßlich damit. Ebenso ging es ihr mit der Frisur. Entschlossen ließ sie die goldene Puderdose zuschnappen und ging zur Toilette. Als sie zurückkam, stand Timmy neben Skinner, der ihm zeigte, wie man das Fernglas einstellte und benutzte. Ein neuerlicher Blick in den Spiegel sagte ihr, daß der kräftige Wasserguß die lächerlichen Löckchen weitgehend aus ihrem Haar entfernt hatte. Zum erstenmal seit Wochen kam sie sich frei vor, und als sie die Nase krauste, spürte sie wieder ihre Haut.

«Du siehst aus wie ein Karnickel.» Timmy war wieder da.

«Meinst du?» Sie steckte die Puderdose ein.

«Ja. Und du hast auch dein Haar losgemacht.»

«Losgemacht?»

«Glattgemacht.»

«Ich hab es einfach wieder so gemacht, wie ich es immer trage.»

«Aha.» Er nickte weise. «Steht dir besser.»

«Das freut mich.»

Er setzte sich neben sie und stemmte die Füße gegen die Lehne des Vordersitzes. «Magst du mich?»

«Ja. Magst du mich auch?»

«Ja. Du siehst nicht mehr so alt aus wie vorhin.» Er sah sie von der Seite an. «Wenn ich groß bin, werde ich Ingenieur.»

«Auf der Eisenbahn?»

Er sah sie verächtlich an. «Nein! Bauingenieur, wie mein Daddy.»

«Oh, entschuldige.»

«Ich bin doch kein Baby mehr.»

«Ich hab mich doch entschuldigt . . .»

Der Steward kam durch den Gang und ließ seinen Blick ungeduldig über das Kind gleiten. Laura dachte, daß sie schon nettere Stewards erlebt hatte, selbst auf Militärmaschinen. Er hatte sie zu ihrem Sitz geleitet, ohne eine Miene zu verziehen, und machte kein Hehl daraus, daß er seine Pflichten an Bord ziemlich widerwillig erfüllte. Offensichtlich ärgerte es ihn, daß die wenigen Passagiere sich über den ganzen Kabinenraum verteilt hatten.

«Was willst du mal werden?» fragte Timmy.

«Wenn ich groß bin, meinst du?» Laura lächelte. «Dann heirate ich und bekomme vielleicht einen kleinen Jungen, wie du einer bist.»

Er lehnte sich vor und sah auf ihre Hände. «Aber noch bist du nicht verheiratet, das ist nur ein Verlobungsring. Was macht dein Bräutigam?»

Um Lauras Mundwinkel zuckte es. «Er arbeitet für meinen Vater, in der Army.»

«Ist dein Vater Soldat?»

«Ja, er ist General.»

«Ein richtiger General mit Sternen und so?» Timmy war sichtlich beeindruckt.

«Ein ganz richtiger General. Mit drei Sternen.»

«Drei?» Timmy atmete schwer. «Hier?» Er deutete auf seine schmalen Schultern; das Fernglas stieß gegen die Armlehne.

«Ja, er –»

«Meine Damen und Herren, hier spricht Ihr Kapitän», unterbrach sie die metallische Stimme aus dem Lautsprecher.

«Hops doch nicht immer so rum», sagte Timmy mißbilligend.

«Wir überfliegen jetzt den Golf und gehen auf eine Höhe von 30 000 Fuß.» Laura hatte die leichte Neigung bemerkt, mit der die Maschine den neuen Kurs einschlug. «Wir haben Rückenwind und werden etwas vor der festgesetzten Zeit in Rom landen. Während des ganzen Fluges ist mit gutem Wetter zu rechnen, ich wünsche Ihnen weiterhin eine angenehme Reise. Vielen Dank.»

«Fliegst du auch nach London?» fragte Timmy.

«Nein, ich will nach Oslo, zu meinem Vater. Daddy und ich, wir halten nämlich unheimlich fest zusammen.»

«Und wie kommt ihr wieder auseinander, wenn einer mal woanders hin will?» Timmy war begeistert von seinem Witz.

«Ach, weißt du, dann machen wir einfach Ratsch und kleben uns hinterher wieder zusammen. Mit Kleister.» Timmy wollte sich ausschütten vor Lachen, und Laura lächelte. Wie leicht war es doch

13

mit Kindern. Warum konnte sie mit Erwachsenen nie so unbefangen reden? Da erklang hinter ihr eine jener Stimmen, die sie in Gesellschaft von einer Minute auf die andere zu lähmen vermochten.

«Dann bringen Sie mir wenigstens einen Tonic. Oder ist das auch zuviel verlangt?» Eine viel zu laute, viel zu anspruchsvolle Stimme. Eine Hoppla-jetzt-komm-ich-Stimme – so pflegte ihr Vater diese Tonlage zu nennen. Auch er beherrschte sie und scheute sich nicht, in bestimmten schwierigen Situationen damit zu arbeiten.

Sie hörte das beschwichtigende Gemurmel des Stewards, und das Hoppla-jetzt-komm-Ich senkte sich zu einem verärgerten Brabbeln. Metall klickte gegen Glas, und der Steward ging mit einem vor Grimm wie versteinerten Gesicht wieder nach vorn.

Sie ließ sich von Timmy die Benutzung des Feldstechers zeigen. Die nächsten zehn Minuten vergingen mit einem ausführlichen Vortrag, bei dem Timmy fehlende Sachkenntnis durch um so größeren Eifer wettmachte. Laura sah aus dem Fenster, und Timmy lehnte an ihrer Schulter, bemüht, einen Wal zu sichten, als plötzlich ein Schrei ertönte. Laura wandte sich so rasch um, daß sie Timmy fast mit dem Fernglas am Auge getroffen hätte. Auch er hatte sich dem unerwarteten Laut zugewandt und sah nach vorn. Alle sahen sie nach vorn.

Zunächst dachte Laura, es sei der Steward, aber gleich darauf wurde ihr klar, daß der Mann, der an der Tür zum Cockpit stand, sehr viel größer und kräftiger war. Daß er eine Gasmaske aufgesetzt hatte, wirkte fast bedrohlicher als der große Revolver, den er in der einen, und der Gaskanister, den er in der anderen Hand hielt. Die Stimme war durch die Gasmaske gedämpft, aber was er sagte, war deutlich zu verstehen.

«Sitzenbleiben, wenn ich bitten darf. Und keine Bewegung.»

Jetzt erschien der Steward, ebenfalls mit dem erschreckenden Gummirüssel vor dem Gesicht. Einen langen Augenblick war es totenstill in der Maschine. Dann kam von hinten die zu laute Stimme: «Das haut ja wohl den stärksten Eskimo vom Schlitten.»

Der größere Maskierte antwortete nicht, sondern drückte das Ventil des Gaskanisters herunter, man hörte ein scharfes Zischen, und Laura legte die Arme um Timmy und zog ihn an sich. Der kleine Körper hatte sich versteift. Vor Wut, vor Angst, vor Aufregung? Es war schwer zu entscheiden, weil sie sein Gesicht nicht sah. Und dann spielte es auch keine Rolle mehr, denn sie glitt trudelnd, schwebend, kreiselnd in eine schwarze Bewußtlosigkeit hinein. Sie merkte nicht, wie Timmy schlaff auf ihrem Schoß zusammenfiel, die rosige Wange an die harte Kante des Feldstechers gelegt.

2

Larry Carter starrte das Telefon an, als hätte es ihn gebissen, aber man sah kein Blut, nur den matten Abglanz der Deckenbeleuchtung, der sich schlangengleich um den Hörer wand.

«Würden Sie das bitte wiederholen?»

Wieder quäkte das Telefon die Nachricht von Gefährdung, vielleicht von Tod. Er griff mit einer langen, schmalen Hand nach Block und Bleistift, machte sich Notizen und überlegte gleichzeitig, was er dem General sagen würde. Sein Gehirn, gewöhnt, zwei oder sogar drei Gedankengänge gleichzeitig zu verfolgen, gab Fakten in den einen, Emotionen in den anderen Kanal ein. Als er auflegte, waren die beiden Kategorien einigermaßen klar getrennt, aber das half ihm wenig.

Er schob den Stuhl zurück, griff sich den Block, ging durch das Vorzimmer, klopfte und öffnete gleichzeitig die Tür zum Zimmer des Generals. Ainslie sah leicht irritiert von seinen Berichten auf. Er war ein großer, linkisch wirkender Mann, dessen gütiges Gesicht von einer grimmigen Nase beherrscht wurde. Fremden pflegte zuerst seine Nase aufzufallen, aber es waren die Augen, die ihnen im Gedächtnis blieben.

«Da war gerade ein Anruf, Sir . . .»

«Ja?»

Carter betrat das große, aufwendige Büro, machte behutsam die Tür hinter sich zu und lehnte sich dagegen. «Flug 816 wird als vermißt gemeldet. Die letzte Nachricht wurde von Beirut aufgefangen, alles normal, keinerlei Unregelmäßigkeiten. Seither haben sie nichts mehr gehört.»

Ainslie ließ die Akte, die er in der Hand gehalten hatte, auf die Schreibtischunterlage fallen. Aus seinem Gesicht wich die Farbe, nur auf den Wangenknochen zeichneten sich zwei rote Flecken ab. «Das ist Lauras Maschine, nicht?»

«Ja, Sir.» Larry schluckte. «Das ist alles, was sie zur Zeit wissen.

Weder die Italiener noch Zypern oder Kreta hatten sie auf dem Radar. Es sieht so aus, als habe sich das Flugzeug zwanzig Minuten nach dem Start in Luft aufgelöst. Kein Schiff in dem betreffenden Gebiet hat irgendwas gemerkt, andere Flugzeuge auch nicht.»

«Ausgeschlossen. Die Strecke ist doch derart belebt . . .»

«Ich weiß», sagte Carter bedrückt. «Trotzdem . . . Als die Maschine bei der Luftkontrolle Kreta zehn Minuten überfällig war, haben sie die üblichen Suchmeldungen losgelassen. Seit zwanzig Minuten sind die Suchflugzeuge unterwegs, aber sie haben bisher auch noch nichts gefunden.»

«Und über Funk meldet sich die Maschine nicht?»

«Nein, Sir. Sie versuchen es natürlich weiter, aber . . .»

«Es muß doch Hunderte von Schiffen geben, Linienschiffe, Kutter, die Marine . . .»

«Es ist trotzdem eine Menge Wasser, Sir.»

«Mein Gott», flüsterte Ainslie. «Sie meinte, es wäre Geldverschwendung, einen Linienflug zu buchen. Der Militärtransport bot sich an . . . sie bestand darauf . . .»

«Ich weiß.» Carter ließ die Schultern hängen.

«Was war es für eine Maschine?» Ainslie stand unvermittelt auf.

«Eine 707, hauptsächlich für Fracht, mit begrenztem Passagierraum. Letzte Wartung vor vierzehn Tagen, keine Beanstandungen, der Pilot galt als erfahrener Mann.»

«Aber die Maschine ist verschwunden.» Ainslie wandte sich zum Fenster. Seit dem Morgengrauen schneite es, eine dicke Schneeschicht lag auf dem Fensterbrett und an der Scheibe, schmolz am Rahmen, wo die Wärme nach draußen drang, zu Spitzenkanten zusammen. «Sabotage?»

«Möglich.»

«Entführung?»

«Auch möglich. Aber noch wurde kein Kontakt aufgenommen.»

«Kraftstoff?»

Carter warf einen Blick auf seine Notizen. «Spätestens in der nächsten halben Stunde müßten sie landen. Irgendwo.»

«Und Laura war bestimmt in dieser Maschine?»

Carter stieß sich von der Tür ab und kam mit schweren Schritten näher. «Ja, Sir. Ich habe die Liste hier. Neun Passagiere plus Pilot, Copilot und Steward. Sie hatten ziemlich viel Fracht an Bord, aber nichts Brisantes, hauptsächlich Umzugsgut. Es war einer unser üblichen Pendelflüge.»

«Ich weiß. Sie hatte jede Menge Hochzeitsgeschenke dabei, die sie nicht per Schiff schicken wollte. Sie sollten sie gleich sehen.»

Carter sank in einen der Ledersessel und starrte auf seinen Block, während Ainslie zu dem Tablett mit Flaschen und Gläsern ging, das auf dem Bücherregal stand. Der Hals der Whiskeyflasche klirrte kurz gegen Kristall. Als der General Carter seinen Drink brachte, ließ er seine Hand kurz auf der Schulter seines Adjutanten liegen, dann ging er wieder zum Schreibtisch und griff zum Hörer.

«Dave? Hier Marsh Ainslie. Hör mal, diese überfällige Maschine ... Ja, genau die. Meine Tochter sitzt darin.» Er hielt inne, hörte zu; das Kondenswasser von der Glasunterseite bildete einen Ring auf der Schreibunterlage. «Ja, ich wäre dir dankbar ... sobald du etwas hörst. Ich muß dummerweise zu einer Sitzung, aber Larry ist hier.» Er nahm einen Schluck Whiskey, zog ein Gesicht. «Deutet irgend etwas auf eine politische Entführung hin? Nein? Hm ... Noch etwas: Wir sollten versuchen, es aus der Presse herauszuhalten. Es ist unsere Maschine und folglich auch unser Problem. Ja. Schön. Sieh zu, was sich tun läßt. Gierige Reporterschwärme kann ich jetzt absolut nicht gebrauchen. Danke.»

Carter sah auf. «Können Sie sich nicht vor der Sitzung drücken, Sir?»

«Vor dieser nicht. Außerdem ist es eine Ablenkung.»

Sein Adjutant nickte und sah woanders hin. Er bedauerte sehr, daß er sich nicht in eine wichtige Sitzung flüchten konnte. Vor ihm lagen nur lange Stunden hilflosen Wartens.

Zwei Stunden später wurde Ainslie von Carter aus der Sitzung geholt. «Sie haben die Maschine gefunden, Sir.» Der General registrierte erleichtert, daß in Larrys grünen Augen nicht Trauer, sondern unverkennbare Wut stand. «In der Wüste, etwa sechzig Meilen außerhalb von Adabad. Der Sand war durch Besprühen mit einem chemischen Mittel hart wie Beton geworden. Die Maschine war leer.»

«Leer?»

Carter nickte. «Unbeschädigt, sauber gelandet, vorschriftsmäßig versorgt. Nein, nicht ganz leer, Pilot und Copilot waren noch drin. Betäubt. Auch die Fracht war noch da, es fehlte kein Stück. Aber die Passagiere waren weg, samt Gepäck. Polizei und Sicherheitsdienste sind schon da. Sie meinen, die Passagiere seien mit einem Hubschrauber ausgeflogen worden.»

«Hat sich schon jemand gemeldet?»

«Nein. Keine Nachricht, keine Forderung, keine Erklärung, nichts. Es sieht so aus, als wären die Passagiere nie in der Maschine gewesen. Sogar die Aschenbecher haben sie leergemacht.»

«Sie entführen neun Personen und nehmen sich noch die Zeit, die Aschenbecher sauberzumachen?»

«Ja. Die Abfallcontainer haben sie auch weggeschleppt.»

«Das ist doch sinnlos, Larry.»

Carter lehnte sich vor und spannte die Schultern. «Wahrscheinlich ist es ganz und gar nicht sinnlos, nur haben wir den Sinn noch nicht durchschaut.»

Ainslie sah auf die Landkarte an der Wand. «Wohin könnte man sie entführt haben?»

«Vielleicht kommen wir der Antwort näher, wenn wir wissen, warum man sie entführt hat.»

«Und wer sagt uns etwas zu dem Warum?»

«Ich schätze, das werden früher oder später die Kidnapper besorgen.»

3

Timmy wachte als erster auf. Als er durchs Fenster den vielen Schnee sah, wurde ihm klar, weshalb er so fror, und er nickte zufrieden. Die Eltern in dem großen Doppelbett schliefen noch immer. Sein Vater atmete schwer, seine Mutter hatte sich neben ihm zusammengerollt. Timmy versuchte, sie zu wecken, aber er schaffte es nicht.

Wenn man das Zimmer verließ, kam man auf eine Galerie, unter der ein großer Wohnraum mit bequemen Sesseln und Sofas, einem Eßtisch, vielen Bücherregalen und einem großen Kamin lag. Dort unten war es wärmer als auf der Galerie.

Er wandte sich um und öffnete die Tür zum Nebenzimmer. In zwei Betten nebeneinander lagen zwei Männer und schliefen. Mr.

Skinner, der nette Mann mit dem Feldstecher, lag auf dem Bauch, der große Dicke mit der lauten Stimme, der ganz hinten gesessen und aus einem kleinen silbernen Flachmann getrunken hatte, lag auf dem Rücken und schnarchte rasselnd und grunzend. Timmy versuchte, Skinner wachzurütteln, aber auch das gelang ihm nicht.

Im Zimmer daneben fand er Laura und eine andere Frau, die ebenfalls schliefen. Er ging wieder hinaus, öffnete die nächste Tür ... Timmys glatte Kinderstirn krauste sich. Daß erwachsene Männer sich beim Schlafen an der Hand hielten, das hatte er noch nie gesehen. Er trat näher und stellte fest, daß sie sich gar nicht an der Hand hielten, sondern mit Handschellen aneinander gefesselt waren: ein alter Mann mit grauem Haar und ein junger Mann mit langem dunklem Haar. Komisch, wirklich sehr komisch.

Fröstelnd trat Timmy wieder auf die Galerie hinaus. Es war bis auf das Schnarchen des großen Dicken scheußlich still im Haus. Langsam ging er die Treppe hinunter. Der Wohnraum hatte ein sehr großes Glasfenster, durch das man den Schnee und viele dünne kahle Bäume sah. Der Himmel war weiß bis blaßgrau, ganz glatt und überall gleich. Es sah nicht sehr gemütlich aus dort draußen.

Unter der Galerie und der Treppe waren Türen. Die beiden Türen unter der Treppe waren abgeschlossen, aber unter der Galerie fand er eine große, moderne Küche, einen klinisch-nüchternen Raum mit allen möglichen Maschinen, von denen er nur Waschmaschine und Trockner erkannte. Ein Raum daneben war vom Boden bis zur Decke mit Dosen und Lebensmittelpackungen in hohen Regalen vollgestopft, was ihn daran erinnerte, daß er Hunger hatte, so schrecklichen Hunger wie noch nie in seinem Leben. Er fuhr mit dem Finger an dem nächstgelegenen Regal entlang, entdeckte einen Karton, auf dem Kekse abgebildet waren, zögerte, griff schließlich danach. Sie schmeckten nicht besonders, fand er, nachdem er fünf oder sechs verdrückt hatte, aber ein bißchen füllten sie doch seinen Bauch. Den Kekskarton in der Hand, setzte er seinen Erkundungsgang fort. In dem Vorratsraum stand auch eine große Kühltruhe, aber der Deckel war zu schwer für ihn. Alles war so groß, und er kam sich sehr klein vor.

Außerdem tat sein Arm weh. Er sah hin. An der Innenseite seines Ellbogens entdeckte er mehrere kleine Einstiche, die Haut drumherum war rot. Jemand hatte ihn gepiekst, mit einer Spritze. Jetzt hätte er am liebsten angefangen zu weinen. Er haßte Spritzen.

Er rannte die Treppe hinauf. Seine Eltern lagen noch genauso da wie vorhin. Er lief ins Nebenzimmer und schüttelte Mr. Skinner, der aber nur leise brummte und ansonsten nicht reagierte. Jetzt kamen dem kleinen Jungen doch die Tränen. Er flüchtete sich ins Nebenzimmer zu Laura, der netten Laura, die so hübsch die Nase krausziehen konnte, Lauira mit dem blassen Gesicht unter dem wirren braunen Haar.

«Laura ... Laura ... bitte wach auf ... bitte ...»

Auch Laura fror. Wahrscheinlich waren wieder mal sämtliche Decken heruntergerutscht. Sie griff danach, um sie hochzuziehen, aber da waren keine Decken. Da war nur das Weinen eines Kindes. Es fiel ihr schwer, die Augen aufzumachen, sie waren wie zugeklebt. Das weinende Kind war ganz in der Nähe, ein kleiner Junge, er kauerte neben dem Bett auf dem Boden, hatte eine Schachtel Kekse an sich gedrückt und schluchzte hilflos.

«Timmy?»

Er rappelte sich auf und sah sie flehend an. «Alle schlafen, ich krieg niemanden wach ... und sonst ist keiner da ... und draußen ist überall Schnee ... bitte, steh auf, bitte, bitte ...» Sein Gesicht war tränenverschmiert, und er war derart außer sich, daß Laura ganz automatisch die Arme ausbreitete. Er fiel ihr um den Hals und schluchzte an ihrer Schulter, während sie versuchte, sich von dem dumpfen Druck zu befreien, der sie noch immer lähmte. Sie sah sich um, blinzelte. Sie befand sich in einem geschmackvoll eingerichteten Zimmer mit hellen Vorhängen und Teppichen. Hatte Timmy «Schnee» gesagt?

Sanft schob sie den Jungen ein Stück zur Seite, richtete sich auf und sah zu dem anderen Bett hinüber. Sie erinnerte sich, daß man unmittelbar hinter der Frau die Treppe weggefahren hatte. Lachend und quieksend war sie buchstäblich in die Maschine hineingefallen und hatte sich haltsuchend an die Sitze geklammert. Sie hatte eine atemberaubende Figur unter dem hellgrünen Leinenkleid, lange, elegante Beine, einen makellosen Teint, leuchtende kastanienrote Haare. Timmy zappelte in Lauras Armen, und sie ließ ihn los. Noch immer war sie leicht benommen. Er zupfte sie am Arm.

«Komm doch, Laura ...»

«Schon gut, mein Kleiner, ich komme.» Als sie aufstand, begann sich der Raum um sie zu drehen, aber während sie langsam, Schritt für Schritt, zur Tür ging, wurde es schnell besser.

Dann stand sie auf der Galerie und sah nach unten in den großen Wohnraum, sah vor dem Panoramafenster Birken, Schnee und weiße weite Unendlichkeit. Links von ihr bewegte sich etwas. Sie schreckte zusammen. Ein Mann stand in der Tür des Nebenzimmers. Timmy stürzte auf ihn zu.

«Mr. Skinner, Mr. Skinner ...»

Skinner war von einem besonders grauenhaften Schnarchcrescendo aus dem Bett neben ihm aufgewacht. Es hatte eine Weile gedauert, bis er sich orientiert, seine Brille gefunden und seine Benommenheit abgeschüttelt hatte. Jetzt hatte er eine Hand auf Timmys Schulter gelegt und sah zu dem Mädchen hinüber, das neben ihm am Geländer lehnte. Nicht sehr groß, mittelbraunes, kinnlanges Haar, zerknittertes Jerseykleid, das dunkelblau war wie die Schatten unter ihren Augen.

Laura ihrerseits sah einen mittelgroßen, kräftigen Mann in Hemd und Hose und mit schiefgerutschtem Schlips. Er hatte ein sympathisches, leicht verwirrtes Gesicht, das halb hinter einer Nickelbrille verborgen war.

Sie standen da und sahen sich lange an.

Die anderen würden jetzt auch bald aufwachen, meinte Professor Skinner, nachdem sie mit Timmy durch die Zimmer gegangen waren. Ja, so hieß er. Professor D. B. Skinner.

«David Benjamin», antwortete er lächelnd auf Timmys unvermeidliche Frage. «Mit DBS ist nicht viel anzufangen, was?»

«Nein», bestätigte Timmy bedauernd. «Ich hab noch Hunger.»

«Ich auch», meinte Skinner. «Wahrscheinlich haben alle Hunger. Und du bist sicher, daß sonst niemand im Haus ist, Tim?»

«Nein, Sir. Zwei Türen waren zugeschlossen, ich hab geklopft und gerufen, aber es ist niemand gekommen. Da unten sind Sachen zum Essen», fügte er mit Betonung hinzu.

«Na, dann schauen wir am besten mal nach», meinte Skinner. In dem Haus wohnten offenbar reiche Leute, das sah man an der Qualität der Einrichtung, alles war mit einem wachen Blick für Farben und Formen ausgewählt, vermittelte aber nicht den Eindruck vollendeter Harmonie, wie sie ein Innenarchitekt wohl angestrebt hätte. Dazu war der Geschmack des Einrichters zu individuell. In den Bücherregalen standen sichtlich ge- oder sogar zerlesene Hardcover- und Taschenbuchausgaben einträchtig beieinander. Laura nahm aufs Geratewohl ein paar Bände heraus.

«Offenbar sind wir in Finnland», sagte sie zu Skinner, als er mit Timmy von seinem Rundgang zurückkam. «Jedenfalls sind die Bücher finnisch geschrieben.»

«Ja», meinte Skinner mit seiner sanften, präzisen Stimme. «Die Beschriftung der Etiketten auf den Decken und Vorhängen in meinem Zimmer war auch in finnischer Sprache. Und der Herstellername unten auf den Schreibtischschüben klingt auch sehr finnisch.»

«Ach so», sagte sie verlegen. Er hatte also schon weiter gedacht als sie.

«Natürlich könnte es auch das Haus eines besonders chauvinistischen Finnen im Ausland sein», fügte er nachdenklich hinzu und kam ein paar Schritte näher. «Der Junge hat übrigens recht, außer uns Passagieren ist offenbar niemand im Haus.»

«Aber warum sind wir hier? Wer hat uns hergebracht? Es muß doch irgend etwas . . .»

«Wir sind ja noch nicht fertig.» Er drehte sich um, ließ seinen Blick über Möbel und Wände wandern. «Na also», sagte er befriedigt. Er trat zum Kamin und griff nach dem Umschlag, der am Kaminsims lehnte. Laura hatte ihn übersehen. Auf der Vorderseite stand in großen Druckbuchstaben ein Wort: PASSAGIERE.

Lächelnd nahm er einen Bogen aus dem Umschlag, aber beim Lesen verging ihm das Lächeln. «Ach du liebe Güte . . .»

«Was ist?» Sie stellte sich neben ihn. Sein plötzlich ausdrucksloses Gesicht beunruhigte sie. «Was steht darin?»

«Wie bitte?» Er fuhr herum. «Entschuldigen Sie, das war wirklich sehr unhöflich von mir.» Er gab ihr das Blatt und stellte sich mit auf dem Rücken verschränkten Händen vor das Panoramafenster, während sie las.

JEDER FLUCHTVERSUCH IST ZWECKLOS! SIE FINDEN NUR DEN TOD, WENN SIE ES PROBIEREN. ES GIBT KEINEN AUSWEG. SIE WERDEN AUS GRÜNDEN GEFANGENGEHALTEN, DIE SIE NICHT ZU INTERESSIEREN BRAUCHEN. WENN UNSERE ZIELE ERREICHT SIND, WERDEN SIE FREIGELASSEN. LEBENSMITTEL SIND GENUG DA. ÖL IST GENUG DA. SIE SIND GUT AUFGEHOBEN. FÜGEN SIE SICH, UND SIE WERDEN LEBEN. WIR BEDAUERN DIE UNGELEGENHEITEN.

«Höfliche Leute.» Skinners Atem beschlug die Scheibe. «Sie entschuldigen sich sogar.»

«Aber wie –»

«Schauen Sie hinaus.» Wieder trat sie neben ihn. Vor dem Fenster sah man die Spuren vieler Füße im Schnee – oder die Spuren einiger weniger Menschen, die viele Male hin- und hergegangen waren. Die Spuren führten von der rechten Seite des Hauses über eine weite Schneefläche zu einem See und hörten ein paar Meter jenseits des Ufers auf der Eisfläche auf. «Zum Haus zu sind sie tiefer, vom Haus weg flacher», stellte Skinner fest. «Wir wurden hergetragen.» Er wandte sich Laura zu. «Wahrscheinlich hat uns ein Hubschrauber hertransportiert. Ein Flugzeug hätte Spuren auf dem Eis hinterlassen.»

«Den ganzen Weg von Adabad?»

«So scheint es.» Er trat vom Fenster zurück und wandte sich dem Jungen zu. «Gefunden, Tim?»

«Ich glaube schon. Das Bild sieht jedenfalls nach Kaffee aus.» Tim hatte eine große Dose mitgebracht. «Was draufsteht, kann ich nicht lesen.»

Skinner lächelte. «Hoffentlich sind auf allen Lebensmitteln Bilder, sonst werden wir beim Essen noch unser blaues Wunder erleben. Stell dir mal vor, wir erwischen Dosenananas statt Mohrrüben.»

«Macht nichts», meinte Timmy unbekümmert. «Ich mag Ananas.»

Laura stand noch immer am Fenster und sah hinaus auf die Spuren, die kahlen Bäume, die endlose Schneefläche. Sie hätte gern geschrien oder geweint oder sonst etwas Hysterisches unternommen, aber sie hatte das Gefühl, daß Skinner für derlei Gefühlsausbrüche nicht viel übrig hatte.

«Miss Ainslie?» Er stand in der Küchentür.

«Ja?»

«Es wäre vielleicht ganz zweckmäßig, für alle etwas zu essen zu machen. Nach so langer Sedierung dürfte der Blutzuckerspiegel stark abgesunken sein. Könnten Sie vielleicht so nett sein ...»

«Ja, natürlich. Ich habe nur –» Sie legte den Brief auf einen der kleinen Beistelltische und ging zu ihm.

«Es ist wirklich sehr beunruhigend», sagte er mit unerwartet herzlichem Lächeln. «Wenn Sie ein bißchen weinen möchten ...»

«Ich möchte aber nicht weinen», unterbrach sie ihn gereizt.

«Nein? Dann stimmt bei mir etwas nicht, denn ich würde im Augenblick sehr gern weinen, schon aus lauter Wut. Aber das würde den Jungen erschrecken, meinen Sie nicht? Am besten beschäftigen wir uns, bis die Anwandlung vorübergeht.» Er nickte vor sich hin. «Beschäftigung, Miss Ainslie, scheint mir in dieser Situation sehr hilfreich zu sein.»

Sie sah jetzt, daß die Augen hinter der strengen Brille von einem tiefen, leuchtenden Blau waren. Ehe sie seine Augen gesehen hatte, hätte sie ihn als einen indifferenten Menschen bezeichnet, als fade und prosaisch. Jetzt war sie ihrer Sache nicht mehr so sicher.

«Ich glaube nicht, daß –» Trotz aller guten Vorsätze kam ihre Stimme ins Schwanken.

«Am besten holen Sie uns ein paar Sachen aus dem Vorratsraum», sagte er sanft. «Tim und ich suchen inzwischen Teller und Besteck zusammen. Nehmen Sie etwas, was schnell geht und leicht verdaulich ist. Und lassen Sie sich ruhig Zeit.» Er lächelte ihr zu und verschwand in der Küche.

Nacheinander erschienen auch die anderen.

Mit einem Freudengeheul lief Timmy zur Küchentür, als seine Mutter, noch etwas unsicher auf den Beinen, hereinkam, gefolgt von ihrem empörten Mann. Sie nahm den Jungen in die Arme. Als sie ihn losließ, war ihr Gesicht tränennaß. «Ich dachte ... ich hatte Angst, daß ...»

«Ich hab Professor Skinner und Laura geholfen», erklärte Timmy ein bißchen zu beiläufig und schaltete den Kessel wieder ein. «Wir haben nämlich für alle was zu essen gemacht. Nach der Suppe wirst du dich gleich besser fühlen, Mom. Du hast nur zuwenig Blutzucker.»

«Wirklich, Liebling?» Sie lächelte ein bißchen gezwungen.

«Setzen Sie sich ruhig schon immer zu Mr. Goade und Miss Lasky», meinte Laura. «Wir sind schon länger wach. Das flaue Gefühl vergeht nach einer Weile.»

«Nein, nein, ich helfe Ihnen, es ist mir lieber so.»

Kaum hatte sie alles aufgetragen, als die beiden letzten Passagiere auf der Galerie erschienen, wobei der Jüngere den offenbar noch sehr benommenen älteren Mann halb stützte, halb mitschleppte.

«Hey, kann mir mal jemand ein bißchen mit Pop helfen?» rief der junge Mann herunter. «Er möchte am liebsten noch weiterpennen.»

Skinner hatte eine Suppenterrine in der Hand, aber Tom Morgan lief rasch nach oben.

«Das wäre alles viel einfacher, wenn Sie mich losmachen würden», maulte der junge Mann, als sie glücklich unten angekommen waren.

«Kommt überhaupt nicht in Frage, Hallick», knurrte der Alte.

Goade, der große Dicke in der Army-Uniform, der in Skinners Zimmer geschlafen hatte, sah mürrisch auf und nahm sich noch Suppe. «Was hast du denn angestellt – 'ne Bank beraubt?»

Der junge Mann, der seinen Wächter gerade auf einem Stuhl untergebracht hatte und einen zweiten Stuhl für sich heranzog, warf ihm einen bösen Blick zu. «Was geht das Sie an?»

«Mich? Nicht das mindeste, mein Sohn, nicht das mindeste . . .»

«Dann halten Sie gefälligst das Maul, Sie.»

«Möchten Sie einen Kaffee, Mr. – Mr. –»

Laura streckte dem älteren Mann eine dampfende Tasse hin.

«Denning, Miss, Frank Denning, Federal Marshall. Danke.» Er griff mit der freien Hand nach der Tasse und begann unbeholfen zu trinken.

«Was wird hier eigentlich gespielt?» wollte Hallick wissen, während Laura auch ihm eine Tasse Kaffee hinstellte. «Was ist das hier für 'ne Bude, und wie sind wir –»

Skinner reichte Tom Morgan den Brief, der ihn rasch überflog und dann laut vorlas. Selbst Goade hörte, den Löffel hoch erhoben, aufmerksam zu, obgleich er den Brief vorhin, als er heruntergekommen war, bereits gelesen hatte. Skinner holte noch Suppentassen, Löffel und Brot, das sie im Mikrowellenherd aufgetaut hatten, und setzte sich dann zwischen Laura und Timmy.

«Das ist vielleicht 'n Hammer», knurrte Goade. «Warum sitzen wir nicht in der Maschine, wenn's 'n Hijacking war? Und wenn's kein Hijacking war, was zum Teufel ist es dann?» Niemand antwortete. Er richtete sich auf und sah sich angriffslustig um, als argwöhnte er, man enthalte ihm die Wahrheit vor. «Na los, Leute, sagt mal was.»

«Wir wissen es auch nicht, Sergeant Goade», gab Skinner zu. «Haben Sie irgendwelche Vermutungen?»

«Vermutungen? Ich doch nicht, Mann. Ich erinnere mich nur noch an den Typ mit der Gasmaske, und dann bin ich plötzlich hier aufgewacht. Nee, da sind Sie bei mir an der falschen Adresse.»

Skinner antwortete nicht. Laura fiel auf, daß er sich, seit die anderen auf der Bildfläche erschienen waren, immer mehr in sich zurückgezogen hatte.

Aus irgendeinem Grunde schien gerade seine Zurückhaltung Goade zu ärgern. «Der Herr kommt sich wohl mächtig schlau vor, was? Da wird mal eben 'ne Suppe zusammengerührt und 'n bißchen Brot geschnitten, und dann spielt man sich schon auf wie der liebe Gott persönlich mit solchen blöden Fragen.»

Skinner hob den Kopf. «Ich habe mir nur gedacht, daß Sie als Soldat doch sicher mehr Erfahrung in der Bewältigung ungewöhnlicher Situationen haben», sagte er milde.

Goade zeigte sich von dem Kompliment nur mäßig beeindruckt. «Nee, mit solchen Sachen hab ich bisher noch nichts zu tun gehabt. Was ist mit Ihnen, Denning, Sie sind doch 'n Cop.»

Der Federal Marshall sah von seiner Kaffeetasse auf. «Mit Kidnappern habe ich keinerlei Erfahrung. Und mit Hijackings auch nicht.»

«Er ist bloß 'n mickriger Botenjunge», ergänzte Hallick boshaft. «Mehr hat er heute nicht mehr drauf.»

«Ist ja wirklich 'n Bombenauftrag, 'nen Typ, der noch nicht ganz trocken hinter den Ohren ist, wieder nach Hause zu bringen», höhnte Goade.

«Mag sein, daß er noch nicht trocken hinter den Ohren ist, aber immerhin war er alt genug, um jemanden umzubringen», erklärte Denning. «Die Anklage lautet auf Mord.»

Goade sah Hallick überrascht an, der frech zurückgrinste.

«Sieh mal, Pop, jetzt haste ihn richtig erschreckt.» Hallicks Gesicht verdüsterte sich. «Bloß, ich hab niemanden umgebracht, das sagen die Scheißbullen nur so.»

«Bitte ...» unterbrach Anne Morgan mit einem Blick auf Timmy.

«Was?» Hallick wandte sich rasch zu ihr um und wurde rot. «Pardon, den Jungen hab ich ganz vergessen. 'tschuldigen Sie bitte.» Seine Verlegenheit hatte etwas Rührendes. Anne Morgan nickte lächelnd und wandte sich wieder ihrer Suppe zu. Hallick betrachtete sie noch einen Augenblick, dann ging sein Blick zurück zu Goade.

«Das wird ja immer besser», raunzte der. «Als ob das mit der Entführung noch nicht schlimm genug wäre, hock ich jetzt auch noch mit 'nem Mörder, 'nem Cop, 'nem kleinen Hosenscheißer und 'nem überkandidelten Professor zusammen. Und dabei hab ich doch bloß drei Wochen Urlaub.»

«Sicher hatten wir alle etwas Besseres vor», erklärte Morgan betont. «Aber durch Jammern wird die Situation auch nicht besser.»

«Man hat einen beträchtlichen Aufwand getrieben, um uns hierher zu transportieren», fing Skinner an und unterbrach sich ziemlich plötzlich, als habe er nur aus Versehen laut gedacht. «Verzeihung, ich –»

«Nein, sprechen Sie nur weiter, Professor Skinner», drängte Morgan. «Sagen Sie nur, was Sie denken.»

«Ja, also – ich habe mir ein paar Gedanken zum Zeitfaktor gemacht. Entführt wurden wir in der Nähe des Äquators, jetzt befinden wir uns in der Arktis. Allein der Flug erforderte einen erheblichen Organisationsaufwand, und –»

«Jetzt möchte ich aber wirklich mal wissen, wieso wir in der Arktis sein sollen», wehrte sich Goade. «Sie behaupten das so einfach. Sie behaupten, wir sind in Finnland, aber –»

«Wahrscheinlich in Finnland, ja. Denkbar wären noch Norwegen oder Schweden, aber Finnland liegt sehr viel näher. Die Landschaft ist typisch, weitere Hinweise sind die Bücher und anderes. Das Thermometer zeigt im Augenblick minus 28 Grad, das würde bedeuten –»

«Ich hab kein Thermometer gesehen», fuhr Goade dazwischen.

«Es hängt vor dem Küchenfenster.» Skinner warf den anderen einen raschen Blick zu, aß ein Stück Brot und fuhr fort: «Wir dürften uns auf etwa 65 Grad nördlicher Breite befinden. Wenn die Sonne untergeht, kann ich den Breitengrad natürlich noch genauer bestimmen.»

«Natürlich», knurrte Goade höhnisch.

«Ja, und dann die Einstichstellen», fuhr Skinner ungerührt fort. «Ich habe an meinem Arm fünf. Wenn man berücksichtigt –»

«Mindestens zwei Tage», sagte Denning. «Vielleicht sogar drei.»

«Ja», sagte Skinner zustimmend und aß noch ein Stück Brot.

«Aber sie scheinen nicht damit zu rechnen, daß wir lange hier bleiben.» Zum erstenmal mischte sich Sherri Lasky mit rauchiger Stimme in das Gespräch ein. Sie warf das schwere kastanienfarbene

Haar zurück und lächelte. «Sie haben mir nämlich die meisten Kleidungsstücke weggenommen, sogar die Schuhe. Zum Glück haben sie meine Kosmetiksachen nicht angerührt. Ohne Maskara und Lippenstift würde ich mich geradezu nackt fühlen.» Sie zwinkerte Goade zu, der sie stur anglotzte.

«Das ist mir auch aufgefallen.» Anne Morgan legte den Löffel aus der Hand. «Sie haben uns allen nur zwei Garnituren Kleidung gelassen, und nicht einmal Hausschuhe.»

Skinner nickte.

«Na, was sagen Sie dazu, Professor?» fragte Goade. «Haben Sie auf dieses Problemchen auch eine Antwort?»

«Sehr einfach: Wir sollen daran gehindert werden, das Haus zu verlassen.»

«Damit wir die vierspurige Autobahn nicht finden, die dahinten am Wald langgeht, was? Mann, die können uns doch viel erzählen. Wollen Sie sich das tatsächlich alles bieten lassen?»

«So weit nördlich gibt es keine vierspurigen Autobahnen», erklärte Skinner.

«Ach nee ... Was für 'n Professor sind Sie eigentlich. Einer, der sich auf Autobahnen und Thermometer versteht, was? Verdammter Klugscheißer.»

«Ich bin Astronom.»

«Er weiß alles über die Sterne, und nach dem Essen erzählt er mir davon», sagte Timmy vertrauensvoll. Skinners Mundwinkel zuckten leicht. Dann wurde er wieder ernst und sah auf seine Hände.

«Astronomie? Das Ding ist gut», feixte Goade. «Wieso komme ich dann eigentlich dazu, Ihnen das alles abzunehmen? Ich denk nicht dran, auf meinem Hintern sitzenzubleiben wie 'n braver Bubi und meine Suppe zu essen. Ich wette, ich könnte in 'ner Stunde Hilfe holen.»

«Länger als eine Stunde würden Sie dort draußen nicht überleben», erklärte Skinner. «Nicht einmal mit Stiefeln und wenn wir Ihnen alle unsere Sachen zur Verfügung stellen würden. Ein Mensch in unzureichender Ausrüstung ist bei diesen Temperaturen nach einer halben Stunde physisch und psychisch erschöpft, verliert die Orientierung, und wenn Sie Glück haben, werden Sie nach weiteren dreißig Minuten bewußtlos; eine Stunde später sind Sie tot.»

«Sie scheinen sich da sehr genau auszukennen, Professor», sagte Morgan.

«Vor so 'nem bißchen Kälte hab ich doch keine Angst», schnaubte Goade.

«Ich habe ein halbes Jahr bei der britischen Polarexpedition gearbeitet», erklärte Skinner. «Damals war Sommer, trotzdem trugen wir dicke Schutzkleidung, sind nie allein hinausgegangen, und bei Wind nie länger als eine halbe Stunde.»

Das Haus war sehr solide gebaut, trotzdem hörte man den Wind um die Ecken heulen; die kahlen Birken schwankten.

«Ist doch bloß 'ne Brise», protestierte Goade.

«Die durch den Wind erzielte Abkühlung kann sehr genau ermittelt werden», dozierte Skinner. «Für jeweils zehn Meilen pro Stunde –»

«Mann, halten Sie bloß die Luft an.» Goade schob seinen Stuhl zurück.

«Wollen Sie damit sagen, daß es die Kälte ist, die uns gefangenhält?» fragte Tom Morgan. «Die Kälte – und weiter nichts?»

«Mehr ist nicht nötig. Nach Lage der Dinge können sich unsere Entführer Wachpersonal ganz sparen. Wir haben wenig Bekleidung und keine Schuhe. Im ganzen Haus befindet sich kein einziger Mantel, kein Anorak, nichts dergleichen. Jedes Bett hat eine elektrische Heizdecke und eine leichte zusätzliche Decke. Wir haben erst Anfang Dezember, es kann noch weit kälter werden. Telefon und Radio sind natürlich nicht vorhanden. Was in dem Brief steht, ist, davon bin ich überzeugt, ganz wörtlich zu nehmen. Es gibt keinen Ausweg, keinen Weg hinaus.»

Goade machte eine ungeduldige Bewegung. «Aber einen Weg hinein muß es doch geben. Das Haus scheint – zeitweise jedenfalls – bewohnt zu sein. Von betuchten Leuten, so, wie's aussieht. Wie kommen die denn her? Wie haben sie den Kasten hier hochgezogen? Es *muß* eine Straße geben.»

«Nicht unbedingt», wandte Tom Morgan ein. «Der See scheint ziemlich groß zu sein, er steht vielleicht in Verbindung mit einem schiffbaren Fluß. Am Ufer steht etwas, das wie ein Bootshaus aussieht. Vielleicht haben sie das Baumaterial auch per Hubschrauber eingeflogen, wie sie es mit uns gemacht haben, Geld spielt hier offenbar keine Rolle. Wer sich so ein Sommerhäuschen leisten kann, für den kommt's auf ein paar Hubschrauber mehr oder weniger nicht an.»

«Da greift sich also jemand neun Leute von einem Flug aus Ada-

bad, bringt sie in das Refugium eines Geldsacks nach Finnland ...»
Goade hatte sich vor dem Kamin in Positur gestellt. «Man gibt uns
genug zu essen und so weiter und läßt uns hier vermodern, ja?»

«In dem Brief stand etwas von Zielen, die sie erreichen wollten»,
sagte Denning. «Offenbar erwarten sie ein Lösegeld. So einfach ist
das.»

«Aber warum?» Laura sah sich ratlos um. «Warum gerade wir?
Ist einer von uns besonders bedeutend?»

« Nur ich, meine Süße.» Hallick grinste. «Findest du nicht, daß
ich einen kolossal bedeutenden Eindruck mache?»

4

«Also das hilft mir überhaupt nicht weiter.» Ainslie legte verärgert
die Akte in den Schoß.

«Mehr war so kurzfristig einfach nicht zu machen.» Larry trank
einen Schluck Kaffee. Als er den Plastikbecher auf die Armlehne
stellte, setzten die Schwingungen der Maschine die Flüssigkeit in
wellenförmige Bewegung. Er sah sein und Ainslies Profil in der
dunklen Scheibe, dahinter das Glimmen der Triebwerke vor dem
Nachthimmel. «Was ist mit diesem Professor? Hat er irgend etwas
mit Geheimsachen zu tun?»

Ainslie hob eine Ecke der Akte an, ließ sie wieder fallen.
«Schwerlich. Er hat einen Lehrstuhl für Astronomie an einer kleinen Hochschule in den Midlands. Skinner ist Experte für Sonnenflecken – oder Sonnenprotuberanzen, was wohl nicht ganz dasselbe
ist. Er ist so eine Art internationaler Autorität, in Adabad sollte er
an der neuen Universität ein Sonnenobservatorium errichten. Ansonsten ist er ein typischer britischer Universitätsprofessor, sieben-
unddreißig, Witwer, lebt allein, hat wenig Freunde, sein einziges
Hobby ist die Musik. Elfenbeinturm in Reinkultur. Pantoffel-und-
Pfeifen-Typ.»

«Und die anderen?»

Ainslie zuckte die Schultern. «Morgan ist selbständiger Bauingenieur, sehr fähiger Mann. Er hat für die Regierung in Adabad ein
Bewässerungssystem gebaut. Frau und Kind hatte er mit. Die Arbeiten sind abgeschlossen, er hat einen neuen Vertrag mit einer gro-

ßen Ölfirma gemacht. Sergeant Goade ist Beschaffungsoffizier für den militärischen Stab der Botschaft und dort allseits beliebt, weil er, sofern man das nötige Kleingeld hat, alles besorgen kann, einschließlich Schnaps, der da unten eigentlich streng verboten ist. Denning ist Federal Marshall, er sollte Hallick zurückbringen, der auf Kaution freigelassen worden war und sich nach Adabad abgesetzt hatte.»

«Was hat er angestellt?»

Über Ainslies Gesicht ging ein Schatten. «Die Anklage lautete auf Vergewaltigung und Mord.»

«Das sind sieben», rechnete Carter. «Wer fehlt noch?»

«Miss Sherri Lasky, Berufsname schlicht ‹Sherri›. Nachtklub-Sängerin. Muß nach dem Foto eine beachtliche junge Dame sein.»

Carter besah es sich kurz und nickte. «Irgendwie aktenkundig?»

«Nein. Trotz ihres exotischen Aussehens ist Miss Lasky offenbar einfach ein nettes Mädchen, das sich auf ehrliche Weise ihre Brötchen zu verdienen sucht. Mit Singen – mehr nicht.»

«Und Laura. Macht neun.»

«Ja, ganz gewöhnliche Leute, wenn man von Hallick absieht. Mörder sind keine gewöhnlichen Leute. Im übrigen ist er der Sohn von Joseph Hallick alias Joe the Snow, einem der größten Kokain-Importeure in den Staaten. Hallick senior ist ein hohes Tier in der Organisation, der Familie oder wie man das heutzutage nennt.»

«Na also, da haben wir's ja. Sie wollen verhindern, daß er vor Gericht kommt. Vielleicht weiß er zuviel.»

Ainslie schüttelte den Kopf. «Sie hätten Zeit genug gehabt, ihn aus dem Knast zu holen oder umzubringen.»

Carter überlegte. «In der Maschine saßen drei Fachleute, Skinner, Morgan, Goade. Vielleicht gibt es da einen Ansatzpunkt?»

«Kaum, es sei denn, jemand hätte sich in den Kopf gesetzt, auf einem Berg ein Teleskop zu bauen, das mit Schwarzmarktschnaps betrieben wird. Aber Sie haben natürlich im Grundsatz recht. Die Entführer waren nicht auf irgendeine, sondern auf diese Maschine aus. Oder auf einen der Passagiere.»

«Und was ist mit Laura?» fragte Larry nachdenklich.

«Säße ich in irgendeiner Schlüsselstellung, könnte ich das noch verstehen, aber die ACRE-Verhandlungen dürften außer den skandinavischen Ländern niemanden interessieren.»

«Vergessen Sie die Russen nicht.»

Ainslie schnaubte verächtlich. «Kommen Sie, Larry. Die Entführung war gut organisiert, aber so gut nun auch wieder nicht. Wir wissen, daß den Russen die Vorstellung von ACRE so nah an ihrer Grenze nicht sympathisch ist, aber wenn sie mich indirekt unter Druck setzen, ändert das überhaupt nichts an der Sache.» Plötzlich zogen in schneller Folge Bilder von Laura an ihm vorbei. Er sah sie mit zwölf, mit traurigen Augen, als er ihr zu erklären versucht hatte, weshalb ihre Mutter weggezogen war. Er sah ihr glückliches Gesicht, als sie mit achtzehn das Stipendium fürs Smith College gewonnen hatte, sah sie mit zweiundzwanzig, sah ihren gequälten Blick, als ihr erster Verlobter in Vietnam gefallen war, sah, wie sie sich seither immer mehr verschlossen hatte, wie sie sich vor den Parties, dem gesellschaftlichen Trubel zu Büchern, in Konzerte flüchtete. Deshalb war er ebenso erstaunt gewesen wie sie, als der gutaussehende Larry Carter, der Liebling der Frauen, plötzlich anfing, sich für sie zu interessieren. Sie war überhaupt nicht Larrys Typ – weder eine Schönheit noch eine Intelligenzbestie oder Sexbombe. Sie war – einfach Laura, sein Baby, der einzige Mensch auf dem Welt, an dem ihm etwas lag. Und jetzt war sie verschwunden.

Kurz vor Morgengrauen landete die Maschine in Adabad. Ein Dienstwagen der Botschaft hielt vor der Treppe, ein junger Lieutenant stieg aus und salutierte.

«Mein Name ist Grey, General. Wir haben eine Nachricht von den Kidnappern bekommen.»

«Na los, Grey, heraus damit.» Der kalte Nachtwind aus der Wüste strich wie eine Eishand über Ainslies Stirn, die plötzlich naß geworden war.

«Es ist ein Päckchen, Sir, es traf vor etwa einer Stunde in der Botschaft ein, an Sie persönlich gerichtet. Unsere Sicherheitsleute haben es durchleuchtet, es ist keine Bombe oder dergleichen.»

«Fahren wir.»

Die amerikanische Botschaft in Adabad war, wie viele Gebäude in dem kleinen, rasch wachsenden Land, hochmodern und grellweiß. In dem rosigen Licht der Morgenröte sah sie aus wie ein Geburtstagskuchen mit rosa Zuckerguß. Laura hatte ein Kleid in genau dieser Farbe angehabt, als sie nach Adabad geflogen war.

«Sir?» Larry wartete auf der obersten Stufe.

«Ich komme schon.» Ainslie setzte sich wieder in Bewegung. Sie kamen zu einer Glastür und folgten Grey durch eine Halle, die so schlicht wie teuer gestaltet war, zu einem Korridor, in dem statt des fein geäderten Marmors in der Halle dunkles Linoleum lag.

Der große, gebräunte Mann stand auf, als sie eintraten. Grey beeilte sich mit der Vorstellung, denn die beiden Neuankömmlinge interessierten sich wohl mehr für den dicken Umschlag auf dem Schreibtisch als für den Mann dahinter.

«General Ainslie, Lieutenant Carter. Konsul Bowden.»

«Es tut mir sehr leid, General. Die Polizei hier tut, was sie kann, allerdings ist sie wohl personell nicht stark genug besetzt . . .»

«Ich bin Ihnen sehr dankbar, Mr. Bowden. Das ist das Päckchen?»

«Ja, nach Meinung unseres Sicherheitsbeamten kann man es bedenkenlos öffnen.»

«Danke.» Ainslie griff sich den Umschlag, ohne seine Ungeduld zu verbergen, schob einen Finger unter die Lasche und riß ihn auf. Er sah hinein, schüttete den Inhalt auf die Schreibtischplatte. Neun Pässe, acht graublau wie sein eigener, einer dunkelblau mit goldgeprägtem Löwen und Einhorn. Ein dickes Blatt Papier flatterte beiseite. Bowden griff danach und reichte es Ainslie.

WIR HABEN IHRE TOCHTER UND DIE ANDEREN. HEUTE NACHMITTAG UM FÜNF ERHALTEN SIE WEITERE INFORMATIONEN IN DER BOTSCHAFT. DEN ANWEISUNGEN IST GEWISSENHAFT FOLGE ZU LEISTEN.

5

Mit dem frühen Abend kam die Langeweile. Nachdem sie gegessen und abgeräumt hatten, versuchten sie lustlos das eine oder andere Gespräch anzufangen, das eine oder andere über ihre Mitgefangenen zu erfahren. Wie es weitergehen sollte, wenn die Kidnapper ihre Ziele nicht erreichten, darüber mochte keiner sprechen, nicht einmal denken mochten sie daran. Und bald schwiegen sie alle wieder und starrten ins Leere. Laura war ziemlich sicher, daß die anderen ebenso große Angst hatten wie sie selbst, aber noch äußerte sich diese Angst nicht offen. Da sie sich selbst überlassen waren, gab es niemanden, an dem sie Angst oder Empörung hätten auslassen können. Das Haus wirkte deshalb wie ein Warteraum, oder eher noch wie ein Luftschutzbunker. Sie lächelten, heuchelten und warteten auf den nächsten Angriff.

Eine Ausnahme bildeten Skinner und Timmy. Bewaffnet mit Block und Bleistift machten sie zusammen einen Rundgang durchs Haus und erstellten Listen. Sie zählten die Dosen und Lebensmittelpakete, die Laken und Decken und Handtücher, die Fenster und Türen, die Teppiche auf dem Parkettfußboden, die Heizkörper, die Seifenstücke und Toilettenpapierrollen, die Möbel, die Hausgeräte und Vorhänge. Sie hielten fest, daß der große Wohnraum mit Teak getäfelt, die Räume oben verputzt und gestrichen und alle Decken mit Styroporplatten isoliert waren, bis auf den großen Wohnraum, in dem man oben bis zu den schweren Dachbalken sehen konnte. Sie zählten Töpfe und Pfannen, Besteck, Porzellan und Gläser. Als Timmy sich an die Bücher machen wollte, streikte Skinner, aber auf Timmys Drängeln notierte er zumindest die Zahl der Regalbretter; es waren vierzig. Die beiden abgeschlossenen Zimmer unten hatten sich – nachdem Goade in einem Wutanfall die Türen eingetreten hatte – als in sich abgeschlossene Dienstbotenräume erwiesen, die jeweils aus Wohn-Schlafzimmer und Bad bestanden.

Laura hatte den Verdacht, daß Skinner seine eifrige Tätigkeit hauptsächlich deshalb entfaltet hatte, um in Timmy keine Angst aufkommen zu lassen. Aber vielleicht las sie in sein Verhalten auch zu viel hinein, vielleicht hatte er sehr wohl Gründe für seine Listenschreiberei. Gesagt hatte er es allerdings nicht ausdrücklich. Er sagte überhaupt sehr wenig, wenn man ihn nicht ausdrücklich fragte.

Anne und Tom Morgan waren offenbar sehr froh, Timmy mit seiner bohrenden Neugier an Skinner abschieben zu können. Anne Morgan war sichtlich eine hingebungsvolle Mutter, aber klug genug, es nicht allzu deutlich zu zeigen. Ihr Mann schien sich für den Jungen nur mäßig zu interessieren. Timmy begegnete seinem Vater mit scheuer Achtung. Die Morgans waren Anfang Dreißig, nach ihren Meinungen und Einstellungen aber hätte man sie für gut doppelt so alt halten können. Das galt besonders für Tom Morgan, während Anne sich mit wortloser Zustimmung begnügte und im übrigen kaum einen Blick von Timmy ließ. Endlich schien sich Morgan seinen Vorrat an Empörung über die Schändlichkeit der modernen Welt, ihren moralischen Verfall, ihre Habsucht und ihren politischen Extremismus – Erscheinungen, denen sie letztlich ihre jetzige Lage verdankten – von der Seele geredet zu haben. Jetzt saßen er und seine Frau auf einem der beiden Sofas, hielten Händchen und schwiegen.

Denning hatte schließlich, wenn auch widerstrebend, Hallick von seinen Handschellen befreit, da weder von seinem Gefangenen noch von einem der anderen ein Fluchtversuch zu befürchten war. Laura stellte zu ihrer eigenen Überraschung fest, daß ihr Joe Hallick mit seinem kecken Trotz fast sympathisch war. Seine Reaktion auf Sherri Lasky allerdings fand sie weniger erfreulich.

Sherri mochte um die Dreißig sein. Hallicks Annäherungsversuche schien sie als selbstverständlich hinzunehmen, ja, sie ermutigte ihn sogar noch unauffällig, als brauche sie diese Bestätigung ihrer Macht über Männer. Das werde ich nie lernen, überlegte Laura. Sie war gut erzogen, sie war weit gereist, aber es war ihr nie gelungen, diese Sicherheit zu erreichen, die Sherri und übrigens auch ihrer eigenen Mutter offenbar angeboren waren. Aber sie mußte diese Kunst lernen, um Larrys willen. Er hatte glänzende Aussichten, da war es eben doch nicht genug, die Tochter eines einflußreichen Vaters zu sein.

Sherri und Hallick hatten die Stereoanlage entdeckt, die in die Wand neben dem Kamin eingebaut war. Zu ihrem Ärger fanden sich aber nur Bänder und Platten mit klassischer Musik. Sie hatten einen Debussy aufgelegt, den Laura liebte, aber nach Goades lautstarkem Protest hatten sie die Anlage schnell wieder abgestellt.

Goade war ihr Sorgenkind. Ständig zwischen dumpfem Brüten und offener Aggression wechselnd, machte er ihnen allen das Leben schwer. Mit seinen Attacken wegen ihrer «miesepetrigen» Haltung erinnerte er sie immer wieder an ihr Dilemma. Mag sein, daß wir miesepetrig sind, dachte Laura, aber ist das denn ein Wunder? Sie sah zu Professor Skinner hinüber, der drüben am Eßtisch saß und arbeitete.

Zunächst hatte es Skinner beunruhigt, daß er keine Uhr im Haus gefunden hatte, denn seine Uhr zeigte noch Adabad-Zeit, und erst als er auf den Gedanken gekommen war, auf die Uhr an der Steuerung für die Zentralheizung zu sehen, hatte er auf Ortszeit umstellen können. Der Sonnenuntergang war demnach um 16 Uhr 28. Während die anderen miteinander redeten, brütete er über Tabellen und Diagrammen aus seiner Aktentasche und erklärte

schließlich, daß sie sich, soweit er das ermitteln konnte, auf 67°
nördlicher Breite befanden, also knapp oberhalb des Polarkreises.

«Ist ja herrlich», knurrte Goade. «Ich hab schon gedacht, wir wären vielleicht auf 66° oder vielleicht gar 68°. Wäre doch schrecklich.» Hallick lachte, aber Hallick lachte über fast alles.

Skinner packte seine Papiere exakt und mit sparsamsten Bewegungen wieder in die Aktentasche. Goade saß im Sessel am Kamin
und beobachtete ihn mit einem höhnischen Zug um den Mund. Als
Skinner aufstand, sagte er: «Niedlich, Ihr Handtäschchen.»

Skinner erstarrte. Dann drehte er sich langsam um. «Finden Sie?»
Er besah sich die abgewetzte Ledertasche. «Schweinsleder, glaube
ich. Wenn ich Sie so anschaue – Ihr dickes Fell müßte sich dafür auch
gut eignen.»

Sie sahen alle Skinner nach, der mit sehr geradem Rücken die
letzten Stufen hinaufstieg und in seinem Zimmer verschwand. Hallick begann zu lachen, verstummte aber, als er sah, daß Goades
Wangenknochen rot angelaufen waren.

«Ich an Ihrer Stelle würde den Professor nicht reizen, Goade»,
sagte Denning vom anderen Ende des Eßtischs her, wo er mit den
Karten, die er gefunden hatte, die nächste Patience legte. «Wenn Sie
den nur nicht unterschätzen!»

«Was heißt hier schon Professor», knurrte Goade und stieg mit
finsterem Gesicht über Timmy hinweg, der auf dem Kaminvorleger mit Holzstückchen spielte. «'n vertrockneter Pauker ist er, das
ist alles.»

«Ich mag ihn», erklärte Timmy eigensinnig. Goade sah ihn an.

«So, du magst ihn. Dann paß man auf, daß du ihn nicht gar zu
sehr magst, sonst erlebst du irgendwann mal eine ganz große Überraschung.»

Timmy machte ein erstauntes Gesicht. «Das war absolut über-
flüssig», erklärte Tom Morgan scharf.

Goade schnaubte durch die Nase und ging in die Küche; gleich
darauf hörten sie ihn mit Geschirr klappern. Zum zweitenmal an
diesem Abend schon machte Goade sich zusätzlich etwas zu essen.
Er schien unersättlich zu sein.

«Sind das Soldaten, die du da hast?» fragte Hallick mit allen Anzeichen echten Interesses.

Tim seufzte ein bißchen. «Nö, eigentlich sind's bloß Holzstücke.»

«Stimmt. Aber der hier, der sieht aus, als ob man was aus ihm machen könnte.» Hallick griff in die Hosentasche und holte ein kleines Schälmesser heraus. Im Licht der Flammen blitzte die kurze Klinge auf, und Denning erhob sich, unbemerkt von den anderen, halb aus seinem Sessel. Mit einer raschen Bewegung griff Hallick nach dem Holzstück und begann daran herumzuschnitzen. Denning setzte sich wieder, behielt aber die restlichen Karten in der Hand, ohne seine Patience weiterzulegen.

«Siehst du? Wenn man das hier ein bißchen glatt macht, und den kleinen Zweig da abschneidet . . . hier.» Hallick hielt das Stück Holz hoch. Mit wenigen Messerschnitten hatte er den Klotz in einen Mann verwandelt, der ein Schwert oder ein Gewehr hochreckt. «Sind da noch ähnliche Stücke?»

«Ich glaube schon», sagte Timmy eifrig und kroch auf allen vieren zu der Holzkiste hinüber. Er kramte einen Augenblick darin herum, dann kam er mit mehreren Klötzchen zurück, die er vertrauensvoll Hallick überreichte.

Skinner kam aus dem Schlafzimmer und besah sich die Szene. Timmy sah mit leuchtenden Augen zu, während Hallick geschickt eine primitive Figur nach der anderen produzierte und sie in einer Reihe aufstellte.

Der Kummer regte sich jetzt nicht mehr häufig in Skinner, eigentlich nur noch, wenn er Eltern sah, die ihre Kinder betrachteten, wie die Morgans jetzt Timmy betrachteten. Das Kind in Margarets Leib sei ein Junge gewesen, hatten sie ihm gesagt, aber er wußte, wie ein vier Monate alter Fetus aussieht, und der Verlust des Sohnes hatte ihn nie geschmerzt. Der Verlust Margarets und ihrer gemeinsamen Zukunft um so mehr. Er verschränkte die Arme und lehnte sich an einen der Stützpfeiler. Sherri schien ganz von ihrer Maniküre gefesselt zu sein; die Morgans, Hallick und Timmy waren von der hölzernen Armee in Anspruch genommen, Denning legte Patiencen, Laura las. Er beobachtete sie eine Weile; sie starrte auf die Buchseite, ohne umzublättern. Er erkannte ein Foto von Fels und Heide, es mußte ungewöhnlich fesselnd sein. Und plötzlich begriff er, daß sie unter den halb gesenkten Wimpern die anderen beobachtete, ihnen zuhörte und sich hinter ihrem Haar verbarg wie ein kleines Tier. Er nickte zufrieden vor sich hin. Für verängstigte Kreatuturen war dies die beste Möglichkeit, die Gefahr abzuschätzen.

Dann erschien Goade mit einem angebissenen Sandwich in der Hand in seinem Blickwinkel, und Skinner hatte plötzlich den unvernünftigen Drang, etwas Großes, Schweres auf ihn zu werfen.

Anne Morgan regte sich. «Es wird spät, Timmy.»

«Ich bin aber noch nicht müde, Mom.» Skinner merkte, daß es den Jungen große Mühe kostete, wach zu bleiben, und auch Mrs. Morgan hatte das offenbar begriffen. Nachdem Timmy noch ein paarmal protestiert hatte, war Morgan mit seiner Geduld am Ende.

«Tu jetzt, was deine Mutter sagt, Timothy», fuhr er den Jungen an. «Marsch ins Bett.»

Einen Augenblick stand in dem Gesicht des Jungen fast so etwas wie Angst. Hallick warf dem erbosten Vater einen ärgerlichen Blick zu, dann stieß er Timmy an.

«Gegen die Großen kommen wir kleinen Würstchen doch nicht an», sagte er mit Verschwörermiene. «Aber weißt du was? Ich mache hier weiter, und wenn du morgen früh runterkommst, findest du vielleicht was Schönes. Einverstanden?»

«Was denn?» fragte er erwartungsvoll.

«Na ja, ein Phidias bin ich nicht gerade, aber ich will sehen, was sich tun läßt», versprach Hallick.

Skinner richtete sich langsam auf. Woher hatte ein ungebildeter junger Mörder einen Namen wie Phidias, den er auch noch im richtigen Zusammenhang benutzte? Merkwürdig. Auf der Treppe kamen Anne Morgan und Timmy an ihm vorbei.

«Gute Nacht, Tim.»

«Ist ja gar nicht Nacht», widersprach Timmy.

«Hier nicht, das stimmt. Aber dein Körper ist noch auf Adabad-Zeit eingestellt, und da ist es jetzt ungefähr Mitternacht. Um Mitternacht ist jeder müde.»

Timmy blieb stehen und wandte sich zu ihm um. «Du auch?»

«Ja», gab Skinner zu. «Ich mache mir nur noch was zu trinken, dann gehe ich auch schlafen.»

«Ach so.» Timmy mußte das offenbar erst verdauen. «Joey schnitzt mir noch mehr Soldaten.»

«Das sehe ich. Dann hast du morgen schon eine ganze Sammlung.»

«Ja. Eine richtige Armee.» Er folgte seiner Mutter. Oben drehte er sich noch einmal um. «Lauras Vater ist General, einer mit drei Sternen. Kannst du Joey sagen, daß er mir einen General macht?»

«In Ordnung», versprach Skinner. «Gute Nacht.»

«Und das Fernglas wird abgenommen, ehe du schlafen gehst», verlangte Anne Morgan, während sie den Jungen ins Schlafzimmer schob.

Skinner gab Tims Bestellung an Hallick weiter, dann ging er in die Küche und setzte auf dem Herd Trockenmilch mit Wasser auf. Während er den Topf beobachtete, hörte er Schritte hinter sich und sah Laura.

«Möchten Sie auch einen Becher Kakao?» fragte er.

«Gern», sagte sie überrascht. «Als kleines Mädchen habe ich oft vor dem Schlafengehen Kakao getrunken. Mein Vater hat ihn mir gemacht und mir dann noch eine Geschichte vorgelesen.»

«Ich bin leider kein guter Geschichtenvorleser», sagte Skinner entschuldigend, den Blick auf die Kasserolle gerichtet.

«Das war er auch nicht. Meist ist er noch vor mir eingeschlafen.»

Er maß den Kakao ab, tat ihn in den Topf und sah zu, wie er sich über die Oberfläche ausbreitete und unvermittelt nach unten sank. «Timmy sagt, Ihr Vater sei ein Drei-Sterne-General, stimmt das?»

«Ja, ich bin eine richtige Army-Göre.»

Er schaltete die Kochplatte aus. «Wäre es denkbar, daß die Entführung gegen Ihren Vater gerichtet ist? Drei-Sterne-Generäle sind wohl doch recht bedeutende Persönlichkeiten.»

«Da wäre Daddy wahrscheinlich anderer Meinung. Außerdem – warum hat man dann nicht mich allein entführt?»

«Ich habe keine Ahnung. Was für Funktionen hat eigentlich Ihr Vater?» fragte er beiläufig, während er sich den Zucker griff. «Der Name Ainslie kommt mir irgendwie bekannt vor, aber ich kann ihn nicht unterbringen.»

Sie hatte sehr schöne, glänzende Augen, goldbraun, von langen Wimpern umgeben. «Zur Zeit ist er zu den Vereinten Nationen abkommandiert. Sie haben ihn zum Vorsitzenden der ACRE-Verhandlungen in Oslo gewählt. Vielleicht haben Sie in der Zeitung darüber gelesen. Dafür eignet er sich sehr gut. Er ist nämlich schrecklich jähzornig, und wenn die Leute denken, daß er kurz vor einem Tobsuchtsanfall steht – in Wirklichkeit ist er natürlich noch nie richtig explodiert –, tun sie doch lieber, was er sagt.»

«Ein wertvolles Talent für einen Vorsitzenden», meinte Skinner trocken, während er den Topf von der Platte nahm und den Kakao in die bereitgestellten Becher goß. Die Flüssigkeit paßte genau hinein, es blieb kein Tropfen übrig. Er ging mit dem Topf zur Spüle und wusch ihn ab. «ACRE hat irgend etwas mit einer Stadt auf Eis zu tun, nicht wahr?»

Laura stand mit einem Handtuch bereit, um den Topf abzutrocknen. «Ja, es ist die Abkürzung für *Arctic City Research Establishment*. Den Skandinaviern liegt an einer Erschließung ihrer nördlichsten Gebiete. Sie haben deshalb bei der UN Gelder beantragt, um eine Modellstadt am Polarkreis –» Sie hielt mitten in der Bewegung inne und sah ihn erschrocken an.

«Auch uns hat es an den Polarkreis verschlagen», sagte er leise.

Sie rieb energisch den Topf trocken. «Aber ACRE ist ganz unpolitisch. Die Russen sind natürlich nicht begeistert von dem Plan, aber sonst hat niemand etwas dagegen. Das Land liegt brach, wenn man es nicht bewohnbar machen kann.»

«Vielleicht ist es wirklich nur ein Zufall.»

«Glauben Sie an solche Zufälle?» fragte Laura.

Sie sah, daß er viel jünger war, als sie zunächst gedacht hatte. Die Augen hinter der altmodischen Gelehrtenbrille waren sehr jung und sehr wach. «Eigentlich nicht», sagte er vorsichtig. «Die Statistik spricht wohl dagegen.»

Als Skinner nach oben ging, ertappte er Goade beim Durchsuchen seiner Aktentasche. Er blieb einen Augenblick in der Tür stehen, dann fragte er: «Wollten Sie sich vielleicht meinen Lippenstift borgen, Sergeant?»

Goade fuhr wütend herum. «Nein, mich interessierte nur mal, auf was für Pornoliteratur Sie stehen.»

«Ach so.» Skinner ging zum Schrank und begann seine Sachen herauszunehmen. Er hatte schon vor dem Zwischenfall beschlossen, in eines der Dienstbotenzimmer zu ziehen, um das Zimmer nicht mit Goade teilen zu müssen. «Diese Gewohnheit hat meine Frau mir schon vor Jahren abgewöhnt. Tut mir leid, daß ich Sie enttäuschen muß.»

Goade sah ihn im Spiegel finster an. «Frau? Sie sind verheiratet?»

«Ich war verheiratet», sagte Skinner und wandte sich zum Gehen. «Sie ist bei einem Autounfall ums Leben gekommen. Gute Nacht.»

Krachend wurde oben die Tür zugeschlagen. Skinner lächelte ein wenig bitter. Goades Anzüglichkeiten begannen ihn zu langweilen.

Es hatte auch nach Margaret Frauen gegeben, allerdings nicht viele. Ein Mensch wie Goade würde nie begreifen, daß manche Männer lieber allein blieben, als einen Kompromiß zu schließen.

Unten an der Treppe traf er Laura und lächelte ihr zu. «Gute Nacht», sagte er leise. «Schlafen Sie gut.»

«Was ist denn los?» fragte Sherri, als Laura ins Schlafzimmer stürmte.

«Nichts – warum?» gab Laura abwehrend zurück.

Sherri wandte sich um, während sie weiter mit langen, gleichmäßigen Strichen ihr Haar bürstete. «Sie sehen ja ganz aufgelöst aus.»

«Ich bin ein bißchen zu schnell nach oben gegangen, das ist alles.»

«Aha.» Sherri beobachtete Laura, die sich ziemlich nervös auszog und in einen Bademantel schlüpfte. «Ich hab Sie draußen in der Küche mit unserem kleinen Professor lachen hören.»

«Er ist nicht klein», protestierte Laura und beugte sich über ein Kommodenschubfach. «Er ist sehr nett, ich mag ihn.»

«Den Eindruck habe ich allerdings auch», meinte Sherri trocken. «Aber gerade die Netten, das sind die Gefährlichsten, bei denen kannst du ganz schön ins Schleudern kommen.»

«Ins Schleudern? Was soll das heißen?»

Sherri zuckte die Schultern und warf den roten Schopf zurück. «Wenn du nicht höllisch aufpaßt, verliebst du dich in die, und dann sagen sie: Tschüß, Baby, hast dir wohl nicht eingebildet, daß es was Ernstes war ... Nee, da halte ich mich doch lieber an die anderen, die geilen Böcke, da weiß ich, woran ich bin.»

Laura meinte, in den großen grünen Augen Schmerz, Sympathie, eine Spur Zorn zu sehen. «Wenn du was erreichen willst in der Welt, muß du zäh werden», fuhr Sherri fort. «Du bist weich wie Butter, Kleines, und wenn du nicht aufpaßt, schmilzt du mal so richtig über'nen Kerl weg, und dann gibt's'ne Riesenschweinerei.» Unvermittelt wandte sie sich ab. «Ach was, Schwamm drüber. Ich bin doch keine Briefkastentante.»

Laura berührte scheu Sherris seidige Haut. «Wenn ich aussehen würde wie Sie, würde ich – könnte ich alles bekommen, was ich wollte. Aber ich sehe ja nach nichts aus.»

«Du könntest was aus dir machen», meinte Sherri sachlich. «Aber laß dir raten: Tu's nicht.»

«Warum nicht?» fragte Laura überrascht.

«Weil du so, wie du aussiehst, bessere Chancen hast. Wenn eine aussieht wie ich, denken die Kerle, die ist hartgesotten, die kann schon was einstecken. Aber eine wie du, die ist was zum Behüten, zum Beschützen. Verdirb dir das nicht.»

«Aber genau davon will ich ja weg», erklärte Laura leidenschaftlich. «Ich bin keine Porzellanfigur, ich bin zäher, als ich aussehe.»

Sherri betrachtete sie nachdenklich. «Du, ich glaube, das stimmt sogar. Wenn ich dich so ansehe . . .»

«Ja, aber dann –»

Sherri ließ sich auf die Bettkante fallen. «Jetzt hör mal zu. Irgendwann muß man Bestandsaufnahme machen und seine Werte so einsetzen, daß sie möglichst viel bringen. Meine Werte, das ist mein Hintern und sind meine Titten und ist mein Gesicht. Ob ich kochen und nähen kann und all den Scheiß, das wollen die Männer gar nicht wissen, die wollen bloß wissen, wie schnell sie mich aufs Kreuz legen können.» Sie lachte hart auf. «Leider ziemlich schnell, aber das ist mein Problem.» Sie strich den pfirsichfarbenen Satin ihres Unterrocks glatt. «Vergiß, was ich gesagt habe, Kleines, werde nicht zäh. Nur – ein bißchen vorsichtig solltest du werden. Wahrscheinlich landest du dann eines Tages bei Kochtopf und Windeln, schuftest dich halbtot und bist selig dabei. Komischerweise wäre das bei mir genauso, es müßte eben nur der Richtige sein. Und entweder sind's nie die Richtigen, oder dann kommt mal einer, der – ach, was soll's.»

«Aber wenn Sie nun –» Laura hielt verlegen inne.

«Wenn ich was?» Sherri machte schmale Augen. «Wenn ich nicht ganz so herausfordernd mit dem Hintern wackeln würde? Ich hab dir doch gesagt, jeder setzt ein, was er hat. Außerdem muß ich mich ranhalten, so wie jetzt seh ich nicht mein ganzes Leben lang aus.» Sie stand auf. «Ich geh ins Bad, es dauert nicht lange.»

Laura fand ihre Kosmetiktasche schließlich im untersten Kommodenfach. Der Inhalt war rücksichtslos durcheinandergewühlt worden. Sherri? Wohl kaum. Mit ihren eigenen Schönheitsmittelchen hätte der Rotschopf einen ganzen Laden aufmachen können. Außerdem hätte Sherri wohl nicht Löcher in die Nachtcreme gebohrt und den Lippenstift abgebrochen.

Wer hatte das getan? Und warum?

6

Der zweite Umschlag kam zehn Minuten vor fünf. Die Sicherheitsbeamten verhörten den Taxifahrer, der ihn brachte, aber das half
ihnen nicht weiter. Ein Unbekannter hatte ihm den Umschlag und
eine ansehnliche Geldsumme in die Hand gedrückt mit dem Auftrag, den Brief in der Botschaft abzugeben. Nein, kein Einheimi-
scher, ein Europäer mit Sonnenbrille und in weißem Anzug. Er
hatte Französisch mit leichtem Akzent gesprochen, aber mit was
für einem Akzent, das konnte der Taxifahrer nicht sagen.

Der Umschlag enthielt vier Fotos, auf denen Laura und eine andere Frau, die Familie Morgan, Goade und Skinner, Denning und
Hallick auf ihren Betten zu sehen waren. Der Begleittext war kurz
und knapp:

NOCH SCHLAFEN SIE NUR.

Es folgten einige kurze Instruktionen. Ainslie sollte sich an diesem
Abend um sieben auf einer bestimmten Straße vier Meilen in die
Wüste fahren lassen. Dort würde man Kontakt zu ihm aufnehmen,
er würde dann Einzelheiten über die Forderungen erfahren. Um elf
würde man ihn an der gleichen Stelle wieder abliefern.

Bei einem leichten Essen in der Botschaft diskutierten sie die Frage, ob Ainslie einen Minisender mitnehmen sollte, ob er in persön-
licher Gefahr war und warum der persönliche Kontakt gewünscht
wurde. Ainslie stocherte lustlos in seinem Hühnerfrikassee herum.
Bowden sah ihn mitfühlend an.

«Ich glaube nicht, daß es zu Gewalttätigkeiten gegenüber den
Geiseln kommen wird», sagte er schließlich und trank einen
Schluck Eiswasser. «Das Unternehmen ist bisher erstaunlich dis-
kret und reibungslos abgelaufen. Kein Trara in der Öffentlichkeit,
keine der bekannten Terror-Organisationen hat die Verantwortung
übernommen. Ich habe das Gefühl, daß es letztlich doch nur um
Geld geht.»

«Die Operation selbst hat eine Menge Geld verschlungen», widersprach Ainslie. «Es gibt zum Beispiel billigere und einfachere
Methoden, an Lösegeld heranzukommen, als mit teuren Chemika-
lien eine provisorische Landebahn zu betonieren. Ich sage Ihnen, es
geht ihnen um die Geiseln selbst.»

«Oder um eine von ihnen», unterbrach Grey.

Ainslie hob jäh den Kopf. «Was meinen Sie? Was haben Sie gehört?»

«Pardon, ich habe nur laut gedacht, Sir.»

«Dann denken Sie gefälligst weiter.»

Bowden seufzte. «Grey meint wahrscheinlich die etwas verwirrenden Anweisungen, die wir von einer gewissen Organisation in Virginia erhalten haben. Erst haben sie die Passagierliste angefordert, dann die Bestätigung, daß alle auf der Liste verzeichneten Personen tatsächlich in der Maschine waren, als sie verschwand. Als die Maschine sich dann angefunden hatte, wurden unsere Sicherheitsbeamten – verschlüsselt übrigens – beauftragt, sich persönlich in die Ermittlungen einzuschalten, aber ich glaube, sie haben nicht gefunden, was sie suchten. Jedenfalls waren sie ziemlich sauer, als sie zurückkamen. Ich behaupte nicht, daß das relevant ist –»

«Ich verstehe schon. Sie vermuten, daß einer der Passagiere ein gottverfluchter CIA-Agent ist.»

«So deutlich würde ich das nicht aussprechen. Merkwürdig ist nur –» Bowden zögerte, dann gab er sich einen Ruck. «Auch der britische Geheimdienst hat Anfragen in dieser Richtung gestellt.»

«Skinner?» fragte Ainslie.

«Ich hab's gewußt.» Larry Carter warf seine Serviette auf den Tisch. «Der ist einfach zu harmlos, um echt zu sein.»

Der Konsul nickte. «Daß er mit einer amerikanischen Militärmaschine geflogen ist, fand ich auch erstaunlich.»

«Dafür gibt es eine ganz einfache Erklärung. Der Flug, auf den er gebucht war, ist wegen einer technischen Störung ausgefallen, er hätte erst am nächsten Tag fliegen können. Daraufhin haben die Leute von Dan-Air, die wußten, daß wir direkt nach London flogen, bei uns angerufen und gefragt, ob wir aushelfen könnten. Er schien es sehr eilig zu haben ...»

«Eben.» Bowden nickte. «Er muß einen ziemlichen Wirbel gemacht haben. Denn von dieser Maschine ist sonst niemand auf Ihren Flug umgebucht worden. Nur er.»

Ainslie sah den Rücklichtern des Botschaftswagens nach, bis sie in der Dunkelheit verschwunden waren. Über der Stadt sah man den Widerschein der Lichter, rechts lagen die beleuchteten Türme der nächstgelegenen Ölfelder. Sterne funkelten am klaren Wüstenhimmel, aber der Mond war noch nicht aufgegangen.

Als von fern das Dröhnen eines Hubschraubers aufklang, hob Ainslie den Kopf. Jetzt sah er ihn – ein ferner Stern, der langsam größer wurde. Knapp fünf Meter von ihm entfernt ging er herunter. Ein Mann stieg aus, duckte sich unter den laufenden Rotorblättern hindurch und kam auf ihn zu.

«Ainslie?» rief er.

«Ja», rief der General zurück.

«Kommen Sie bitte.»

Ainslie erkannte in dem dunklen Gesicht weiße Augäpfel, blitzende Zähne, sonst nichts. Er spürte den Sand, der durch die Luft wirbelte, und kniff die Augen zu.

«Soll ich einsteigen?»

«Ja, einsteigen.»

Der Mann verriegelte die Tür, dann bückte er sich und reichte Ainslie, der sich hinten hingesetzt hatte, eine Art Fliegerbrille, aber mit völlig lichtundurchlässigen Gläsern. Als Ainslie sie aufgesetzt hatte, war er praktisch blind.

Jetzt drückte der Mann ihm etwas in die Hand. «Gegen den Lärm», schrie er ihm zu. Es waren Wattepfropfen. Ainslie nickte und steckte sie sich in die Ohren. Das Dröhnen des Hubschraubers war zwar noch immer hörbar, aber erträglich. Er spürte den Ruck, als sie aufstiegen, es gab einen Augenblick verwirrenden Schwankens, dann stabilisierte sich die Lage. Ainslie faßte sich, so gut es gehen wollte, in Geduld.

«Ich hoffe, der Drink ist nach Ihrem Geschmack», sagte sein Gastgeber höflich.

«Sehr erfrischend.» Ainslie stellte das Glas auf die Messingtischplatte und betrachtete den Mann, der ihm gegenübersaß. Sehr blaß, gut aussehend, korrekt gekleidet, dunkler Anzug, weißes Hemd, dunkler Binder, goldene Manschettenknöpfe, flache goldene Digitaluhr, sonst kein Schmuck. Das dunkle Haar war dicht, kurz geschnitten, an den Schläfen schon weiß. Man hätte ihn eher für einen alternden Filmstar gehalten denn für das, als was ihn sein Paß auswies, den er Ainslie bei dessen Ankunft überreicht hatte. Hinter dem Patio, auf dem sie saßen, erhob sich das Haus, das Ainslie nicht betreten hatte. Durch die Schiebeglastüren sah er in einen luxuriösen Wohnraum mit indirekter Beleuchtung. Was enthielt das Haus noch? Vielleicht Laura und die anderen?

Der Paß besagte, daß es sich bei seinem Gast um einen gewissen Felix Doppler, handelte, Rechtsanwalt, zweiundsechzig Jahre alt, keine besonderen Kennzeichen, gestern nach Adabad eingereist.

Dopplers Stimme war leise, und Ainslie mußte sich, so still es hier auch war, ein wenig vorlehnen, um kein Wort zu verlieren.

«Ich handele in dieser Angelegenheit lediglich als neutraler Vermittler», erklärte Doppler. «Ich habe gewisse Erfahrungen in dieser Materie.» Er lehnte sich zurück, holte eine goldene Zigarettendose aus einer Jackentasche, reichte sie Ainslie und zündete beide Zigaretten an. Ainslie sah, daß die knochigen Finger zitterten und daß Doppler Etui und Feuerzeug fest umklammert hielt, um den Tremor zu verbergen. «Ich bin beauftragt, Ihnen mitzuteilen, daß Ihre Tochter und die anderen Geiseln gesund sind und gut behandelt werden. Nun zu den Bedingungen.» Er hielt inne, und Ainslie spürte, wie sich sein Magen zusammenkrampfte. Doppler seufzte, klopfte die Asche von seiner Zigarette, sah zum Himmel. «Einige sind leicht zu erfüllen, andere nicht.»

«Es ist mehr als eine Bedingung?»

«Nun, es ist ja auch mehr als eine Geisel.» Er legte seine Zigarette an den Rand des Aschenbechers und balancierte sie dort sorgfältig aus. «Sehen Sie, ich halte mich an das militärische Prinzip, nur das zu wissen, was ich unbedingt wissen muß.»

Ainslie nickte.

«Ich wurde in diese recht unerfreuliche Angelegenheit lediglich über Telefonkontakte eingeschaltet», fuhr Doppler fort, «und bin erst aktiv geworden, als meine Bank mir bestätigte, daß eine bestimmte Summe auf meinem Konto eingegangen war. Der Mann, der den Kontakt mit mir aufnahm, bat mich, ihn der Einfachheit halber ‹Mr. Brahms› zu nennen. Und um Ihrer nächsten Frage gleich zuvorzukommen: Nein, ich weiß nicht, wer er wirklich ist.»

«Mr. Brahms?» wiederholte Ainslie ratlos.

«Etwas wunderlich, ganz meine Meinung. Es gibt, wie in solchen Fällen üblich, eine Frist, bis zu deren Ablauf die Bedingungen erfüllt sein müssen, doch handelt es sich diesmal nicht um Stunden, sondern um volle sechs Wochen. Falls dann sämtliche Bedingungen erfüllt sind, bekommen Sie Ihre Tochter und die anderen Geiseln unversehrt zurück. Sollte das nicht der Fall sein, wird man sie nicht mehr lebend wiedersehen.»

«Sechs Wochen?»

«Ja. Aber in Anbetracht der Forderungen ist das vielleicht nicht einmal übertrieben großzügig.»

Doppler sah die im Aschenbecher vor sich hin schmorende Zigarette an, hatte aber offenbar wenig Neigung zum Weiterrauchen. «Zunächst geht es um Geld. Drei Millionen Dollar in Gold, die bei einer Schweizer Bank zu hinterlegen sind.»

«Drei Millionen?»

«Ganz recht. In Gold. Weiterhin soll eine Rede, die ich Ihnen zu einem späteren Zeitpunkt noch zustellen werde, vor der Generalversammlung der Vereinten Nationen verlesen werden.»

«Das geht nicht», fuhrt Ainslie auf. «Politische Verlautbarungen würde man dort nicht –»

«Die Rede ist angeblich nicht im landläufigen Sinne politisch, sondern eher humanitär und dürfte nirgends Ärgernis erregen. Mr. Brahms legt großen Wert darauf, daß sie zu Protokoll genommen wird. Er ist überzeugt davon, daß Sie das arrangieren können. Sie haben doch gute Freunde bei der UNO.»

«Mag sein, aber –»

«Weiter geht es um die Entlassung von drei zur Zeit in Amsterdam einsitzenden Gefangenen», fuhr Doppler fort. «Die Namen bekommen Sie, ehe Sie gehen.»

Ainslie horchte auf. «Terroristen?»

«Nein, ich glaube, die Anklage lautete auf Einbruch. Wie kommen Sie auf Terroristen?»

«Meist sind es doch –» Ainslie unterbrach sich. «Diebe? Ganz gewöhnliche Kriminelle?»

«Der Wert der Beute betrug drei- bis viertausend Dollar, es handelte sich um Industriediamanten, glaube ich.»

Ainslie legte die Hände vors Gesicht, rieb sich die Augen und lehnte sich zurück. «Ihr Mr. Brahms sorgt für Abwechslung. Ist das alles?»

«Nein, leider nicht. Bestimmte Angehörige der Botschaften hier in Adabad sollen abberufen werden. Drei von der amerikanischen Botschaft, zwei von der Botschaft der Bundesrepublik Deutschland, zwei von der britischen Botschaft.»

«Das wird ja immer besser, Doppler.»

«Ich fürchte, es wird eher schlechter. ACRE.»

Ainslie ließ seinen Stuhl zurückfallen. «Jetzt kommen wir der Sache schon näher. Wegen ACRE haben sie sich Laura geschnappt, nicht wahr? Um an mich heranzukommen.»

«Vielleicht. Ich weiß es nicht. ACRE muß rückgängig gemacht oder vom Nordkap an einen akzeptableren Standort verlegt werden.»

«Akzeptabler für wen?»

«Für Mr. Brahms, möchte ich annehmen. Ich kann Ihnen nicht sagen, was ich nicht weiß.»

«Aber ACRE existiert noch gar nicht, wir stehen erst am Anfang der Planung, bis zum Bau vergehen noch Jahre.»

«Um so einfacher müßte es sein, den Standort zu verlegen.»

«Wohin?»

Doppler zuckte die Schultern. «Nach Grönland? Island?»

«Warum sagen Sie das nicht den Norwegern und den Schweden? ACRE ist ihr Projekt, nicht meins.»

«ACRE ist ein Projekt der Vereinten Nationen, deshalb müßte dort auch die Entscheidung darüber fallen, wo es errichtet wird.»

«So einfach ist das nicht.»

«Tja, ich fürchte, das ist allein Ihr Problem. Als nächstes –»

Ainslie machte schmale Lippen. «Wie lang ist diese lächerliche Liste noch? Dieser Brahms ist offenbar völlig verrückt.»

«Nein, das glaube ich nicht. Nicht verrückt im üblichen Sinne.» Doppler legte nachdenklich die Fingerspitzen aneinander. «Mr. Brahms spricht mit der Stimme eines Toten, General Ainslie. Als Anwalt kenne ich diesen Tonfall. So sprechen nur Menschen, die nichts, absolut nichts mehr zu verlieren haben. Natürlich kann es sein, daß er nicht ganz normal ist. Es kann aber auch sein, daß einfach seine Werte nicht unseren Vorstellungen entsprechen, seine Beweggründe nicht so leicht zu entschlüsseln sind.»

«Sie wissen, wer er ist, nicht wahr?» fragte Ainslie unvermittelt.

«Ich habe Ihnen gesagt –»

«Ich weiß, was Sie mir gesagt haben. Sie kennen die Stimme, nicht wahr?»

«Ich bin nicht sicher. Vielleicht nach einigen weiteren Gesprächen ...»

«Und werden Sie es uns sagen, sobald Sie es wissen?»

Doppler sah ihn über seine Fingerspitzen hinweg an. «Er bezahlt mich.»

«Auch wir können Sie bezahlen. Wenn Sie wirklich neutral bleiben wollen, ist das Ihre Chance. Sie sagten, daß Sie das, was Sie tun, nicht gern tun.»

«Wenn die Verhandlungen erfolgreich verlaufen, gedenke ich mein Honorar dem Roten Kreuz zu spenden, General. Wenn Sie mehr bieten, soll es mir recht sein.» Doppler schloß einen Augenblick die Augen, wurde sehr blaß, rang nach Atem. Aber als er wieder anfing zu sprechen, war seine Stimme ganz ruhig. «Wenn hinter Mr. Brahms der Mann steckt, an den ich denke, haben Sie nichts davon, wenn Sie seine Identität kennen. Um Ihrer Tochter willen möchte ich wünschen, daß ich mich irre.»

«Sie brauchen mir keine Angst mehr einzujagen. Die habe ich schon.»

«Eine sehr vernünftige Einstellung. Und jetzt die letzte Forderung. Sie ist vergleichsweise einfach zu erfüllen und wird Ihnen keine Schwierigkeiten machen.»

«Kennen Sie die Namen?» fragte Ainslie zwei Stunden später Konsul Bowden.

«Sicher. Ozawa, Groves, Previn, Mehta – das sind alles Dirigenten der Spitzenklasse, besonders für moderne Werke.»

«Ich verstehe nichts von Musik», sagte Ainslie unglücklich. «Es ist eine ganz und gar verkorkste Geschichte. Was sollen wir gegen einen Wahnsinnigen ausrichten?»

Bowden legte die Liste auf den Schreibtisch zurück. «Irgendein Sinn muß dahinterstecken, zumindest für den Entführer. Vielleicht kann uns der neue Mann helfen, der aus London kommt.»

«Was für ein neuer Mann? Wer kommt aus London?» Ainslie, der vor der Landkarte gestanden hatte, wandte sich um.

«Ein Mann namens Skinner, so heißt es.»

7

Das Frühstück verlief schweigend, nur an einem Tischende unterhielten sich Timmy und Skinner leise miteinander.

«Und da hing sie in Ketten an dem Felsen und hat gewartet, bis die Seeschlange sie fressen kam?» flüsterte Timmy hingerissen. «Und hat gesehen, wie das Ungeheuer immer näher gekommen ist?»

«Ja, so war es», bestätigte Skinner mit ernstem Gesicht. «Andromeda war sehr tapfer, denn sie wollte ja das Reich ihres Vaters, des Königs, retten. Aber dann geschah etwas Wunderbares.»

Timmys Augen wurden noch ein bißchen größer. «Was denn?»

Skinner bestrich langsam und sorgfältig seinen Toast mit Butter und legte ihn ungegessen aus der Hand. «Sie hörte einen Windstoß, einen lauten Flügelschlag am Himmel, und aus den Wolken kam Pegasus, das fliegende Pferd, hervor. Auf seinem Rücken ritten Perseus, der Sohn des Zeus, den die Götter liebten. Sie hatten ihm viele Dinge geschenkt, um einen großen Krieger aus ihm zu machen, das geflügelte Pferd, Flügelschuhe, ein mächtiges Schwert, einen Schild, der blank war wie ein Spiegel, und einen Helm, mit dem er sich unsichtbar machen konnte. Perseus war prachtvoll anzusehen. Er war gerade auf dem Heimweg, er hatte nämlich die Medusa erschlagen.»

«Die kenne ich, die hatte überall Schlangen auf dem Kopf.»

Skinner lächelte. «Siehst du, du weißt ja gut Bescheid. Es sah nicht sehr hübsch aus. Da flog also nun Perseus durch die Lüfte, und als er auf die Erde niedersah, erblickte er das schöne Mädchen, das an den Felsen gekettet war. Auch die Seeschlange sah er. Da kam er mit Pegasus angeritten und tötete das Ungeheuer, ehe es Andromeda verschlingen konnte. Dann hieb er mit seinem Schwert Andromedas Ketten entzwei und nahm sie mit sich hinauf in die Lüfte.»

«Toll. Und hat er noch mehr Ungeheuer erschlagen?»

Skinner warf einen raschen Blick zu Laura hinüber, die von der alten Sage offenbar ebenso gefesselt war wie der Junge. «Nein. Er nahm Andromeda mit heim und heiratete sie.»

«Och, das ist ja langweilig», sagte Timmy enttäuscht.

«Ja, weißt du, sie war eben ein sehr schönes Mädchen. Später ist Perseus dann wieder ausgezogen, um Ungeheuer zu erschlagen. Seine Frau hat er wahrscheinlich zu Hause gelassen. Aber sie hatten einen Sohn, und dieser Sohn hatte wieder einen Sohn, und wer, glaubst du, war das?»

«Wer?» fragte Timmy zurück.

«Herkules.»

«Den hab ich mal im Kino gesehen», sagte Timmy aufgeregt.

«Na siehst du», meinte Skinner und griff nach seinem Toast.

Als Timmy aufgestanden und zu seinen Soldaten gegangen war, setzte Laura die Kaffeetasse ab. «Das ist eine wunderschöne Geschichte.»

«Es sind alles schöne Geschichten», meinte Skinner, «und deshalb haben sie sich auch gehalten. Dabei sind die sogenannten Sternbilder ganz willkürliche Muster, Formationen von Gestirnen, die eigentlich gar nichts miteinander zu tun haben und teilweise Tausende von Lichtjahren voneinander entfernt sind.»

«Gibt's für alle Sterne solche albernen Geschichten?» fragte Goade vom anderen Ende des Tisches her. Skinner sah ihn an. «Für die meisten Sternbilder, ja.»

«Mannomann.» Goade schüttelte angewidert den Kopf. «Komische Wissenschaft betreiben Sie da, Skinner. Bringen Sie diesen Quatsch auch Ihren Studenten bei?»

«Die meisten haben, wenn sie zu mir kommen, die Mythen, die man sie gelehrt hat, längst wieder vergessen, Sergeant. Es ist eine sehr nüchterne Generation. Statt in bewunderndem Staunen zu verharren, macht sie sich daran, sämtliche Probleme per Computer zu lösen, oder sie besteigt ein Raumfahrzeug, um sich durch eigenen Augenschein vom Stand der Dinge zu überzeugen.»

«Was Ihnen ein bißchen gegen den Strich zu gehen scheint», bemerkte Morgan.

«Durchaus nicht. Zahlen sind weitaus faszinierender als Sagen, aber sie dürften für einen Achtjährigen sehr viel weniger interessant sein.»

«Es ist sehr lieb, daß Sie sich so nett um Timmy kümmern, Professor Skinner», sagte Anne Morgan. «Wenn Ihre Sterne nicht wären und Mr. Hallicks Soldaten, hätte er bestimmt viel mehr Angst.»

Hallick wurde rot. «Hat mir Spaß gemacht», sagte er schüchtern. «Nachher mach ich ihm noch mehr. Er ist ein prima kleiner Kerl.»

«Hört mal», sagte Goade plötzlich. Er schob seinen Stuhl zurück und lief zum Fenster. «Da draußen rührt sich was. Vielleicht ist es Skinners geflügeltes Pferd. Quatsch, ein Hubschrauber ist es, Mannomann, ein verdammter Hubschrauber landet auf dem verdammten Eis.»

Die beiden Männer aus dem Hubschrauber trugen schwere arktische Schutzanzüge, der eine in Gelb, der andere in Orange. Über die Gesichter hatten sie Strickmasken mit Schlitzen für Augen und Mund gezogen. Beide waren mit Maschinenpistolen bewaffnet.

«Guten Morgen», sagte Orange. «Ihr machen, was wir sagen, euch nichts passieren.»

Skinner stand unmittelbar vor Laura, die geballten Fäuste an die Seiten gelegt. «Was sollen wir tun», fragte er leise.

«Nicht schlimm», sagte Orange. «Hinsetzen, fotografieren lassen.» Der Besuch hatte die Atmosphäre im Haus schlagartig verändert. Mit den beiden Bewaffneten war die Realität zurückgekehrt, das Gefühl der Zeitlosigkeit war verschwunden. Die Männer meinten es ernst, und sie brachten eine tödliche Bedrohung mit.

Orange wandte sich an Goade. «Sie zuerst.» Goade wurde blaß, dann zeichneten sich auf seinen Wangen rote Flecken ab. Gelb hob drohend die Waffe, und Orange folgte seinem Beispiel. «Wir euch umbringen, ganz leicht. Alle. Klar?»

«Klar», krächzte Goade. Die roten Flecken verblaßten. Die anderen nickten gehorsam, wie Puppen.

Gelb nahm Goade am Arm, zog ihn zum Eßtisch und stieß ihn auf Skinners Stuhl. Mit einer weit ausholenden Bewegung wischte der Maskierte Teller und Schüsseln beiseite. Eine Tasse rutschte herunter und zerbrach, Kaffee floß über den Parkettboden. Aus der Vordertasche seines Parka holte er eine kleine Kamera mit Blitzlicht und eine zusammengefaltete Zeitung, die er Goade in die Hand drückte. Goade schlug sie auf. Die Zeitung war in arabischer Sprache gedruckt.

Gelb gab Goade durch Handbewegungen zu verstehen, er solle die Zeitung so an die Brust halten, daß die Titelseite nach außen zeigte. Dann drückte er ab, das Blitzlicht flammte bläulichweiß auf. Gelb nickte, stützte den Apparat gegen die MPi und betätigte den Filmtransport.

«Jetzt Frau und Kind zusammen», wies Orange an. Nacheinander wurden sie mit der Zeitung in der Hand fotografiert. Als letzter kam Skinner an die Reihe. Er nahm die Zeitung Denning aus der Hand und hielt sie so, als sei er dabei, die Nachrichten zu überfliegen.

«Steht was Interessantes drin, Professor?» höhnte Goade.

«Wie bitte?» Skinner fuhr nervös herum.

«Sie fertig?» fragte Orange etwas ungeduldig.

«Entschuldigen Sie bitte», flüsterte Skinner. Er setzte sich und hielt die Zeitung ungeschickt vor sich hin. Als der Blitz losging, fuhr er heftig zusammen, und Gelb knurrte ärgerlich. «Entschuldigen Sie», wiederholte Skinner, ließ die Zeitung in den Schoß fallen und strich sie mit raschen, erregten Bewegungen glatt. «Ich hatte nicht erwartet ... es tut mir leid ...»

«Noch mal», befahl Orange.

Wieder nahm Skinner die Zeitung, und diesmal zuckte er nur leicht zusammen, als der Blitz aufleuchtete. Fragend sah er Gelb an.

«Muß genügen», entschied Gelb. Gelb drehte den Film zurück, verstaute die Kamera wieder in seinem Parka und zog den Reißverschluß zu. «Ihr etwas brauchen?» fragte Orange. «Medikamente? Sonst etwas?»

«Wenn ihr zufällig noch 'n Platz im Hubschrauber frei habt ...» sagte Goade.

Orange ignorierte ihn. Er winkte Gelb. Zusammen gingen sie die Treppe hinauf, zogen von Zimmer zu Zimmer und sammelten irgendwelche Gegenstände ein, die sie in einem Handtuch verstauten. Auch das Zimmer im Erdgeschoß, das Skinner sich genommen hatte, kam an die Reihe.

«Das sind Rasierer; rasieren unnötig. In der Halle ist Kiste, aufmachen, wenn wir weg. Wir kommen zurück, vielleicht morgen, vielleicht übermorgen. Danke.» Die Haustür schlug zu.

«Wenn die wiederkommen, können sie sich auf was gefaßt machen», knirschte Goade.

«Warum, haben Sie eine Hubschrauberlizenz?» fragte Skinner interessiert.

«Nee, aber da ist doch bestimmt ein Funkgerät drin.»

«Kaum. Sie werden sicher damit gerechnet haben, daß wir auf diese Idee kommen würden. Es wäre also sinnlos, Ärger zu machen, nicht wahr?»

«Verdammter Feigling», knurrte Goade, aber es leuchtete ihm offenbar doch ein, daß Skinner recht hatte.

Die Rotorblätter des Hubschraubers begannen sich zu drehen, dann erhob sich der Helikopter von der Eisfläche und war zwei Minuten später hinter den Birken verschwunden.

Es war Hallick, der sich an die Kiste erinnerte und sie hereinbrachte. Sie enthielt Zigaretten, drei Flaschen Brandy, Äpfel und

Apfelsinen, Spielzeug für Timmy, unter anderem auch einen kleinen Hubschrauber, eine große Flasche Aspirin, einen Stapel englischer Taschenbücher, *Telegraph, Guardian* und die Pariser Ausgabe der *Herald Tribune* vom Vortag, sogar ein paar Päckchen Damenbinden. Ganz unten lag eine große Schachtel mit teuren Schweizer Pralinen.

«Wer sagt, daß es keinen Weihnachtsmann mehr gibt?» Hallick grinste.

8

Captain Edward Skinner war eine lebhaftere Ausgabe seines professoralen Bruders. Während der Professor nach seinem Paßfoto blaß und verschwommen wirkte, war der britische Marineoffizier, der jetzt vor Ainslie stand, dunkel und scharfäugig. Er hatte den General um ein Gespräch unter vier Augen gebeten.

«Guten Flug gehabt?» fragte Ainslie und goß Kaffee ein.

«Zwei Stunden Verspätung in London wegen Nebel, ansonsten bestens. Gibt's was Neues?»

«Wir hatten gestern abend Kontakt mit den Kidnappern.» Ainslie zeigte Captain Skinner die Liste der Forderungen und wartete auf seine Reaktion. Der Captain lachte. «Unglaublich», sagte er und gab ihm das Blatt zurück. «Wie weit können sie erfüllt werden?»

«Das Geld ist von der Ölfirma garantiert worden, die Morgan unter Vertrag hat. Wegen des Konzerts haben wir uns mit dem Leiter des BBC World Service in Verbindung gesetzt, er will uns morgen Bescheid sagen. Wie steht's Ihrer Meinung nach mit den übrigen Bedingungen?»

«In der UN-Sache kann ich nichts sagen, aber in der Frage der Gefangenen könnten wir wahrscheinlich vermitteln, wenn sie tatsächlich nur das sind, was Doppler behauptet.»

«Wir?» Ainslie goß sich Sahne in den Kaffee und rührte um.

Captain Skinner reichte ihm eine flache kleine Ledermappe. Ainslie setzte seine Tasse ab, schlug sie auf und gab sie zurück. «Warum dann die Uniform?»

«Sie steht mir zu, ich bin tatsächlich Marineoffizier. Es ist eine

ausgezeichnete Tarnung, selbst David hält mich für einen alten See-
bären, den es an den Schreibtisch verschlagen hat. Und meist sitze
ich ja tatsächlich am Schreibtisch. Nur nicht in diesem Fall.»

«Als was würden Sie sich in diesem Fall bezeichnen?»

Captain Skinner nahm einen Schluck Kaffee. «Als Bruder und als
Agent im Geheimdienst Ihrer Majestät. Das ist die Reihenfolge, die
ich bevorzuge. Meine Vorgesetzten sehen das natürlich umge-
kehrt.»

Ainslie nickte. «Agent in welchem Sinne?»

Captain Skinner leerte seine Tasse, stellte sie auf das Tablett zurück und wechselte scheinbar das Thema. «Meinen Respekt, daß es
Ihnen so lange gelungen ist, die Sache aus den Schlagzeilen zu halten.»

«Zunächst haben wir mal eine Geschichte über Instrumentenver-
sagen und eine Notlandung in der Wüste erfunden, das war recht
einfach. Da es eine Militärmaschine war, ließ sich da schon einiges
machen. Wie lange ich es noch geheimhalten kann, weiß ich allerdings nicht.»

«Es muß sein, General. Sie bekommen alle nur erdenkliche Un-
terstützung. Es ist wesentlich, daß niemand anfängt, sich Gedanken
darüber zu machen, was aus den neun harmlosen Passagieren von
Flug 816 geworden ist.»

«Nur – es sind nicht neun harmlose Passagiere, nicht wahr? Es
sind acht harmlose Passagiere und ein gottverfluchter Geheim-
agent. Darauf kommt es Ihnen an bei Ihrer Geheimniskrämerei,
stimmt's?»

Der Captain griff in die Jackentasche, holte ein ziemlich ver-
knautschtes Päckchen Zigaretten und eine Schachtel Streichhölzer
heraus. «Hat man Ihnen das gesagt?»

«Nicht ausdrücklich. Aber ich bin ja kein Trottel. Ist Ihr Bruder
der Agent?»

«Ich glaube nicht.»

«Aber Sie wissen es nicht?»

«Leider nein. Der einzige, der es wußte, ist am Abend vor dem
Flug in Beirut ganz plötzlich gestorben.»

«Das hat uns gerade noch gefehlt.» Ainslie hieb mit der Hand auf
die Schreibtischplatte und schwenkte seinen Sessel zur Landkarte
herum.

Captain Skinner stand auf und begann langsam im Zimmer auf

und ab zu gehen. «Zuerst die Vorgeschichte. Vor etwa eineinhalb Jahren stellten wir fest, daß jemand unter dem Vorwand, geheimdienstliche Ermittlungen über politische Aktivitäten im Nahen Osten durchzuführen, Ihrer und meiner Regierung erkleckliche Sümmchen abknöpfte. Nun gehöre ich nicht zur James-Bond-Riege unseres Dienstes, sondern bin nur ein schlichter Buchhalter –»

«Buchhalter?»

Captain Skinner lächelte. «Ganz recht. Auch Spione müssen bezahlt werden, und jemand muß den Überblick darüber behalten, wohin das Geld geht. Wir stellten also fest, daß uns jemand seit geraumer Zeit nach Strich und Faden betrog. Daraufhin haben wir uns mit Washington in Verbindung gesetzt und alles, was wir wußten, in einen Topf geworfen. Interessant, sage ich Ihnen. Natürlich haben Sie, weil Sie eben so viel mehr zum Ausgeben haben, am meisten eingebüßt. Aber auch unsere Verluste waren beträchtlich. Damit aber nicht genug. Es stellte sich heraus, daß eine Menge von dem Geld in Kanäle floß, die wir für absolut zuverlässig gehalten hatten. Daß wir für unsere eigenen Spione Geld lockermachen müssen, damit haben wir uns abgefunden, aber zu erfahren, daß wir unfreiwillig damit die Russen unterstützt haben, das tut weh.»

«Kann ich mir vorstellen.» Ainslie drehte sich wieder zur Zimmermitte.

«Wir haben also gemeinsame Ermittlungen eingeleitet», fuhr Skinner fort, «und eine Menge über einander erfahren, was wir eigentlich gar nicht hätten wissen dürfen. Es ging nicht immer ohne Knirschen ab, aber das ist nun einmal so bei diesen Dingen. Unter anderem mußten wir Aufstellungen unserer Zahlungen machen, um die echten von den falschen unterscheiden zu können. Dazu brauchten wir die Namen sämtlicher Agenten und Doppelagenten beider Seiten und der Agenten anderer Geheimdienste – der Israelis, der Araber, der Deutschen, Franzosen und so weiter. All das war von dem Mann, der zu einer so unpassenden Zeit starb, zusammengestellt worden. Er war ein guter Mann, aber er wollte alles selber machen, das war schon fast eine fixe Idee bei ihm. Er war der Filter, die Anlaufstelle, bei ihm kam alles zusammen. Und es ging ja nicht um Pläne für eine Vernichtungswaffe, sondern gewissermaßen um Außenstände.»

Captain Skinner drückte seine Zigarette aus und zündete sich gleich die nächste an. «Er stellte also die ganzen Daten übersichtlich

zusammen und dann – vielleicht traute er seinem üblichen Kontaktmann nicht – suchte er sich jemanden auf dieser Maschine, dem er
das Zeug für die Zentrale mitgeben konnte. Einen Boten, einen
Briefträger, wenn Sie so wollen. Oder eine Briefträgerin. Alles,
was er – oder sie – bei sich hat, sind Listen. Aber wenn man die in
einen Computer eingibt, werden Muster daraus, Muster und Namen. Er hatte uns schon gewisse Vorinformationen gegeben, und
danach sieht es so aus, als ob uns einige der Namen ganz und gar
nicht schmecken werden. Die Sache kann bis in die höchsten Kreise
gehen.»

«Kein Wunder, daß Sie sich Sorgen machen.»

«Eben. Nun sind uns die Listen natürlich für unsere Zwecke
nützlich, aber die Russen beispielsweise oder die Chinesen könnten
sie noch für ganz andere Dinge gebrauchen. Sie könnten jahrelang
erfolgreich getarnte Agenten hochgehen lassen, sie könnten alle
möglichen Leute unter Druck setzen ...»

Ainslie schüttelte voller Verzweiflung den Kopf. «Also deshalb
wurden sie entführt – um an die Listen heranzukommen?»

«Tja, wissen Sie, da haben wir gleich die nächste Schwierigkeit.
Nach dem, was Sie mir erzählt haben, sind sie aus ganz anderen
Gründen gekidnappt worden – dieser Doppler, die Forderungen,
die Pässe, die Fotos und so weiter. Es ist durchaus denkbar, daß
unser Kurier in eine Sache hineingeraten ist, die mit seiner Mission
überhaupt nichts zu tun hat. Möglicherweise ist er ebenso hilflos
und verzweifelt wie die anderen Geiseln, wenn auch aus anderen
Gründen.»

«Es könnte also doch Ihr Bruder sein.»

Captain Skinner nickte. «Ja, es könnte David sein. Seine astrono-
mischen Aufzeichnungen wären ideal zum Verschlüsseln von Informationen, sie bestehen hauptsächlich aus Zahlen. Es könnte jeder
Beliebige sein, der einen genügend vertrauenswürdigen Eindruck
macht, um eine Geheiminformation von A nach B zu befördern –
selbst Ihre Tochter, obgleich ich das für sehr unwahrscheinlich
halte.»

«Sehr», bestätigte Ainslie mit einiger Ironie.

«Einen Vorteil haben wir allerdings. Unser verblichener Freund
war nämlich trotz seines Geheimhaltungsfimmels schlau genug,
auch die möglichen Gefahren zu sehen, und deshalb hat er noch
einen Wachhund hinterhergeschickt. Leider war die Maschine ge-

startet, ehe wir mit seinem Mann Kontakt aufnehmen konnten, aber die Sache scheint in guten Händen zu sein. Es ist übrigens – wohl im Sinne des notwendigen Gleichgewichts – einer von Ihren Leuten.»

«Und wie heißt er?»

Captain Skinner setzte sich wieder und reckte sich. «Goade, Sergeant John Goade. Er soll einer Ihrer Spitzenleute sein.»

9

Mit vereinten Kräften hatten Hallick und Goade bis zum Einbruch der Dunkelheit eine Flasche Brandy geleert und die zweite angebrochen. Goade wurde immer ausfälliger und verstärkte seine Angriffe auf Skinner, der ihn ignorierte. Laura, die Skinner gegenübersaß, spürte, daß er die Bemerkungen sehr wohl hörte, wenn er auch nicht darauf reagierte, sondern ungerührt Zeitung las.

«Wer steht denn nun wirklich hinter mir, wenn sie zurückkommen?» fing Goade wieder an. «So wie ich das sehe, ist da mit Timmy immer noch mehr anzufangen als mit unserem alten Ofenhokker hier. Morgan hat nur Muskeln im Hals, und Denning ist einfach zu alt. Sieht so aus, als ob wir die Chose allein deichseln müssen, was, Joey?»

«Wir werden die Chose schon deichseln», lallte Hallick und goß sich mit großer Behutsamkeit den nächsten Brandy ein.

«Unsere Freunde kommen bestimmt nicht unvorbereitet, Goade», sagte Denning vom Fenster her, wo er das letzte rötliche Glühen des Sonnenuntergangs beobachtete.

«Na und? Wenn sie wieder Fotos machen wollen – und das müssen sie, um zu zeigen, daß wir noch leben –, müssen sie durch die Tür da reinkommen, 'ne andere Möglichkeit gibt's nicht.»

Hallick drehte sich um. «Durch die Tür da», wiederholte er entzückt. «Durch die liebe kleine Tür d–da.» Er hatte jetzt einen Zustand kindlicher Fröhlichkeit erreicht, in dem jedes Wort einen geheimen, ihn höchlichst erheiternden Sinn barg. Er stand auf und trat schwankend an die Tür heran. »Sie haben recht, Goade.»

«Klar hab ich recht», erklärte Goade selbstgefällig.

Hallick wandte sich um und ging zurück zu seinem Platz. «Is wirklich 'ne Tür, ka-kann gar nichts anneres sein.»

«Ach, geh doch zum Teufel.» Goade schenkte sich noch einen Brandy ein. Hallick blieb stehen und wiegte sich auf den Hacken. «Pfui, so was sagt man nicht, Goade, is kein schöner Schortwatz, Wo-Wortschatz, mein ich.»

«Halt die Luft an», brummte Goade.

«Nee, wirklich, Goade, alter Junge. Wir haben Kinder und Damen hier, darfste nicht vergessen. Hallo, meine Damen. Hübsche Damen, wirklich, alles was recht is.» Zielbewußt steuerte er Anne Morgan an, die seinem Blick auswich. «Die da is 'n Mutti-Typ», erklärte er und wanderte weiter zu Sherri. «Und die da, die is 'ne Wucht, ehrlich wahr. Auch ohne Schminke und Lippenstift im Gesicht. Bildschön is die, das haut dich um, Mann, echt.»

«Dich hat was ganz anderes umgehauen», stellte Goade fest.

Hallick war vor Laura stehengeblieben. «Und die da – ja, was is das wohl für eine?»
Er streckte die Hand aus und hob Lauras Kinn. «Was für eine bist 'n du? Keine Brille – keine Pau-Paukerin nich. Kein Busen – oder nich der Rede wert – keine Malyrin Ronmoe nich. Keine Kinder nich – kein Mutti-Typ nich. Weißte was die is? Eine von der aussterbenden Sorte isse – 'n nettes Mädchen. Biste 'n nettes Mädchen, Laura? Ich mag nette Mädchen.»

«Das freut mich», sagte Laura. Hallicks Musterung machte ihr – trotz Dennings Warnung – keine Angst. Seine Ernsthaftigkeit, sein Versuch säuberlicher Einteilungen in Kategorien erinnerten sie irgendwie an Timmy. Für sie ging nichts Bedrohliches von ihm aus.

«Freut dich? Mich auch.» Hallick ließ ihr Kinn los. Als er sich umdrehte, sah er, daß Skinner ihn über den Rand seiner Zeitung hinweg beobachtete. «Hallo, Professerchen. Hab schon gedacht, du bist eingepennt. Magste nette Mädchen?» Skinner sah ihn unbewegt an, ohne zu antworten, bis Hallick sich wieder Anne Morgan zuwandte. Als er ein Stück weit weg war, vertiefte sich Skinner wieder in seine Zeitung.

«Der mag überhaupt keine Mädchen», höhnte Goade.

Hallick sah seinen Saufkumpan an. «Falsch, Goade, ga-ganz falsch. Er mag sie schon, er weiß bloß nich, was er mit ihnen machen soll. Weiß nich, wo er dran ist, stimmt's, Süße?» Anne Morgan starrte auf den Teppich, während Hallick vor ihr hin und her schwankte. «Er weiß schon, daß da was is, aber dann zieht er den Reißverschluß hoch und hat vergessen, wozu es da is. Also ich, ich weiß, wozu es da is, da kannste Gift drauf nehmen.»

«Bitte –» flüsterte Anne Morgan abwehrend.

«Bitte? Kannste haben, Süße.» In dem Augenblick, als er nach ihr griff, trat Morgan auf die Galerie und sah die beiden.

«Du dreckiger Strolch, daß du mir meine Frau nicht anrührst», brüllte er außer sich und lief zur Treppe.

«Mach doch nicht soviel Wind, Joey», schaltete sich unerwartet Sherri ein. Sie nahm Hallicks Arm und legte ihn um ihre Hüfte. Er bedachte sie mit einem verschwimmenden Blick, dann grinste er. «Wenn das nich unsere Wuchtbrumme is. 'n Abend, Wuchti.»

«'n Abend, Joey. Habt ihr noch 'n Schluck Brandy für mich übrig? Hättest mir auch mal einen anbieten können, du Geizkragen.»

«Tut mir leid, Wuchti. Komm, kannst haben, was du willst», erklärte Hallick großartig und ließ sich von Sherri zur Schnapsflasche lotsen. Während er einschenkte, flüsterte er ihr etwas ins Ohr. Sie kicherte, kletterte mit den Fingern an seiner Wirbelsäule entlang und zerstrubbelte ihm das Haar.

«Ist das ein Versprechen?» fragte sie rauh.

Morgan, seines Opfers beraubt, besah sich das immer vertraulicher miteinander flüsternde und fummelnde Paar. «Alles in Ordnung, Anne?» fragte er gereizt. Er konnte sich von Sherris und Hallicks Anblick gar nicht trennen.

«Ja, danke, Tom. Reg dich nicht auf, er ist betrunken.»

«Aber sie nicht. Die beiden haben sich gesucht und gefunden, wenn du mich fragst. Nur gut, daß du Timmy heute so zeitig schlafen gebracht hast.» Er ließ sich neben seiner Frau aufs Sofa fallen. «Ekelhaft, diese Nutte.»

«Sie wollte ihn nur ablenken, Mr. Morgan», erklärte Laura zu ihrer eigenen Überraschung. «Wahrscheinlich weiß sie, wie man mit solchen Männern umgeht.»

«Ja, Erfahrung hat sie bestimmt, das glaub ich gern», meinte Morgan eine Spur zu laut. Sherri wandte sich um, zwinkerte ihm unverschämt zu und flüsterte dann Hallick etwas ins Ohr. Er sah Morgan an und schüttelte sich vor Lachen. «Mann, das kannste wohl annehmen», prustete er.

Skinner legte die Zeitung aus der Hand, warf Sherri und Hallick einen raschen Blick zu und sah wieder weg.

«An der Zeitung haben Sie sich ja ordentlich festgehalten», rief Goade zu ihm hinüber. «Schade, daß Sie das heute vormittag nicht so gut geschafft haben. So was Erbärmliches hab ich mein Lebtag noch nicht gesehen. Ich hab gedacht, Sie fangen vor lauter Angst gleich an zu flennen.»

Skinner stand auf, um Holz nachzulegen. «Freut mich, daß Sie dachten, ich hätte Angst gehabt, Sergeant. Hoffentlich waren unsere Freunde der gleichen Meinung.»

Morgan riß sich von seiner gerechten Empörung über Sherri und Hallick los. «Sie haben das absichtlich gemacht?»

Skinner hängte den Schürhaken wieder an den Ständer. «Ja. Wirkte es überzeugend?»

Laura merkte, wie sich etwas in ihr löste. Skinner lächelte Morgan zu. Es war, als sähe hinter dem Männergesicht plötzlich ein Junge hervor.

«Was haben Sie gemacht, David?» Denning kam vom Fenster und stellte sich hinter Lauras Stuhl.

Skinner erklärte es ihnen, und Morgan begann zu lachen. «Donnerwetter, da waren Sie aber fix.»

Skinner zuckte die Schultern. «Ich hatte ja lange genug Gelegenheit zum Lesen. Vielleicht fällt niemandem etwas auf, aber versuchen mußte ich es. Leider werden sie nicht noch einmal mit dieser Methode arbeiten.»

«Warum nicht?» Laura spürte, wie der Stoffbezug des Sessels sich unter Dennings geballter Faust spannte.

«Es lohnt den Aufwand nicht. Sie mußten die Zeitung heranschaffen, um den Eindruck zu erwecken, daß wir im Nahen Osten festgehalten werden. Alle Hinweise, die dem widersprechen könnten, wurden sehr sorgfältig aus dem Bildhintergrund entfernt. Auf dem Foto sieht man nur einen ganz normalen Tisch und eine ganz normale Wand.»

«Was werden sie dann tun, um zu zeigen, daß wir noch am Leben sind?» fragte Morgan. «Denn das war doch wohl der Sinn der Übung, nicht?»

«Ja, sicher.» Skinner hob Timmys Hubschrauber vom Kaminvorleger, richtete sich auf und setzte mit dem Zeigefinger die Rotorblätter in Bewegung.

«Was meinen Sie?»

Skinner stellte den Hubschrauber auf einen der Beistelltische.

«Die Bärte natürlich. Sie haben uns die Rasiersachen weggenommen. Auf jedem Bild wird der Bartwuchs stärker sein. Daran erkennt man, daß wir leben – Toten wächst kein Bart mehr – und daß zwischen den Aufnahmen Zeit verstrichen ist.»

«Aber wir haben keine Bärte», wandte Laura ein.

«Sie werden immer einen Mann und eine Frau zusammen fotografieren», sagte Denning.

«Ja», bestätigte Skinner nachdenklich. «Deshalb werden wir sehr sorgfältig planen müssen. Wir wissen noch nicht, wie sie uns gruppieren werden, aber wenn wir –»

«Planen? Was soll das heißen?» fuhr Goade dazwischen. Daß Skinner nicht aus Angst die Zeitung hatte fallen lassen, wurmte ihn offensichtlich.

«Ich habe mir unsere Lage hier durch den Kopf gehen lassen», begann Skinner zurückhaltend.

«Ach, du ahnst es nicht», stöhnte Goade. «Wenn der sich schon was durch den Kopf gehen läßt . . .»

«Jetzt hab ich aber langsam genug, Goade», erboste sich Denning. «Sie verlassen sich nur auf Ihre Fäuste und erreichen damit vermutlich nur, daß man uns alle über den Haufen schießt. David hat wenigstens etwas Konstruktives getan, er hat sich *nicht* betrunken, er hat *nicht* an Weibern herumgemacht, und er hat *nicht* dämlich gequatscht.»

«Jetzt ist er plötzlich ganz groß, bloß weil er zufällig ein paar Brocken Arabisch kann, was?» höhnte Goade. «Am besten fallen wir alle vor ihm auf die Knie. Skinner, der Wundertäter. So weit kommt's noch.»

Skinner seufzte und lachte verlegen.

Denning ging zum Kamin herüber und warf ein abgebrochenes Streichholz ins Feuer. «Ich hätte gar nichts dagegen, unserem Wundertäter ein Loblied zu singen. Wir müßten uns nur noch auf einen Text einigen. Wie wär's mit –»

Goade warf mit einem Fluch die leere Brandyflasche an die Wand. Beim Klirren und Splittern von Glas fuhren alle zusammen.

«Das war sehr töricht», sagte Anne Morgan tadelnd.

Goade schnitt ein Gesicht und hielt sich die zweite Brandyflasche an die Lippen. «Sehr töricht, Goade», brabbelte er vor sich hin. «Was bist du doch für ein Dummer, Goade, ein ganz Unnützer bist du . . .»

«Was wollten Sie sagen, David?» fragte Denning.

«Wie bitte?» Skinner betrachtete Goade mit einem ganz sonderbaren Ausdruck, es dauerte einen Augenblick, bis er Dennings Frage registriert hatte. Als er den Kopf wandte, spiegelte sich das Licht in seinen Brillengläsern, und sein Gesicht wirkte seltsam ausdruckslos, fast leer. «Ach so, ja.» Er lächelte Laura unbestimmt zu, dann fröstelte er leicht und hatte sich wieder in der Gewalt. Jetzt war es nicht der kleine Junge, der hinter seinem gewohnten Gesicht hervorsah, sondern etwas Fremdes, das Laura die Kehle zusammenzog.

«Ach so, ja», wiederholte Skinner und sah Dennings Zigarette an. «Könnte ich wohl auch eine haben?»

Denning schien überrascht, streckte aber Skinner die Packung hin, der sich eine Zigarette herausnahm und sie an einem brennenden Scheit aus dem Kamin anzündete. Er hustete, nahm die Zigarette aus dem Mund. «Es ist Jahre her, ich weiß gar nicht, ob ich noch –» Seufzend nahm er einen tiefen Zug. «Sehen Sie, die Fotos sind unsere einzige Möglichkeit, mit der Außenwelt Kontakt aufzunehmen, und das sollten wir zumindest versuchen. Das Nächstliegende wären natürlich Handzeichen, aber sie dürfen nicht zu auffällig sein. Ob sie wohl weiterhin diesen Tisch und den Stuhl benutzen werden?»

Er sah sich um. Anne Morgan hatte Müllschaufel und Handfeger aus der Küche geholt und begann, die Scherben zusammenzukehren. Goade sah ihr zufrieden beim Arbeiten zu, als habe er sich fest vorgenommen, zu einem zweiten Wurfgeschoß zu greifen, sobald sie die Reste des ersten beseitigt hatte. Aber dann goß er sich doch nur den nächsten Brandy ein und starrte in die goldgelbe Flüssigkeit, als gäbe es darin einen erstklassigen Western zu sehen. Anne Morgan blieb neben ihm stehen, als wollte sie etwas zu ihm sagen, schluckte es herunter und verschwand in der Küche. Man hörte, wie sie die Scherben in den Mülleimer warf. Skinner nickte vor sich hin.

«Sergeant Goade?»

«Der meint mich», sagte Goade zu dem Brandy.

«Können Sie morsen, Sergeant?»

Goade warf erst dem Brandy, dann Skinner finstere Blicke zu. «Morsen? Nee.»

«Wie schade», sagte Skinner enttäuscht.

«Ich kann morsen», sagte Anne Morgan von der Küchentür her.

«Sie? Das ist ja großartig.»

«Ich glaube jedenfalls, daß ich noch weiß, wie es geht.»

«Du glaubst es? Komm, Schatz, du weißt ganz genau, daß du es kannst», sagte Tom Morgan mit einer Spur von Ungeduld in der Stimme. Er wandte sich an Skinner. «Anne hat nämlich ein eidetisches Gedächtnis.»

«Was ist ein eidetisches Gedächtnis?» fragte Denning neugierig.

«Hundertprozentiges Erinnerungsvermögen.» Skinner betrachtete Anne mit Genugtuung. «Das ist eine große und seltene Gabe.»

«Ach, ich weiß nicht», wehrte Anne ab. «Meist ist es eher eine Last.»

«Heißt das, daß Sie sich an alles erinnern, was Sie je gelesen oder gehört haben?» fragte Laura fasziniert.

«Sie braucht etwas nur einmal zu lesen und hat es auf immer gespeichert», bestätigte Tom Morgan, zwischen Stolz und Verlegenheit hin und her gerissen. «Und sie kann es jederzeit wiederholen, wenn sie will. Der Morsecode dürfte kein Problem sein.»

«Unglaublich», sagte Denning vom Kamin her.

«Ungla–unglabaublich», tönte Hallick plötzlich. Er schob Sherri weg, ging mit verglasten Augen auf Anne zu und packte sie am Arm. «Muß ich mir doch mal näher begucken, die Puppe mit dem dollen Kopp.» Er trat dicht an sie heran. Sie zuckte zurück. Er machte ein gekränktes Gesicht. «He, Puppe, was soll 'n das ... ich tu dir doch nichts ... Du bis nämlich sehr – He, laß das ...» fuhr er sie wütend an, als sie sich aus seinem Griff zu befreien versuchte. «Du stehst still, wenn ich's dir sage, haste verstanden?»

Tom Morgan erhob sich, Denning machte einen Schritt nach vorn, aber Skinner kam beiden zuvor. Gleich darauf rutschte Hallick mit sehr verwundertem Gesicht an der Wand neben der Küchentür herunter.

«Es tut mir schrecklich leid», sagte der Professor zu Anne. «Ist alles in Ordnung?»

«Ja ... Ja, danke.»

Goade sah Skinner an, sah Hallick an, sah wieder Skinner an. «Mit dem Treffer haben Sie aber verdammten Dusel gehabt.»

«Er hat mich gar nicht getroffen», widersprach Hallick. «Jedenfalls nicht mit der Faust.»

«Ich denke, du legst dich jetzt am besten aufs Ohr, Joey», sagte Skinner ganz freundlich. «Die Party ist vorbei.»

Denning ging zu Hallick hinüber und zog ihn hoch. «Komm, du Heini. Der Professor hat recht, du gehörst ins Bett.» Er sah nachdenklich zu Skinner hinüber, schüttelte lächelnd den Kopf und lotste Hallick, der jetzt wieder lammfromm war, die Treppe hinauf.

«Sie waren enorm eindrucksvoll, David», gurrte Sherri.

«Das war nicht beabsichtigt», gab Skinner ziemlich kurz angebunden zurück.

«Trotzdem ...» lächelte sie, und Morgan gab einen Laut von sich, der zwischen Wut und Verachtung die Mitte hielt.

«Schon Ersatzbedarf, Miss Lasky?» fragte er.

«Soll das ein Angebot sein?» schoß sie zurück. Morgan schien sie mit seinen moralinsauren Bemerkungen immer zu besonderen Ausfällen zu reizen.

Laura stand unvermittelt auf. «Ich mache ein paar Sandwiches. Wer hat Appetit?»

Skinner strahlte sie an. «Vorzügliche Idee. Ich helfe Ihnen.»

Aber als sie mit den belegten Broten aus der Küche kamen, waren nur noch Denning und Goade da, und es wurde keine besonders heitere Mahlzeit.

Skinner saß allein in dem dunklen Wohnraum. Er war noch nicht müde, und als die anderen nach oben gegangen waren, hatte er das Licht ausgeschaltet und gesagt, er wolle sich noch in der Küche seinen Kakao machen. Jetzt saß er an der Stereoanlage, hatte sich die Kopfhörer aufgesetzt und hoffte, Mozart und Frederick Delius würden ihm den Frieden bringen, den er im eigenen Herzen nicht gefunden hatte. In seinem tiefen Sessel beobachtete er das Kommen und Gehen der anderen auf der Galerie. Sie war wie eine zu seiner Kurzweil errichtete und beleuchtete Bühne. Die beiden Badezimmer lagen ganz rechts und ganz links. Gefesselt betrachtete er das stumme Kommen, Gehen, Warten, Anklopfen, das die ahnungslosen Schauspieler dort oben für ihn aufführten wie einen gemessenen Tanz. Tom Morgan war der letzte. Er warf einen kurzen Blick in die dunkle Tiefe des Wohnraums, dann knipste er das Licht auf der Galerie aus und verschwand in seinem Zimmer.

Allmählich gewöhnten sich Skinners Augen an die Dunkelheit, und in dem schwachen Licht des verlöschenden Feuers und des aufgehenden Mondes wurden die Umrisse der Möbel wieder sichtbar.

Die *North Country Sketches* waren zu Ende. Skinner blieb unbeweglich sitzen und starrte in die mattrote Glut.

Nach dem Besuch der Bewaffneten hatten sich alle von ihrer schlechtesten Seite gezeigt. Goade war noch unruhiger geworden, Hallicks alkoholische Lüsternheit hatte ähnliche Empfindungen bei Sherri ausgelöst, Morgan hatte ein Ziel für seine Selbstgerechtigkeit gefunden, Anne sich noch mehr in sich zurückgezogen, und er selbst hatte die Beherrschung verloren. Schon nach wenigen Tagen setzte langsam, aber sicher der Verfall ein.

Laura und der Junge waren bisher unverändert. Jedenfalls äußerlich. Was in ihnen vorging, das konnte man nicht wissen. Er richtete sich auf – und hielt mitten in der Bewegung inne, als er auf der Galerie eine Tür gehen hörte. Dann vernahm er Schritte. Vorsichtige, verstohlene Schritte. Eine andere Tür öffnete und schloß sich. Er saß stirnrunzelnd auf der Sesselkante, die Kopfhörer in der Hand. Wer war zu wem gegangen? Er hatte den Versuch, das Rätsel zu lösen, schon fast aufgegeben, als wieder eine Tür geöffnet und geschlossen wurde. Wieder Schritte, nicht verstohlen, sondern eilig, ungleichmäßig. Jemand lief über die Galerie und stolperte die Treppe hinunter. Ein dunkler Schatten durchquerte die hellere Fläche vor dem Panoramafenster, ließ sich in einen Sessel fallen. Selbst in der Dunkelheit hatte er sie erkannt. Sie begann zu schluchzen. Er sprach so leise wie möglich, um sie nicht zu erschrecken, aber seine Stimme machte ihrem Jammer jäh ein Ende. Er sah förmlich, wie sie würgte, um ihre Fassung zurückzugewinnen.

«Es wird besser sein, wenn Sie nach unten in das zweite Dienstbotenzimmer ziehen», sagte er ruhig. Sie antwortete nicht. Skinner seufzte ein wenig. «War es Hallick? Hat er versucht –»

Laura hatte die Stimme erkannt. «Ja, ich nehme an, daß es Hallick war, aber er wollte nichts von mir, er ist gleich zu Sherris Bett gegangen. Sie dachten wohl –»

«Sie hatten sich verabredet und dachten, Sie wären schon eingeschlafen. Es tut mir leid.»

Laura richtete sich erstaunt auf. «Weshalb sagen Sie das?»

«Ich weiß nicht recht – aber es tut mir ehrlich leid. Das alles . . .» Die Stille dehnte sich. Er ging zur Stereoanlage hinüber, wickelte sorgsam die Zuleitungsschnur um die Kopfhörer und schob sie unter die Anlage. «Daß es früher oder später passieren würde, zeichnete sich natürlich ab. Etwas mehr Zurückhaltung wäre gut gewesen, aber leider halten sich die Leute eben nicht immer an anderer Leute Anstandsregeln.»

«Es ist nicht so, daß ich prüde bin –» setzte Laura an.

«In meinen Augen ist das keine Frage der Moral, sondern der Kinderstube.»

«Sie haben bestimmt gedacht, daß ich schon schlafe.»

«Wirklich? Sehr lange gewartet haben die beiden allerdings nicht.»

Einigermaßen verblüfft hörte er, daß sie plötzlich anfing zu glucksen.

«Mit dem Warten haben sie wohl überhaupt nicht viel im Sinn. Er kam herein und – und kam gleich zur Sache.»

Skinner richtete sich auf. «Zur Sache?»

Das Glucksen verstärkte sich. «Ja. Fünf Schritte zum Bett, ein kurzer Quietscher der Bettfedern, zwei Seufzer, und es ging los.»

«Bei seinem Zustand eine beachtliche Leistung», meinte Skinner trocken.

Laura fing an zu lachen. Er stand im schwachen grünen Glimmen der Stereoanlage und versuchte, ernsthaft und teilnahmsvoll zu bleiben, aber je mehr Laura lachte, desto mehr kam auch ihn das Lachen an, sein Mund begann zu zucken, und schließlich fand er ihre Versuche, mit dem Lachen aufzuhören, womöglich noch komischer als seine eigenen Versuche, nicht damit anzufangen – und ebenso vergeblich. Es war natürlich Hysterie, nichts weiter, eine Hysterie, die der Anspannung und Erschöpfung entsprang. Laura konnte ihn jetzt sehen – oder zumindest sah sie das Blitzen seiner Brillengläser, die Form seines Kopfes, das Weiß seiner Zähne und den blassen Umriß seines Hemdes. Als sie begriffen hatte, was sich im Nachbarbett abspielte, war sie zunächst maßlos verblüfft gewesen. Als dann das Keuchen und Rangeln sich verstärkt hatte, war sie geflohen, ohne daß die beiden etwas gemerkt hatten. Sie war nicht prüde, aber sie konnte einfach nicht so tun, als schliefe sie, nicht, wenn sich *das* in unmittelbarer Nähe vollzog. Sie hatte die Flucht ergriffen, um allein zu sein. Jetzt war sie froh, daß Skinner hier war, ebenso hilflos von Gelächter geschüttelt wie sie. Skinner versuchte sich zu fassen, aber dann prusteten sie beide wieder los. Dabei hatte er nur gesagt: «Erst weicht Goade jedesmal entsetzt zurück, wenn ich ihm zu nahe komme, jetzt benehmen sich Sherri und Hallick wie die Höhlenmenschen – man sieht, Sex gibt es eben überall.»

Er ließ sich in einen Sessel fallen, nahm die Brille ab, wischte sich die Augen, und ganz allmählich beruhigten sie sich wieder. «Mein Gott, das ist alles so lächerlich ...» Er setzte die Brille wieder auf. «Sie müssen mich für einen ausgemachten Idioten halten.»

Alles war leichter in der Dunkelheit. «Ganz und gar nicht. Ich glaube, ich habe noch nie in meinem Leben einen weniger idiotischen Menschen kennengelernt.»

Er seufzte ein bißchen. «Besten Dank.» Er horchte, den Kopf an den rauhen Polsterstoff gelehnt, auf das Knistern ihres Morgenrocks, während sie sich bequemer in ihrem Sessel zurechtsetzte. Nach einer Weile sagte er nachdenklich: «Ich weiß, wir befinden uns in einer Ausnahmesituation, und trotzdem fühle ich mich hier nicht unbehaglicher als an einem beliebigen Tag anderswo. Neun Monate im Jahr bin ich an der Universität, im Sommer reise ich viel. Ich bewohne ein kleines Haus in einer kleinen Stadt, seit Jahren schon. Ich habe es – von dem Notwendigsten abgesehen – nie möbliert, für mich ist es kein eigentliches Heim, nur ein Wohnsitz. Und deshalb ist es – wenn man einmal von meiner Arbeit absieht – eigentlich gleichgültig, ob ich hier sitze oder dort. Finden Sie das absonderlich?»

«Nein.» Er war ein Fremder, sie wußte kaum etwas über ihn, und doch erfaßte sie in diesem Augenblick ein Gefühl der Vertrautheit.

«Haben Sie Angst?» fragte sie unvermittelt. Ihre eigene Angst war vergangen.

«Noch nicht. Nein, noch nicht, glaube ich ...» Er stand auf und ging an ihr vorbei zum Fenster. Der Himmel war klar. In der Schwärze erkannte er alte Bekannte in ihren vertrauten funkelnden Formationen. Der Mond hinter dem Haus war heller geworden und tauchte den Schnee und die schwarzen Baumreihen in ein geisterhaftes Licht.

«Ich vestehe nicht –» Laura unterbrach sich und starrte ins Feuer, in dem ein Holzscheit funkensprühend zerbarst.

«Was verstehen Sie nicht?» fragte er leise.

«Warum Sie das alles so gelassen hinnehmen. Alle haben wütend oder irgendwie betroffen reagiert. Bis auf Sie.»

«Und auf Sie.»

Sie zog den Saum ihres Morgenrocks über die Knie. «Ich – hatte meine Anfechtungen. Jetzt zum Beispiel.»

«Meinen Sie das Weinen oder das Lachen?»

«Beides. Sie beobachten nur.»

«Ja, wissen Sie, das ist mein Beruf. Wenn man mit Gegenständen zu tun hat, die es schon Millionen von Jahren vor einem gegeben hat, die einen um Millionen von Jahren überleben werden, verliert das tägliche Leben im Hier und Jetzt irgendwie an Bedeutung.» Er ging ein wenig in die Knie, um den Aldebaran ausmachen zu können. «Und dann habe ich mich auch dazu erzogen, meine Zeit nicht mit Unwichtigem zu vertun. Damit meine ich nicht schöne oder interessante Dinge, die sind immer wichtig für mich. Nein, ich denke an das Gerangel um Macht und Ansehen, das Bestreben, immer und überall die Nase vorn zu haben und ähnlichen Unfug. Nach dem Tod meiner Frau habe ich dieses Spiel sehr intensiv betrieben, aber dann hörte ich eines Tages das Getrampel all der vielen Füße auf der Jagd nach sinnlosen Siegen, und meine Schritte waren die lautesten von allen. Es war ein albernes Geräusch, fand ich, und ich stellte es schleunigst ein. Ich werde nicht die Welt verändern, ich werde nicht reich oder berühmt oder sonst irgendwie bemerkenswert sein. Ich bin alles, was ich habe, und gehe deshalb jetzt ein bißchen sparsam mit mir um.» Er lachte leise. «Entschuldigen Sie die Sonntagsblattphilosophie zu so später Stunde.»

«Es ist die beste Zeit zum Philosophieren.»

«Nennen wir es die Rechtfertigung eines Mannes ohne Ehrgeiz. Nicht sehr eindrucksvoll.»

«Und es gibt kein Ding so weich, daß es nicht zur Nabe des kreisenden Weltalls werden könnte» *, sagte sie leise vor sich hin.

«Wie meinten Sie?»

Sie wurde rot und versuchte, zum Lachen zurückzufinden. «Sie philosophieren, ich sondere Lyrik ab.»

«Sagen Sie es noch einmal.»

Sie wiederholte die Zeile. Er überlegte. «Wordsworth?»

«Der britische Chauvinismus kennt keine Grenzen. Nein, das ist Whitman.»

«Gesang von mir selbst?»

«Ja.» Der eigene Chauvinismus drückte sie ein bißchen. «Ihre Philosophie mag nicht welterschütternd sein, damit hätte sie ja auch ihr Ziel verfehlt, aber eindrucksvoll ist sie allemal.»

* Walt Whitman, *Gesang von mir selbst*. Deutsch von Hans Reisiger. Suhrkamp Verlag, Berlin 1946

«Sie machen einen alten Mann sehr glücklich, mein Kind», sagte er mit zitternder Greisenstimme.

Sie lächelte – und wurde gleich wieder ernst. «Sehen Sie sich wirklich als alten Mann?»

«Meine Studenten sehen mich so. Wie dürfte ich mir anmaßen, so viel kraftvoller Jugend zu widersprechen?» sagte er mit leisem Spott.

Laura lehnte sich seufzend tiefer in den Sessel zurück. «In mir sehen alle noch das kleine Mädchen», gestand sie. «Mein Vater nennt mich sein Baby, Larry glaubt, ich käme nicht heil über die Straße, wenn er mir keinen Plan zeichnet, und Mutter sagt, mein Modebewußtsein sei das einer Sechsjährigen. Warum sehen die Menschen einander nicht richtig?»

«Mein Fach ist die Astronomie, nicht die Erkenntnislehre. Jeder Mensch wird nach den Signalen beurteilt, die er an seine Umwelt gibt. Vielleicht mögen Sie als kleines Mädchen, vielleicht möchte ich als alter Mann gesehen werden. Vielleicht verstehen wir es beide gut, uns zu verbergen; wir dürfen uns dann aber auch nicht beklagen, wenn sich das einmal gegen uns wendet.»

Laura nickte. Es war schön, mit ihm zu sprechen. Oder vielleicht war es nur der Klang der leisen, gebildeten Stimme aus der Dunkelheit, die ihr Trost brachte. Er war ein seltsamer Mann. Sobald sie glaubte, ihn erkannt zu haben, verwandelte er sich vor ihren Augen – oder Ohren. Timmy sah Skinner als lieb und geduldig, Goade sah ihn als zimperlich, Morgan schien seiner Intelligenz zu mißtrauen; Sherri sah ihn offenbar überhaupt nicht. Laura wandte sich um. Er hatte ihr den Rücken zugedreht und sah zum Himmel auf. Dunkel hob sich seine Gestalt von der mondhellen Nacht ab, und was sie in diesem Augenblick empfand, verstörte sie zutiefst.

Sie sah ihn als männliche Kreatur.

Es war, als sei er nackt. Sie konnte sich seinen Körper ganz deutlich vorstellen. Breite, untersetzte Männer hatte sie nie attraktiv gefunden, die wenigen, die sie rein körperlich angezogen hatten, waren groß und schlank gewesen wie Larry Carter. Dennoch spürte sie in diesem Augenblick in Skinners Körper ganz deutlich die ruhende Kraft. Es war die Erwartung der plötzlichen Kehrtwendung, der Konfrontation, des zwingenden Blicks, der sich öffnenden Hände, die dem Bild, das sie sich von ihm gemacht hatte, den sexuellen Beiklang gab. Es mußte etwas mit dem zu tun haben, was sich oben in dem dunklen Zimmer abgespielt hatte. Denn dieser kühl-intellektuelle Fremde, der sich mit einem schlechtsitzenden Anzug maskierte, hatte einen plötzlichen, fast überwältigenden physischen Hunger in ihr geweckt, wie sie ihn nie zuvor erlebt hatte. Nie hatte sie den ersten Schritt in der Beziehung zu einem Mann getan – jetzt sehnte sie sich danach, es zu tun. Sie sehnte sich danach, zu ihm zu gehen, ihn zu berühren, sich die Vision der Männlichkeit und der Verheißung zu bestätigen, ihn zu erregen, von ihm genommen zu werden. Besonders sein Mund, sie sehnte sich nach seinem –

«Sie kennen sicher alle Sterne auswendig», sagte sie mit nicht ganz sicherer Stimme.

«Wie bitte? Ja, schon seit meiner Kindheit. Sie ändern sich nie.» Er senkte den Blick, sah zu den Bäumen hinüber. «Natürlich ändern sie sich ständig, aber nie so sehr im Laufe eines Menschenalters, daß man diese Änderung anders als hypothetisch erfassen könnte. Meine Arbeit besteht im wesentlichen aus Hypothesen. Wir wissen im Grunde nicht sehr viel, und gerade, wenn wir meinen, wir wüßten etwas, macht irgend jemand eine Entdeckung, die alles wieder auf den Kopf stellt. Es sind alles nur Mutmaßungen. Einen Stern kann man nicht anfassen oder in der Hand halten, man kann ihn nicht fragen, was er da draußen treibt. Und selbst wenn man es könnte, wäre da wohl noch das Verständigungsproblem . . .»

«Ja, also dann . . .» Sie konnte nicht hierbleiben, in diesem Zustand, während er nur Gedanken für seine Arbeit hatte. Und natürlich waren diese Sehnsüchte, die sie sich da einbildete, reiner Unsinn, waren – wie hatte er gesagt? – einfach lächerlich. «Ich werde Ihrem Vorschlag folgen und mir das zweite Dienstbotenzimmer nehmen. Es ist sowieso besser, ich bin es nicht gewöhnt, ein Zimmer zu teilen.»

«Ja, es hat seine Tücken.» Er sah noch immer aus dem Fenster.

Sie stand auf, zwang sich, zur Tür zu gehen. «Gute Nacht.»

Er warf ihr einen kurzen Blick zu, lächelte. «Gute Nacht.»

Als sie hinter ihm vorbeiging, roch er den schwachen Duft warmer Sommerblumen, widersinnig bei all dem Schnee dort draußen. Er vertiefte sich wieder in die Betrachtung der Landschaft. Dann runzelte er die Stirn, stellte sich an eine Ecke des Fensters und beugte sich so weit wie möglich vor. Der Mond schien jetzt sehr hell, und die Schatten, die er warf, ergaben ein seltsames Muster, ein Muster, das plötzlich ganz und gar keinen Sinn gab. Er räusperte sich. «Laura?»

Sie war schon an der Schlafzimmertür und wandte sich rasch um. «Ja?»

«Können Sie eigentlich nähen?»

10

«Um welche Zeit kommt dieses Blatt in Beirut auf die Straße?»

Carter sah in sein Notizbuch. «Morgens um halb sechs ist es fertig gedruckt, jederzeit danach sind Exemplare greifbar. Wenn man entsprechende Beziehungen hat, braucht man den Straßenverkauf nicht abzuwarten.»

«Und welche Zeit zeigt Goades Uhr?»

Carter sah erneut in sein Notizbuch und dann auf die Fotos, die mit Reißnägeln an der Tafel vor ihnen befestigt waren. In der obersten Reihe hingen die acht Originale, auf denen die Geiseln mit der Zeitung zu sehen waren, darunter Ausschnittvergrößerungen. «8 Uhr 50, aber wir wissen nicht, ob es vor- oder nachmittags ist. Auf den Fotos ist kein natürliches Licht zu sehen.»

«Wenn es Vormittag ist, könnten sie drei Stunden von Beirut entfernt sein – oder weniger.»

«Ja, aber wenn es Abend ist, können sie praktisch sonstwo sein.»

«Der Junge trägt einen Schlafanzug, als ob er gerade aufgestanden ist.»

Captain Skinner schüttelte den Kopf. «Er könnte auch gerade schlafen gelegt werden, das ist nicht schlüssig.»

Ainslie besah sich das Foto einen Augenblick aufmerksam, dann erklärte er überzeugt. «Es ist Vormittag.» Er deutete auf Sherri. «Sie trägt kein Make-up. Frauen nehmen ihr Make-up nie vor neun ab, aber manchmal fangen sie mit der Kriegsbemalung erst nach dem Frühstück an.»

«Vielleicht hat sie gar kein Make-up mit.»

«Doch, schauen Sie her.» Er griff nach den ersten Fotos, die sie von den Entführern bekommen hatten. Neben Sherris Bett sah man eine Tisch- oder Kommodenplatte, auf der verschiedene Flaschen und Töpfchen standen. «Laura benutzt diese Marke nicht, sie müssen also Miss Lasky gehören», folgerte er.

«Na schön, das nehme ich Ihnen ab.» Carter machte sich eine

Notiz. «Sie sind also im Umkreis von drei Stunden oder weniger von Beirut.»

«Drei Stunden – aber mit welchem Verkehrsmittel?» fragte Captain Skinner. «Mit dem Wagen sind das etwa hundert Meilen, mit dem Hubschrauber mindestens doppelt soviel. Und mit dem Flugzeug . . .» Er hob die Schultern.

Mit düsterem Gesicht legte Ainslie die Fotos aus der Hand. «Sonst noch was, Larry? Diese sogenannten forensischen Experten müssen doch auch irgendwelche Vorstellungen haben.»

«Vorstellungen haufenweise, aber keine Fakten. Es seien alles nur Mutmaßungen, sagen sie.»

«Egal, heraus damit.»

«Wie Sie wollen. Auf dieser Vergrößerung sehen Sie die Innenseite von Timmys Ellbogen. Wir haben fünf oder sechs Einstichstellen gezählt, die meisten sind fast geheilt, aber bis der Bluterguß abklingt, dauert es länger. Wenn sie unmittelbar nach der Gefangennahme betäubt wurden, sagen die Experten, was wahrscheinlich ist, da die Piloten betäubt aufgefunden wurden, standen sie längere Zeit unter Drogenwirkung. In den letzten Tagen dagegen hat man ihnen offenbar nichts verpaßt, sie haben alle ziemlich klare Augen, wenn man auch Gaodes Gesicht wegen der Lichtstreifen nicht besonders gut erkennen kann. Das hier allerdings kommt mir ein bißchen komisch vor.» Er tippte mit dem Kugelschreiber auf Skinners Foto.

Zum Glück hatten die Brillengläser den Blitz nicht reflektiert. Die Augen waren deutlich zu erkennen, das eine Lid hing weiter herunter als das andere, und beide Augen wirkten trübe.

«Was meinen Sie, Captain?» fragte Ainslie. «Wäre es denkbar, daß Ihr Bruder den Entführern Schwierigkeiten gemacht hat, so daß sie genötigt waren, ihn ruhigzustellen?»

Captain Skinner verzog den Mund zu einem gequälten Lächeln. «David? Sehr unwahrscheinlich. Meist sieht er einfach zu und wartet ab. Nicht, daß er fischblütig wäre, ganz im Gegenteil, er kann unheimlich hitzig werden, aber es muß schon sehr dick kommen, ehe er loslegt. Ich könnte mir vorstellen, daß Hallick, Goade, selbst Morgan zurückschlagen würden, wenn die Entführer sich an seiner Frau oder seinem Sohn vergriffen hätten, aber nicht David. Noch nicht jedenfalls.»

«Aber früher oder später dann doch?»

«Wenn sie ihn bis aufs Blut reizen ... Ich hoffe es nicht, in ihrem Interesse.»

Carter sah ihn verblüfft an. «Das hört sich ja an, als ob er –»

«Was?» Captain Skinner hob eine Augenbraue.

«Ach, ich weiß nicht ... Als ob er ein ganz gefährlicher Typ wäre.»

«Ein jähzorniger Mann ist immer gefährlich, für sich und seine Umwelt. David weiß, daß er destruktiv sein kann, wenn er die Beherrschung verliert, deshalb sorgt er dafür, daß es nicht so weit kommt.»

Carter wandte sich an Ainslie. «Wohl eine besondere Abart von Pantoffel-und-Pfeifen-Typ ...»

Ainslie zuckte die Schultern. «Was sagen Ihre Experten sonst noch?»

«Ihrer Meinung nach hält man alle zusammen gefangen. Goade wurde vermutlich als erster fotografiert, solche Streifen treten meist am Anfang eines Films auf, wenn beim Einlegen etwas Licht hineingekommen ist. Angeblich deutet das auch darauf hin, daß es sich um einen Apparat einer höheren Preisklasse handelt, in den meisten billigen Kameras hat man heutzutage Kassetten. Zumindest seine Hände aber sieht man ganz deutlich, die Knöchel sind weiß, was nach Meinung der Fachleute auf Wut oder Angst hindeutet. Er hat die Zeitung verknüllt, man sieht die Knitterfalten auf allen anderen Fotos, weil die meisten anderen das Blatt offenbar weiter oben angefaßt haben. Und vielleicht haben sie den Professor zuletzt aufgenommen. Wir haben seine Uhr vergrößert, sie zeigt auf 9.03, ein Zeitunterschied von dreizehn oder vierzehn Minuten, wenn die Uhren einigermaßen synchronisiert waren. In dieser Zeit hätten sie, wenn sie rasch gearbeitet haben, die ganze Folge abknipsen können.»

Captain Skinner stand auf und betrachtete die Fotos genau, während Carter seinen Bericht fortsetzte. «Die Wand hinter ihnen ist echt Teak. So etwas findet man hier nicht allzu häufig, des Klimas und der Insekten wegen. Die Experten meinen deshalb, es müsse sich um ein Haus mit Klimaanlage handeln, ein Büro vielleicht oder eine Luxusvilla.»

«Was ist mit dem Haus, vor dem Sie sich mit Doppler getroffen haben?» fragte Captain Skinner, ohne von den Fotos aufzusehen. «Sind Sie hineingekommen?»

Ainslie schüttelte den Kopf. «Nein, ich habe durch die Glastüren nur in ein Zimmer sehen können, und das hatte weiße Wände.»

«Ist das Haus schon lokalisiert?»

Wieder schüttelte Ainslie den Kopf. «Nein. Ich habe unseren Leuten erzählt, daß ich dreiundzwanzig Minuten in der Luft war, aber ein Richtungswechsel läßt sich bei einem Hubschrauber kaum bestimmen.»

«Was halten Sie von einem Schiff?» fragte Carter. «Diese Täfelung – spricht das nicht für eine Jacht?»

«Gute Idee», sagte Captain Skinner anerkennend. «Ich kann das prüfen lassen.»

Ainslie beobachtete ihn scharf. Er spürte, wie der Captain sich verspannte. «Was ist?» fragte er.

Captain Skinner richtete sich auf. «Könnte man eine genaue Übersetzung der Titelseite beschaffen?»

«Larry?»

«Ja, sicher, es wird zwar ein, zwei Stunden dauern, aber machen läßt es sich natürlich. Warum?»

«Vielleicht hat es überhaupt nichts zu bedeuten, es ist nur –» Er nahm eine Hand aus der Tasche und tippte auf das Foto seines Bruders. «Da sind zunächst einmal seine Augen. Er zwinkert, ja, er schielt beinah.»

«Wir hatten das für eine Folge der Beruhigungsmittel gehalten.»

«Nein, ich glaube, das macht er absichtlich. Als Kinder hatten wir so ein Zeichen, es bedeutete: Ich schwindele jetzt, stärk mir den Rücken. Sehr nützlich, wenn man sich aus irgendwelchen Klemmen befreien wollte. Und wir steckten ständig in der Klemme, David und ich. Vielleicht hat er gehofft, ich würde die Fotos zu sehen bekommen, und da hat er es einfach mal versucht.»

«Aber wie kann er auf einem Foto schwindeln?» wandte Carter ein. Die ganze Sache schien ihm ziemlich weit hergeholt.

«Vielleicht meint er, daß das Foto schwindelt», erklärte Carter. «Sehen Sie sich mal seine Hände an. Alle anderen hielten die Hände einander gegenüber, wie man es normalerweise macht. Bei David ist die rechte Hand um gut zwölf Zentimeter höher als die linke, und die Finger sind ganz komisch gespreizt. David achtet sehr auf seine Hände, weil er so viel Klavier spielt. Ich glaube, er zeigt auf etwas.»

Die anderen beiden gingen näher an das Foto heran.

«Kann Ihr Bruder Arabisch?» fragte Ainslie.

«Weshalb, meinen Sie, hat man ihn zum Aufbau des Sonnenobservatoriums geschickt? Er ist zwar ein Könner, aber für einen Wissenschaftler doch noch recht jung. Daß er die Landessprache beherrscht, hat den Ausschlag gegeben. Er spricht übrigens sechs Sprachen, zwar mit grauenvollem Akzent, aber immerhin verständlich. Wenn er mit Worten nicht weiterkommt, schafft er's vermutlich mit seinem Lächeln. Jedenfalls funktioniert es.»

«Er muß ein Genie sein.»

«Davids Gehirn saugt Wissen an wie ein Schwamm, speichert Daten und Fakten für den Fall, daß er sie irgendwann einmal brauchen könnte. Sein Klavierspiel hat praktisch Konzertreife, er liest wahnsinnig viel, wandert meilenweit und hält sich fit, schreibt Lehrbücher, forscht – alles nur, um sich zu beschäftigen. Er ist sehr einsam, er muß die Zeit ausfüllen, wenn er nicht überschnappen will.» Captain Skinner warf einen Blick auf das Foto seines Bruders. «So war er natürlich nicht immer. Er dürfte einer der rasantesten Rugbyspieler gewesen sein, die wir je in Cambridge hatten, und als Laienschauspieler war er auch nicht schlecht. Aber nach Margarets Tod ist er wie umgewandelt, er hat sich gleichsam eingeschlossen und den Schlüssel versteckt. Wenn es zu schlimm wird, kommt er zu uns und spielt ein bißchen Familie. Wir würden ihn gern öfter bei uns sehen, aber er macht sich rar.»

«Wie lange war er verheiratet?» fragte Ainslie.

«Ein halbes Jahr. Sie kannten sich von klein auf. Es hat ihn sehr getroffen.» Er wandte sich unvermittelt ab und ging, die Hände tief in den Taschen vergraben, zum Fenster.

«Kümmern Sie sich um die Übersetzung, Larry?» bat Ainslie. Carter nickte und verließ das Zimmer. Ainslie suchte Lauras Blick auf dem Foto. Einen solchen Mann müßte sie verstehen, dachte er. Auch sie hatte nach einem tiefen Schmerz ähnlich reagiert. Sie hatte sich in sich selbst zurückgezogen und die Tür abgeschlossen. Er hatte ebensowenig den Schlüssel finden können wie der Bruder des Professors.

Die Worte, auf die Professor Skinner zeigte, waren *Sonne, kalt* und *Mitternacht*.

«Sagt Ihnen das irgendwas, Captain?»

«Nein, ich habe mich wohl doch geirrt. Aber versuchen mußten wir es.»

«Vielleicht ergibt es später einen Sinn.»

Der Engländer nickte und lächelte ein wenig. «Vielleicht.»

Abends um neun stürzte Grey mit vor Erregung gerötetem Gesicht ins Speisezimmer. «Sie sind gefunden, mit größter Wahrscheinlichkeit jedenfalls.»

Es war ein altes Haus in einer gewundenen Altstadtgasse. Sie gingen die letzten fünfhundert Meter zu Fuß; die Wagen kamen nicht näher heran. Die Polizei hatte auf Grund einer eher zufälligen Information eines ihrer Spitzel das Haus seit dem späten Nachmittag beobachtet. Ein Mann in amerikanischer Army-Uniform hatte sich kurz an einem der Fenster gezeigt. Das Haus war nach Angabe der einheimischen Polizei schon früher von «verdächtigen» Personen benutzt worden.

«Was verstehen Sie unter ‹verdächtig›?» flüsterte Ainslie Grey zu, während sie sich auf dem Holperpflaster zwischen den dunklen Häusern vortasteten.

«Das hat man uns nicht näher erklärt», flüsterte Grey zurück. «Sie wissen ja, daß wir hier nicht sehr beliebt sind. Unser Geld, ja, das nehmen sie gern, aber viele Einheimische sind mit den Veränderungen nicht einverstanden, die das Öl mit sich gebracht hat. Hammad, der Einsatzleiter, haßt uns wie die Pest.»

«Jetzt erzählen Sie mir bloß nicht, daß ein amerikanischer GI seine Schwester geschwängert hat», witzelte Ainslie.

«Ach, kennen Sie die Geschichte?» fragte Grey überrascht. «Aber der Mann war nicht Soldat, sondern Angestellter bei einer Ölgesellschaft.»

«Es ändert sich doch nichts auf der Welt», sagte Ainslie leise zu Carter.

«Wie bitte?»

«Nichts ... Das da vorn scheint es zu sein.» Ainslie schlug den Jackenkragen hoch und unterdrückte ein Niesen. In Oslo war er immer kerngesund gewesen, aber hier in einem heißen Wüstenland hatte er sich einen Schnupfen geholt.

Grey machte sie mit Captain Hammad bekannt. Hammad hatte ein scharfgeschnittenes Gesicht und einen Mund wie ein schlechtgelaunter Barrakuda. Sie kauerten in einem Torweg mit Blick auf das gegenüberliegende Haus, und Hammad berichtete widerstrebend, der Uniformierte sei, soweit sie wüßten, noch im Haus.

«Ein Mann ist gegangen hinein, keiner ist gekommen heraus.»

«Kennen Sie den Mann, der hineingegangen ist?»

«Wir kennen ihn. Kein guter Mann.»

«Wie meinen Sie das?» erkundigte sich Captain Skinner neugierig. «Ist er kriminell? Politisch unzuverlässig? Oder was sonst?»

Hammad sah Skinner eine Weile wortlos an und wandte sich dann ab, ohne die Frage zu beantworten. «Wir jetzt gehen hinein», sagte er leise. «Meine Männer sein in Stellung.»

«Sind sie bewaffnet?» erkundigte sich Captain Skinner besorgt. «Möglicherweise sind Frauen und ein Kind im Haus. Wenn es zu einer Schießerei kommt –»

«Sie mich entschuldigen.» Hammad schob sich aus dem Torweg in den nächsten schützenden Schatten, sie sahen ihn noch zweimal kurz auftauchen, dann hatte die Dunkelheit ihn verschluckt.

«Unverschämter Hund», knurrte Ainslie.

«Sie müssen das verstehen, General, wir haben hier im Grunde überhaupt nichts zu sagen», versuchte Grey abzuwiegeln. «Sie hätten uns überhaupt nicht zu benachrichtigen brauchen.»

Carter versetzte ihm einen Rippenstoß, und Grey verstummte. Die Nacht um sie herum schien den Atem anzuhalten. Dann zerriß ein Schuß, unmittelbar gefolgt von zwei weiteren, die Stille. Captain Skinner stöhnte auf und hieb mit der geballten Faust an die Wand. Dann fiel noch ein Schuß, und Ainslie verlor die Nerven. Er verließ den Torweg und lief über die holprige Straße auf das Haus zu, dicht gefolgt von Captain Skinner. Grey packte Carter am Ärmel und machte stumm den Mund auf und zu wie ein Guppy.

«Ja, ich weiß, wir haben hier eigentlich nichts zu sagen», fuhr Carter ihn an und machte sich los. «Hören Sie bloß auf, Mann.»

Als Ainslie das Haus erreicht hatte, flog die Tür auf, ein Mann rannte geradewegs in ihn hinein und drückte ihn an die Hauswand. Hammad war dicht hinter ihm, aber gerade, als er die Waffe hob, um auf den Rücken des Mannes zu schießen, stolperte Captain Skinner über einen losen Pflasterstein, packte im Fallen Hammads Knie, und der Schuß ging in die Luft. Hammad trat fluchend nach dem Engländer, um sich zu befreien und verschwand in der Dunkelheit. Noch ein Polizist kam aus dem Haus, Knochen knirschten, als sein Fuß die Hand des am Boden liegenden Captain Skinner auf das Pflaster drückte. Dann verschwand auch er mit erhobener Waffe in der Nacht. Mit einem Schmerzensschrei fiel der Captain zurück. Die verletzte Hand schien vor seinen Augen anzuschwellen. Ainslie stieß sich von der Wand ab, packte Skinner unter den Armen, richtete ihn auf und schleppte ihn ins Haus, das voller Menschen war, an denen ihnen samt und sonders nichts lag.

Carter war ihnen gefolgt. Ratlos sahen sie sich um. Captain Skinner umklammerte seinen Unterarm, um seine gequetschte Hand zu stützen und zu schützen. Ainslie rang würgend und keuchend nach Luft.

«Dort hinein», überschrie Carter das Lärmen der Polizisten. Er nahm Ainslies Ellbogen und lotste ihn zwischen rudernden Armen und glotzäugigen Gesichtern hindurch zu einer halb geöffneten Tür an der gegenüberliegenden Seite des Raumes. Dort hatte sich ein jüngerer Polizist postiert, als wolle er jemanden am Verlassen oder Betreten des dahinterliegenden Zimmers hindern. Beim Anblick der drei Uniformen trat er automatisch zurück, setzte zu der Andeutung eines militärischen Grußes an und ließ dann den Arm schlaff herabfallen.

Das zweite Zimmer war größer als das erste, wirkte aber durch die vielen Möbel, mit denen es vollgestellt war – Schreibtisch, Kommode, Waschtisch, Schrank, drei Stühle, Bett –, eher noch enger. Auf dem Bett lag ein Mann in einer Army-Uniform.

Carter wandte sich schon zum Gehen, um die andere Seite des Hauses zu durchsuchen, aber als er Greys Gesicht sah, blieb er stehen.

«Ist er tot?» stieß Grey hervor.

«Weiß ich nicht. Lassen Sie mich mal durch.» Carter drängte sich durch den Polizistenschwarm. Grey trat zu Ainslie und Skinner, die vor dem Bett standen.

«Wo ist Larry?» fragte Ainslie gepreßt.

«Er wollte wohl die anderen suchen, aber die Cops sagen, daß sonst niemand im Haus ist. Er ist doch nicht tot?»

«Nein, aber sein Atem geht ziemlich schwer. Kennen Sie ihn?»

«Ja. Sie nicht?» fragte Grey zurück. «Das ist Johnny Goade.»

Der einheimische Arzt, der für die Behandlung des Botschaftspersonals zuständig war, verband gerade Skinners Hand, als Carter ins Büro kam und mit einem gezielten Tritt einen Stuhl zur Seite stieß.

«Was gibt's?» fragte Ainslie.

«Es ist wirklich Goade, aber sie haben ihn derart mit dem Zeug vollgestopft, daß er erst morgen mittag wieder vernehmungsfähig sein wird.»

«Können Sie ihm nicht etwas geben, damit er schneller wieder zu sich kommt?»

«Das haben sie schon versucht, aber es hat nicht geklappt, und mehr wollen sie ihm nicht geben, das ist angeblich zu gefährlich.»

«Und inzwischen haben die Entführer Zeit, die anderen weit weg zu bringen», stöhnte Ainslie. Carter schüttelte den Kopf.

«Die anderen können sie unmöglich hier gefangengehalten haben, dazu ist das Haus zu klein. Sie müssen die Geiseln gleich nach der zweiten Fotoserie getrennt haben, das ist die einzig mögliche Erklärung.»

Captain Skinner gab ein schmerzliches Knurren von sich. Der Arzt entschuldigte sich demütigst und arbeitete weiter. Carter sah zu ihm hinüber.

«Gebrochen?»

«Angeblich nur verstaucht. Aber seine Hand ist es ja nicht», knirschte der Engländer durch die Zähne.

Carter sah ihn noch einen Augenblick an, ohne ihn richtig wahrzunehmen, dann trat er näher an Ainslie heran und flüsterte ihm zu: «Ihre Frau ist am Telefon, Sir.»

«Meine – was?»

«Mrs. Ainslie, Sir – pardon, die jetzige Mrs. Potts. Offenbar hat sie erfahren, daß und warum Sie hier sind. Es steht zwar nicht in der Zeitung, aber –»

«O verdammt.» Zum erstenmal, seit die Maschine als vermißt gemeldet worden war, ließ Ainslie Angst erkennen. «Scheiße», ergänzte er. Und auch das hörte Carter zum erstenmal von ihm.

«Sie scheint sehr aufgeregt zu sein, Sir. Sie sollten mit ihr sprechen, sie weint und –»

«Grace hatte schon immer nah am Wasser gebaut. Verdammt, ich hatte gehofft, sie würde nicht erfahren, daß ich hier bin.»

«Das Land ist klein ... es wird geredet ...»

«Komisch, wenn sie mich sucht, ist es ein kleines Land, und wenn wir Laura suchen, ist es so groß. Seien Sie nett und reden Sie mit ihr.»

«Das habe ich schon versucht, Sir.»

«Ja, schon gut, schönen Dank auch.» Ainslie ging langsam zum Schreibtisch und griff nach dem Hörer. Noch ehe er ihn am Ohr hatte, hörte er das Geheule und Gejammer und seufzte. Es würde eine lange, heiße Nacht werden. Er hatte etwas gegen lange, heiße Nächte.

II

Skinner hatte vergessen, wie schmerzhaft Kälte sein kann. Noch ehe er um die Hausecke gebogen war, begann seine Nase zu brennen. In der eisigen Luft gefroren die Nasenschleimhäute bei jedem Atemholen, tauten, wenn er den Atem wieder ausstieß, froren wieder, tauten wieder. Sie hatten keinen windstillen Tag abwarten können. Selbst hinter der grob gestrickten Maske und den Fausthandschuhen spürte er, wie sich seine Haut unter dem Ansturm des eisigen Luftzugs spannte. Bald würden ihm Gesicht und Hände weh tun. Er schlug die Arme übereinander und schob die Hände zwischen Ellbogen und Oberkörper. Hinter der Hausecke war er wenigstens etwas geschützt. An den primitiven Säumen seines Anzugs entlang bildeten sich schon Eisstreifen an seinem Körper.

Sie hatten zwei Tage für den Anzug gebraucht. Einmal waren sie durch die Männer mit den MPi unterbrochen worden, die sie wieder fotografiert hatten, obgleich er noch längst nicht mit seinen Vorbereitungen fertig war. Sie hatten sich die größte Mühe gegeben, aber vermutlich würde ihre zweite Botschaft nicht so deutlich wie die erste sein, wenn diese überhaupt zur Kenntnis genommen worden war. Während der Aufnahmen hatten sie in ständiger Angst gelebt, die Bewaffneten könnten wieder die Schlafzimmer inspizieren und bestimmte Dinge darin vermissen, aber zum Glück waren sie unten geblieben und waren, nachdem sie ihre Fotos gemacht hatten, gleich wieder abgezogen. Denning hatte um ein bestimmtes Medikament gebeten, Goade hatte weiteren Brandy und Anne Morgan Spielzeug für Timmy bestellt. Wären ihre Besucher in die oberen Räume gegangen, hätten sie durchaus Grund zum Mißvergnügen gehabt. Sechs Handtücher, eine Bettdecke, ein Laken, vier Kissen, ein Schlafzimmervorhang, vier Styropor-Deckenplatten, eine Gummibadematte und zwei Duschvorhänge waren verschwunden. Die Besucher hätten sich bestimmt gefragt, wo das Inventar abgeblieben war. Skinner hätte es ihnen sagen können: Er trug es am Leib.

«Wenn wir wissen, wo wir sind, können wir das in den Fotos zum Ausdruck bringen», hatte er den anderen erklärt. «Ich werde mich mal tagsüber draußen umsehen, um zu erkunden, ob das da unten am See wirklich ein Bootshaus ist und ob vielleicht nicht doch irgendwo eine Straße oder eine Stadt in Sicht ist. Dann gehe ich noch einmal nachts hinaus, um unsere genaue Lage nach den Sternen zu bestimmen. Aber das braucht Zeit, und ich muß warme Sachen haben.»

Sein schlurfender Gang durch den Schnee mußte ebenso komisch wirken wie sein Aussehen, und er vermied es, zum Fenster zu sehen, als er daran vorüberging. Sicher waren sie dort alle versammelt und beobachteten ihn, Goade zweifellos noch immer von der unbändigen Heiterkeit erfüllt, die ihn übermannt hatte, als Skinner in dem in Gemeinschaftsarbeit zusammengebastelten Polaranzug vor sie getreten war.

Viele Schichten – das war das Geheimnis der Isolation. Nicht ein dicker, schwerer Mantel wärmte am besten, sondern eine ganze Garnitur dünner «Mäntel», zwischen denen sich die Luft fangen und erwärmen konnte. Was gebraucht wurde, wußte er, aber wie man es verfertigte, davon hatte er keine Ahnung. Es war Sherri gewesen, die das Muster entworfen und die Oberaufsicht über die Näherei übernommen hatte.

«Mit zehn habe ich mir schon meine Sachen selber genäht», sagte sie. «Bei uns wuchs Getreide, aber kein Geld. Sachen, die man im Laden kauft – das war nur was für die Städter.» Diese praktische Ader war ein seltsamer Widerspruch zu dem von ihr gepflegten Image des Vamps, aber er war ihr dankbar.

Zum Zuschneiden hatten sie die Küchenschere, zum Nähen die beiden gekrümmten Dressiernadeln fürs Geflügel, alles andere war Notbehelf. Zuerst hatten sie einen der grob gewebten Schlafzimmervorhänge aufgeräufelt, um an Nähfäden zu kommen. Das hatte Timmy besorgt. Was sie nicht zum Nähen brauchten, wurde zu Bändern für Handgelenke, Taille, Kapuze und Knöchel geflochten und zu der Strickmaske und den Fäustlingen verstrickt, die jetzt sein Gesicht und seine Hände schützten. Anne Morgan hatte gestrickt, Sherri, Laura und Skinner selbst hatten den Anzug genäht. Dennings arthritische Finger waren zu steif dazu, und Goade hatte sich rundheraus geweigert, an dem Unternehmen teilzunehmen, sah man von gelegentlichen Hinweisen auf Dior, der sich im Grabe umdrehen würde, einmal ab. Die Stiefel hatte Morgan mit Hilfe von Hallick beigesteuert. Das Ergebnis war in seiner Art einmalig, wenn auch, wie Skinner allmählich feststellte, nicht in allen Punkten zufriedenstellend.

Er hatte sich in Unterwäsche von Laura Maß nehmen lassen, was sie offenbar weit mehr in Verlegenheit gebracht hatte als ihn. Sie nannte Sherri die Werte, die sie auf ihr Schnittmuster aus Zeitungspapier übertrug. Dann schnitten sie aus Handtüchern einen weichen, saugfähigen inneren Anzug zu. Der Schneeanzug selbst war aus Laken, Kissen und einer Decke zu Jacke und Hose zusammengesteppt. Darüber kam als letzte Schicht der Duschvorhang aus Plastik, den sie mit Speiseöl eingerieben hatten, damit er in der Kälte elastisch blieb. An dem Duschvorhang hatte sich Goades Lachlust entzündet. Dabei konnte Skinner schließlich nichts dafür, daß er ein Muster aus Blumen, Weinlaub und Trauben hatte. Das war immer noch besser, als das, was die anderen Badezimmer boten: bunte Papageien, Meerjungfrauen oder lange Reihen unmöglicher Fische, die ebenso unmögliche Blasen aus ihren Mäulern aufsteigen ließen.

Goade hatte sich gar nicht wieder fassen können. «Nee, das ist zu schön. Zu schön ist das. Was 'n Jammer, daß wir nicht noch 'n Glöckchen für seine Kapuze haben, was?»

Skinner wäre im warmen Haus fast erstickt, während Morgan und Hallick ihm die «Stiefel» angezogen hatten. Da sie keinen Leim hatten (trotz einiger übelriechender Versuche, welchen zu kochen), hatten sie sich auf Sohlen aus Isolierplatten und Bademitten geeinigt, die sie mit Deckenstreifen an den Beinen festbanden, bis Skinner aussah wie ein Patient, der die Gicht in beiden Beinen hat. Hätte er *auf* dem Schnee gehen können, hätte das ganz gut geklappt, aber der Schnee war tief, und schon jetzt waren die äußeren Deckenstreifen durchweicht. Trockene Kälte war schlimm genug, feuchte Kälte war tödlich. Er hätte sich schnell bewegen müssen, was ihm aber in dieser Ausrüstung nicht möglich war.

Das Panoramafenster lag jetzt hinter ihm, und er konnte nun doch der Versuchung nicht widerstehen, einen Blick zurückzuwerfen. Er machte eine Hand frei, winkte kurz und schob sie rasch wieder in die Wärme zwischen Ellbogen und Körper. Jetzt stand er vor dem Schornstein. Schnee hatte sich in die Ritzen zwischen den ungleichmäßig großen Steinen gesetzt, es wirkte sehr malerisch. Und dann kam er zu dem, was ihm der mondbeschienene Schatten auf dem Schnee verraten hatte. Er sah am Haus hinauf, es war äußerst eindrucksvoll: Breite, dunkle, waagerecht überlappende Holzplanken, an dieser, der Südseite, zu seiner Linken, unterbrochen durch den Schornstein und das Panoramafenster; und zu seiner Rechten ...

Drei lange, schmale Fenster erstreckten sich, die Holzverkleidung unterbrechend, über zwei Geschosse. In ihrem Glas spiegelten sich Birken, Schnee, Himmel und er selbst, eine lächerliche Figur in buntgemustertem Schneeanzug. Nein, er hatte sich nicht getäuscht: Das Haus war außen doppelt so groß, wie es von innen schien.

Mit einem befriedigten Knurren stapfte er zu dem nächstgelegenen Fenster, aber Vorhänge verwehrten ihm die Sicht. Langsam ging er weiter zur Hinterfront des Hauses, dort blieb er stehen und sah zurück auf seine Spuren, die sich schon mit dem über die weite Fläche wehenden lockeren Schnee füllten. In die andere Hälfte des Hauses führte von außen keine Tür.

Er machte einen kurzen Abstecher in den Wald hinter dem Haus, sah aber keine Anzeichen eines Weges oder Pfades in irgendeine Richtung. Verbissen vollendete er seinen Rundgang. Er schnitt gräßliche Grimassen, schlug sich mit der Hand auf die Nase und registrierte, daß sie, da es weh tat, offenbar noch nicht erfroren war. Seine verkrampften Muskeln verlangten nach Sauerstoff, den er ihnen aber nur in sparsamen Portionen zubilligen konnte. Tiefe Atemzüge konnten einen Menschen hier draußen teuer zu stehen kommen. Aber das Stillstehen, bei dem er das wenige an Körperwärme, was er produzierte, wieder verlor, war noch gefährlicher. Entschlossen verließ er den Schutz des Hauses und schlug den baumlosen Weg ein, der zum See führte. Hier im Freien packte der Wind wieder erbarmungslos zu und trieb ihn förmlich dem etwa achtzig Meter entfernten Ufer entgegen. Ein Bootshaus konnte der kleine Holzbau dort vorn nicht sein, er stand zwanzig Meter vom Wasser entfernt. Er trat ein. Natürlich, eine Sauna, in Finnland eigentlich naheliegend. Im Licht, das durch die geöffnete Tür fiel, erkannte er in dem fensterlosen Raum die niedrigen Holzbänke, die sich an allen vier Wänden entlangzogen, und in der Mitte die mit

Steinen gefüllte Mulde. Am anderen Ende führte eine zweite Tür zum See, wo man durch ein Tauchbad den überhitzten Körper herrlich erfrischen konnte – eine Vorstellung, der Skinner im Augenblick allerdings keinen rechten Reiz abzugewinnen vermochte. Er ging zum See hinunter.

Weit und breit war nur die weite Eisfläche zu sehen. Wenn er die Augen zusammenkniff, konnte er gerade noch das andere Ufer als leise Verdickung am Horizont erkennen. Er versuchte, aus der Erinnerung eine Landkarte Finnlands hervorzuholen, aber es gelang ihm nicht. Er wußte nicht einmal, ob er, außer während der Schulzeit, je eine angesehen hatte. Und die Schulzeit war – wie alles andere – sehr weit weg.

Außer dem Knarren der Äste im Wind war kein Laut zu hören. Er machte ein paar vorsichtige Schritte auf das Eis hinaus; es schien zu tragen. Trotzdem ging er vorsichtig, denn jetzt wich allmählich das Gefühl aus seinen Füßen, er würde es nicht rechtzeitig merken, wenn er zu einer Spalte oder einer dünnen Stelle kam, und ein unerwartetes Bad konnte er sich nicht leisten. Der Himmel über ihm war von einem gleichmäßigen, ausdruckslosen Grau, auf dem keine Wolkenbewegung auszumachen war. Das diffuse Licht gab der trostlosen Szene etwas Surrealistisches. Erst als er, jetzt gegen den Wind ankämpfend, wieder das Haus erblickte, fühlte er sich einigermaßen menschlich.

Am Ufer drehte er sich um, damit er den Wind im Rücken hatte, und ging rückwärts zum Haus zurück, die Straße entlang, vorbei an der Sauna. Ab und zu warf er einen Orientierungsblick über die Schulter und versuchte, in seine Spuren zu treten. Der ganze Körper tat ihm jetzt weh. Während er das Gesicht verzog und Finger und Zehen bewegte, horchte er auf das Knirschen des Schnees unter seinen Füßen und das unheimliche Knarren der Äste, die der Wind aneinanderrieb. Seine Augen tränten, die Tränen sammelten sich unter den Brillengläsern auf der Maske und gefroren ebenso wie der Dampf, den er aus Mund und Nase stieß. Wieder schlug er sich auf die Nase, aber diesmal spürte er nichts. Er war zu lange draußen geblieben.

Als er endlich das Haus erreicht hatte, waren seine Lider verklebt, und er wagte nicht, sie zu berühren, aus Angst, er könnte seine Brille zerbrechen oder mit dem Eis auch die Haut von den Lidern reißen. Er mußte ein paarmal klopfen, ehe jemand ihn hörte. Ehe er eintrat, griff er sich zwei Handvoll Schnee und drückte sie gegen die Brille, um die Gläser vor der zu plötzlichen Erwärmung zu schützen. Von der Schneekälte spürte er nur unter seiner Nase etwas, wo sein Atem die Oberlippe erwärmt hatte.

Jemand packte ihn am Arm und führte ihn in den großen Wohnraum, er hörte, wie die innere und äußere Haustür zugeschlagen wurden. Langsam begann der Schnee, den er noch in den Händen hielt, zu schmelzen und lief zwischen den Fingern an seinen Handgelenken herab.

«Wir haben Ihnen ein heißes Bad eingelassen», hörte er Tom Morgan sagen.

«Nein», brachte er mühsam hervor. «Ein kühles Bad ... besser noch kalt ...»

«Aber –» protestierte jemand.

«Tut, was er sagt», befahl Tom Morgan scharf.

«Bleiben Sie 'n Augenblick stehen, Professor», kam Hallicks Stimme von der anderen Seite. Die letzten Schneereste tauten von seinem Gesicht. Sofort beschlug seine Brille, und er war so blind wie zuvor. Er hörte Badewasser laufen. Dann stützten sie ihn rechts und links, und er spürte, wie sie ihm den Anzug auszogen. Da sie keine Befestigungsmittel gehabt hatten, hatten sie ihn hineingenäht und mußten jetzt die Naht aufschneiden. Er spürte, wie Hände sich an den Nähten zu schaffen machten, spürte das Rucken beim Trennen der Fäden, und dann eine Frauenstimme: «O du mein Gott ...»

Der steifgefrorene Anzug wurde weggenommen, die Strickmaske über seinen Kopf gezogen. Endlich konnte er die Brille abnehmen, merkte, wie das Eis auf seinen Lidern schmolz und es naß über sein Gesicht lief. Die plötzliche Wärme war ebenso qualvoll, wie draußen die Kälte gewesen war. Leicht schwankend machte er sich los und ging ins Badezimmer. Noch in der Unterwäsche rutschte er ins Wasser, die bandagierten Füße ließ er über den Wannenrand hängen. Morgan, der ihm gefolgt war, begann die Stoffstreifen zu lösen, bis Skinner die Füße herausziehen und auch ins Wasser tauchen konnte. Er wußte, daß es kühl war, aber ihm erschien es warm. Er lehnte sich vor, holte tief Atem und hielt auch das Gesicht ins Wasser. Bald würde er den Hahn mit dem roten Punkt aufdrehen. Bald, aber jetzt noch nicht.

Er schlief eine Weile unter dem Kokon der Heizdecke, obgleich es nicht seine Absicht gewesen war, als er sich daruntergelegt hatte. Er wollte gerade aufstehen, als Laura mit einem Tablett hereinkam. Ihre Augen weiteten sich beim Anblick seines unbekleideten Körpers, und er zog sich rasch die Bettdecke bis zur Brust herauf. Dann wurde ihm klar, daß nicht seine Nacktheit sie getroffen hatte, sondern der Anblick seiner frostroten Haut. Waren das Mitleidstränen, die in ihren Augen glitzerten, oder bildete er sich das nur ein? «Es sieht schlimmer aus, als es ist», sagte er schroff. «Es ist so, als wenn Sie an einem Wintertag rote Wangen bekommen, vielleicht nur über eine größere Fläche. Es geht bald vorbei.»

Sie lächelte schüchtern, und er lächelte zurück. «Ich habe Ihnen Tee und eine heiße Suppe gebracht.» Laura stellte ihm das Tablett auf die Knie und setzte sich ans Bettende.

«Das bewährte Allheilmittel in allen Lebenslagen.» Er griff nach dem Löffel. Als er mit Suppe und Tee fertig war, setzte er das Tablett zur Seite und lehnte sich aufseufzend in die Kissen zurück. «Trocknen Sie den Anzug?»

«Wir haben ihn in den Heizungsraum gehängt. Warum?»

«Es ist besser, wenn er im Warmen hängt. Er muß ganz trocken sein, wenn ich heute abend wieder hinausgehe.»

«Aber Sie können nicht –»

«Ich habe gesagt, daß ich zweimal gehen würde, einmal, um die Umgebung zu erkunden, und ein zweites Mal, um nach den Sternen unsere Lage zu bestimmen.»

«Sie sind ein entsetzlich eigensinniger Mann», tadelte sie.

Er schlug die Arme über der Brust zusammen. «Eigentlich nicht. Ich mache nur immer gern eine Sache fertig, ehe ich die nächste anfange.»

«Ich sag's ja: Eigensinnig . . .»

«Verbohrt?» schlug er vor.

Jetzt mußte sie doch lächeln. «Eigensinnig.»

«Entschlossen? Edel? Hingebungsvoll?»

«Eigensinnig.»

«Es wäre Ihnen also lieber, wenn ich schlicht und einfach eigensinnig wäre. Na gut, ich bin ein eigensinniger Mann. Und Sie sind eine furchtbar eigensinnige Frau.»

Sie sah ihn einigermaßen fassunglos an. «Wie kommen Sie denn darauf?»

«Ganz einfach. Ihr Kinn verrät Sie.»

Unwillkürlich griff sie sich ins Gesicht Und sah ihn geknickt an, als er leise anfing zu lachen. Der Erkundungsgang hatte sein Gesicht gerötet, seine Augen wirkten blau, ein Kranz kleiner Fältchen umgab sie jetzt, als er sie gutmütig auslachte. Wer war dieser andere Mann, der ihr aus Skinners Gesicht entgegenlächelte? Wer immer er sein mochte – offenbar war er plötzlich ebenso verwirrt wie sie und wandte den Blick ab. Sie stand auf. «Kann ich den anderen sagen, daß Sie bald kommen?»

Er ließ langsam den Löffel auf dem Tablett kreisen. «Ja, ich ziehe mich sofort an.»

Als Skinner auf der Bildfläche erschien, sah Laura, daß der andere Mann, der sie so verblüfft hatte, spurlos verschwunden war. In den zerknitterten Sachen, mit der Brille auf der Nase, in leicht vornübergebeugter Haltung sah er aus wie immer – wie ein schüchterner Astronomieprofessor, der noch nicht so recht einsehen will, daß er sich auf der Erde und nicht zwischen Sternbildern und Galaxien bewegt.

«Na, haben Sie den Weihnachtsmann getroffen?» fragte Goade.

«Leider nein», meinte Skinner bedauernd. «Der Holzbau dort draußen ist eine Sauna, kein Bootshaus, es sind keine Straßen in Sicht, nur Bäume, Schnee, Himmel und Gegend.»

«Dann war also alles umsonst», murrte Morgan. «Sie waren halb tot, als Sie zurückkamen.»

«Umsonst würde ich nicht sagen», meinte Skinner, während er an ihnen vorbei zu den Bücherregalen ging. «Informationen sind immer nützlich.» Er merkte, daß jemand ihn am Ärmel zupfte.

«Du warst tapfer, Skinnie», erklärte Timmy.

«Ein bißchen mehr Respekt, Tim», mahnte Anne Morgan.

Skinner lächelte. «Ich habe ihm erlaubt, Skinnie zu mir zu sagen. Meine Studenten nennen mich so und denken, ich wüßte es nicht. Aber ich war gar nicht tapfer, nur – eigensinnig.» Er sah zu Laura hinüber, die am Kamin stand. «Ich wollte es einfach wissen, verstehst du?»

«Ach so.» Tim überlegte einen Augenblick. «Aber keiner der anderen hat es tun wollen.»

«Na ja, weißt du, in der kurzen Zeit konnten wir auch nur einen Anzug nähen.» Er wandte sich an Anne Morgan. «Könnten Sie mir aus der Erinnerung eine Karte von Finnland zeichnen?»

Sie schüttelte den Kopf. «Ein fotografisches Gedächtnis habe ich leider nicht.»

«Schade.» Er ging zu der Leiter in der Ecke und begann, sie an ihrer Schiene bis zur hintersten Ecke zu schieben, dann machte er, den Blick zu Boden gerichtet, kehrt und schob die Leiter langsam wieder zurück. Er sah die anderen über den Brillenrand hinweg an. «Hilft mir jemand auf der Suche nach einem Atlas?» Wieder setzte er die Leiter in Bewegung. Nach zwei Dritteln der Strecke blieb er stehen. «Vielleicht bringt uns das weiter.»

«Aber die Bücher sind alle in Finnisch», widersprach Hallick, der auf der Lehne von Sherris Sessel saß und mit einer ihrer Haarsträhnen spielte.

«Stimmt.» Skinner stieg die Leiter hinauf und lehnte sich vor, um die Regalreihen genauer zu betrachten. «Aber Landkarten sind Bilder, Längen- und Breitenangaben sind Zahlen, die Sprache braucht uns daher nicht zu stören. Der See dort draußen ist so groß, daß er auf einer Karte verzeichnet sein müßte. Vielleicht erspare ich mir damit einen zweiten Gang nach draußen.»

«Dafür lohnt es sich schon zu suchen», sagte Laura und begann, vielversprechend aussehende Bände aus dem Regal zu nehmen.

«Ja, nicht wahr?» bestätigte Skinner von der obersten Leitersprosse.

In der Bücherwand fand sich kein Atlas. Sie hatten zwischendurch gegessen, hatten Timmy gute Nacht gesagt und dann weitergearbeitet, sie hatten auch nach Geschichtswerken oder Biographien gesucht, nach allem, worin sich Landkarten vermuten ließen. Allmählich hatten die anderen die Lust verloren, und schließlich war es nur noch Laura, die bei der Stange geblieben war und Skinner half. Er kam vorsichtig die Leiter hinunter und warf einen Blick auf die anderen. Denning und Morgan spielten Karten, Hallick schnitzte wieder einmal Soldaten, Sherri und Anne Morgan saßen auf getrennten Sofas und sahen sich nicht an.

«Ich hätte das gern vermieden», sagte er leise, «aber ich muß es wissen.»

Laura saß auf dem Boden, einen Bücherstapel neben sich. Jetzt sah sie verblüfft auf. «Was hätten Sie gern vermieden?»

Skinner gab der Leiter einen kräftigen Stoß, so daß sie bis in die hinterste Ecke glitt, an die Wand stieß und ein paar Zentimeter zurückrutschte. Er begann an den Büchern herumzutasten, die hinter der Leiter versteckt gewesen waren. Dann hielt er inne, lehnte sich vor, richtete sich wieder auf. «Natürlich, wie dumm von mir.» Er griff nach einem der Regalteiler, legte die Finger um eine Nut rechts und links davon und zog kräftig. Es klickte leise, und die ganze Regalwand vor Skinner und Laura bewegte sich auf sie zu.

Er packte Laura, drückte sie mit einem Arm an sich und zog sie aus dem Weg, während er mit der freien Hand seine Brille gerade rückte. Etwa dreißig Zentimeter bewegte sich das Regal lautlos nach vorn und glitt dann nach rechts. Als es stehenblieb, war eine etwa 1,20 Meter breite und 3 Meter hohe Lücke entstanden – ein schwarzes Loch, aus dem ein feuchtkalter Lufthauch wehte. Laura fröstelte. Skinners Griff wurde fester.

«Völlig logisch», sagte er leise, seine Lippen nur Zentimeter von ihren Lippen entfernt. «Ein Steigerung der Isolation bis zum völligen Rückzug zu sich selbst.»

Daß plötzlich an einer Stelle, an der sie es nie vermutet hätte, ein schwarzes Loch gähnte, hatte Laura einen Schock versetzt, aber der starke Arm, der sie umfaßte, der feste Körper, den sie spürte, hielt ihre Angst in Schach, ließ sie nicht nach außen dringen. Als die anderen sich um sie drängten, gab er sie unvermittelt frei und ging in das Loch hinein.

«Was, zum Teufel –», setzte Goade an, als Skinners weißes Hemd noch einmal kurz aufleuchtete und dann verschwand.

«Ah, da ist ja der Schalter», hörten sie Skinners Stimme, und der Hohlraum hinter dem Bücherregal wurde plötzlich hell. Skinner tauchte wieder auf. Mit hinter dem Rücken verschränkten Händen spazierte er in den Raum hinein, den er scheinbar soeben herbeigezaubert hatte. Sie folgten ihm wie eine Herde verdatterter Schafe.

«Durchtriebener Hund», knurrte Goade.

Es war ein einziger Raum, so breit wie der Wohnraum hinter ihnen, aber länger und mit raffinierter Schlichtheit eingerichtet. Skinner stöberte in den Regalen, die sich an der ganzen Wand entlangzogen und auch die Zwischenräume zwischen den hohen Fenstern zu ihrer Rechten ausfüllten. An der gegenüberliegenden Wand stand ein Tisch aus warm leuchtendem Mahagoni, der bis auf einen Stapel Papier und eine Dose mit den verschiedensten Stiften und Kugelschreibern leer war. Vor dem Tisch stand ein ordinärer Bürodrehstuhl, der leicht zur Seite gewandt war, als sei, wer immer darauf gesessen hatte, nur mal eben aufgestanden und hinausgegangen. Der Boden war von Wand zu Wand mit einem dunkelroten Teppich ausgelegt. Vor den hohen Fenstern hingen schwere Samtvorhänge im gleichen Farbton. In der Mitte des Zimmers standen zwei Reihen von Ledersesseln mit kleinen Tischen dazwischen, die in leichtem Bogen um jenen Gegenstand angeordnet waren, der den Raum beherrschte – ein Flügel im gleichen Mahagoniton wie der Tisch. Während sie sich – selbst zum Fragen zu verdattert – noch umsahen, begab sich Skinner mit einiger Ehrfurcht zum Flügel, zögerte einen Augenblick und klappte ihn dann auf. Er schlug aufs Geratewohl ein paar Töne, dann leise hintereinander einige Akkorde an. Das Zischen eines Luftbefeuchters bildete den diskreten Hintergrund zu den vollen, schwingenden Tönen. Die anderen starrten noch immer wortlos das Zimmer und Skinner an, der ganz in sein Spiel vertieft schien.

Hallick fand als erster seine Stimme wieder. «Was zum Teufel ist das?»

«Ein Bösendorfer. Unter dem hätte er's nicht getan.»

Laura stellte sich neben Skinner und betrachtete seine kraftvollen, eckigen Hände, die einen Akkord nach dem anderen anschlugen.

«*Wer* hätte es unter dem nicht getan?» fragte sie. Er lächelte ihr kurz zu und setzte sich auf die Klavierbank. «Axel Berndt, unser Gastgeber», sagte er mit einer umfassenden Bewegung einer Hand, während die andere jetzt Läufe und Melodienfetzen spielte. «Das hier ist sein Arbeitszimmer. In den Regalen stehen Noten, die Bücher zwischen den Fenstern dürften Nachschlagewerke über Theorie und Komposition sein. Er weiß ja vielleicht gar nicht, daß wir hier sind.»

«Aber Sie wissen, wo wir sind?» fragte Laura.

«Ja, jetzt weiß ich es. Vorher habe ich es nur vermutet. Wir können heute abend die Flaschen zerschlagen, und von Ihnen, Anne, brauche ich den Morsecode. Es wäre nett, wenn Sie ihn mir aufschreiben könnten.»

Laura hatte sich in einem der Ledersessel zusammengerollt und hörte zu, wie Skinner Chopin spielte. Vorher war es Bach gewesen, ein bißchen Mozart, etwas Ravel. Er war ganz vertieft, hatte den Kopf leicht schräg gelegt, gelegentlich spannte sich das Hemd über den Schultern, wenn er die ganz hohen oder ganz tiefen Töne griff.

Geduldig hatte er Fragen beantwortet, bis er nichts mehr zu sagen hatte, und die anderen waren schließlich zu Bett gegangen. Die Schiebetür war eingeschnappt, schuf ihnen und der Musik einen eigenen Raum.

Ihr Gefängnis, so hatte Skinner es ihnen erklärt, war das Sommerhaus von Axel Berndt, der zu den zwanzig reichsten Männern der Welt gehörte und ein sehr unglücklicher Mensch war.

Am Beginn seines Reichtums hatte eine Erbschaft gestanden, aus der er durch eigene Leistungen ein großes Vermögen gemacht hatte. Munition, schwere Waffen, Stahl, Industrieausrüstungen, Elektronik, Kosmetikartikel – das alles fertigten und lieferten Berndts Unternehmen. Das Geld hatte ihm – ein klassisches Muster – zwar Luxus, aber kein Glück gebracht. Anfang der sechziger Jahre hatte Axel Berndt bei einem Zugunglück seine große Liebe verloren. Bei dem Versuch, sie zu retten, hatte er schwere Verbrennungen erlitten und hatte seither nie wieder sein Gesicht in der Öffentlichkeit gezeigt. Er versteckte sich hinter seinem Geld und zog rastlos von Ort zu Ort. Im Sommer kam er immer hierher, um sich dem zu widmen, was allein ihm Freude machte, der Musik. Sein finnisches Refugium war zwar bekannt, war aber nie fotografiert worden und daher ein Geheimnis geblieben wie Berndts ganzes Leben. Drei Monate in jedem Jahr – unabhängig von der Weltlage und dem Zustand seines Imperiums – schrieb Axel Berndt hier neue Kompositionen. Skinner waren die Initialen AB auf den Wasserhähnen und auf einigen Werkzeugen im Heizungsraum aufgefallen, aber er hatte nichts gesagt. Sicher war er seiner Sache erst gewesen, als er den Flügel gesehen hatte.

Das Erstaunlichste an der ganzen Geschichte, fand Laura, war die Reaktion der anderen gewesen. Goade war natürlich wütend, weil Skinner nicht schon eher etwas gesagt hatte. Denning war sehr still geworden, und Hallick hatte Anne Morgan zu deren großem Ärger im Kreis herumgewirbelt. Offenbar meinte er, ihre Rettung könne, wenn Skinner mit Hilfe des Fotos ihren Aufenthaltsort an die Außenwelt vermittelt hatte, nur noch eine Sache von Stunden sein. Als Anne atemlos und ziemlich erbost gesagt hatte, daß das für ihn wohl kaum die Freiheit bedeuten dürfte, war seine Begeisterung jäh

Das Geld …

... hatte Axel Berndt Luxus, aber kein Glück gebracht – das klassische Muster.

Die armen Reichen! Man muß froh sein, kein Geld haben zu dürfen. Wer viele Kriminalromane liest, muß Geld ohnehin für den gefährlichsten Besitz halten.

Wer sich wünscht, etwas im Rücken zu haben, meint nicht ein Messer.

in Groll umgeschlagen, und er hatte ihr vorgeworfen, sie könne ihn offenbar ebensowenig leiden wie die anderen. Anne, die sich vor Hallicks Launen zu ihrem Mann hatte flüchten wollen, mußte feststellen, daß er sich an Berndts Arbeitstisch angeregt mit Sherri unterhielt. Sie schützte Kopfschmerzen vor und verzog sich ins Schlafzimmer. Denning blieb es überlassen, Hallick zu beschwichtigen. Sherri hatte schließlich von Morgans Moralpredigten genug und lockte Hallick mit geflüsterten Verheißungen aus dem Zimmer, woraufhin Morgan wütend Denning vorwarf, er ließe sich von seinem Gefangenen auf der Nase herumtanzen. Laura war froh gewesen, als sie endlich alle weg waren.

Skinner hatte das Chopinstück beendet.

«David?»

«Ja?» Er wandte sich halb um. «Hat die Dame in der ersten Reihe irgendeinen besonderen Wunsch?»

«Glauben Sie, daß man die Botschaft auf den Fotos erkennen wird?»

Er rieb sich den Nacken und wandte sich ihr ganz zu. «Das weiß ich nicht. Aber versuchen müssen wir es. Die anderen beiden Nachrichten haben uns offenbar nicht weitergeholfen. Ich habe irgendwie nicht den Eindruck, daß die Rettungsmannschaften schon angedonnert kommen.»

«Das ist wahr ... Hören Sie schon auf zu spielen?»

«Nein, aber Sie brauchen nicht zuzuhören. Ich muß noch vier Tage wettmachen, an denen ich nicht üben konnte, das wird noch eine Weile dauern.»

«Aber ich höre gern zu.» Sie sah auf ihre Hände herunter. «Ich glaube, Joey liegt im Grunde gar nichts daran, gerettet zu werden.»

Skinner stand auf, nahm auf gut Glück eines der Manuskripte aus dem Regal und blätterte darin herum. «Das mag schon sein. Wie Anne mit einem bewundernswerten Mangel an Taktgefühl bemerkte, sieht seine Zukunft nicht gerade rosig aus. Was für uns eine unerträgliche Situation ist, genießt er als eine Art Urlaub.» Er stellte das Manuskript zurück und holte ein anderes heraus. «Oder jedenfalls als eine Verlegung in ein anderes Gefängnis. Wenn Denning ihn erst einmal in die Heimat zurückgebracht hat, dürfte es aus sein mit den Vergünstigungen.»

«Sie meinen Sherri?»

Er lächelte flüchtig. «Unter anderem auch Sherri. Dazu die vorurteilslose Bewunderung eines Achtjährigen, ein aufwendiger Lebensstil, interessante Leute – und Ihr Brot.»

Sie lachte. «Es ist absolut nicht nötig, daß Sie mich auch noch deswegen aufziehen. Die Frotzeleien der anderen genügen mir.»

Er stellte das Manuskript auf den Notenständer des Flügels. «Nicht jeder kann in einer solchen Lage seine Persönlichkeit entfalten.» Er setzte seine Brille wieder auf und besah sich die Noten.

«Aber Sie haben das geschafft», entfuhr es ihr.

Er sah sie verdutzt an. «Was für eine erstaunliche Feststellung.»

Insgeheim mußte sie ihm recht geben. «Ist das eine von Axel Berndts Kompositionen?» fragte sie rasch.

«Ich denke schon. Hören wir sie uns einmal an?» Nach ein paar Fehlstarts spielte er das Stück in einem Zug durch. Es war sehr reizvoll, eine einfache, lebhafte Melodie mit recht komplizierten Modulationen und Progressionen. Er schüttelte den Kopf. «Daran muß ich noch arbeiten, es ist komplizierter als es aussieht.»

«Wie der Mann, der es geschrieben hat?»

Er klappte das Notenheft zu. «Vielleicht. Man fragt sich natürlich, ob er von dem, was sich hier abspielt, Kenntnis hat. Vielleicht hat er uns entführt, um in einer seiner Fabriken einen Streik zu brechen?»

«Das ist lächerlich.»

Skinner begann den Flohwalzer zu klimpern. «Nicht lächerlicher, als wir es sind, verehrte Miss Laura Ainslie, die wir zanken und streiten, uns mit Sex betäuben, Moralpredigten halten, im Schnee herumstapfen und Chopin spielen wie ein arthritisches Känguruh, Brot backen, das auffallend braun gerät, Socken waschen, aus dem Fenster starren und uns über das Wetter auslassen. Und dabei müssen wir jederzeit damit rechnen, daß unsere beiden Freunde mit den MPi zurückkommen und uns, wenn etwas nicht nach ihrer Nase geht, mausetot schießen, peng-peng.» Ein paar klirrende Dissonanzen, dann ließ er die Hände von den Tasten gleiten. Sein Lachen mißlang. «Es tut mir leid.»

«Warum holen Sie Ihr Übungspensum nicht morgen nach, David? Ich weiß, Sie machen am liebsten das fertig, was Sie einmal angefangen haben, aber –»

«Na gut», gab er nach. Er schlug ein paar Töne an, ließ seine Hand auf den Tasten, spielte weiter, als könnte er sich nicht trennen.

Laura stand auf. «Ich mache uns noch einen Kakao.» Er nickte und spielte weiter. Zum erstenmal hatte er ein Zeichen von Schwäche gezeigt. Es war nur eine vorübergehende Unbeherrschtheit gewesen, die ihr den Mann eher noch sympathischer machte. Sie drängte die Regung zurück, zu ihm zu gehen. Statt dessen drückte sie den Knopf, der die Schiebetür beiseite gleiten ließ. Der Raum dahinter lag im Dunkeln. Sie ließ die Tür offen. Für den Weg in die Küche war es hell genug. Dort knipste sie das Licht an – und erstarrte. Jetzt war sie froh, daß die Tür zum Musikraum offenstand. Hinter den schallgedämmten Wänden hätte Skinner sie nie schreien hören.

Anne Morgan lag auf dem Küchenboden neben dem großen Kiefernholztisch; das Nachthemd war ihr bis zur Taille hochgerutscht, ihre Beine waren gespreizt. Am Hals hatte sie rote Male, unter ihrem Kopf war ein See von Blut. Sie blinzelte nicht, als das Licht über ihr anging.

Sie war tot.

12

«Können Sie die Männer beschreiben, die Sie entführt haben?» fragte Ainslie.

Sergeant Goade schüttelte langsam den Kopf. Er konnte die beiden Offiziere, die vor seinem Bett standen, offenbar noch immer nicht klar erkennen. Daß einer eine amerikanische, der andere eine britische Marineuniform trug, verwirrte ihn sichtlich. Beide wollten sie Auskünfte von ihm, und da er mit den britischen Rangabzeichen nicht vertraut war, wußte er nicht, welcher der Diensthöhere war. Der amerikanische General stellte zwar mehr Fragen, aber den britischen Offizier schienen die Antworten mehr zu beunruhigen. Er wußte, eigentlich müßte er vor dem General Haltung annehmen, aber das fiel ihm im Augenblick seltsam schwer, zumal die beiden die verwunderliche Angewohnheit hatten, gelegentlich zur Decke zu entschweben, von wo ihre Stimmen nur ganz fern und leise zu ihm herabdrangen. Er gab sich trotzdem große Mühe.

«Ich … hab sie … nicht sehr gut erkannt. Essen haben sie mir bei Dunkelheit gebracht, und dann war ich wohl auch ziemlich groggy, Sir.»

«Haben sie mit Ihnen gesprochen, Sie etwas gefragt, haben Sie ihnen etwas über Ihren Auftrag erzählt?» Eigentlich, fand Ainslie, wäre es an Captain Skinner gewesen, diese Fragen zu stellen.

«Auftrag? Hatte kein Auftrag, Sir ... drei Wochen Urlaub ... haben mich soweit ganz anständig behandelt ... wollten sonst nichts weiter von mir ... konnte bloß nicht weg.»

«Was ist aus den anderen geworden?»

«Welchen anderen, Sir?»

«Herrgott, Mann, die anderen Passagiere meine ich.»

Angestrengt nachdenkend runzelte Goade die Stirn. «Ich war allein, Sir, mein Sprit war alle, ich hab mich an den Straßenrand gestellt, da waren sie plötzlich da. Ich kann mich sonst an keinen erinnern ...»

«Verstehe.» Ainslie sah zu Captain Skinner hinüber, der sich die nächste Zigarette ansteckte. «Vermutlich gehört das alles zu seiner Ausbildung?»

Captain Skinner fuhr zusammen und sah ihn über die Streichholzflamme hinweg an. «Was meinten Sie eben?»

«Er drückt sich offensichtlich um klare Antworten, wahrscheinlich weiß er nicht recht, auf welcher Seite ich stehe. Zeigen Sie ihm Ihren Ausweis, damit wir die Sache endlich hinter uns bringen.»

Captain Skinner zog ein paarmal an seiner Zigarette und musterte den verwirrten Mann im Bett nachdenklich. «Am besten wär's, wenn Sie mich mal allein mit ihm reden ließen.»

«Ich will wissen, was passiert ist, wo die anderen stecken, warum sie getrennt wurden. Was redet er da von Sprit?»

«Das will ich ja gerade feststellen. Sie vertrauen mir doch, oder?»

«Verdammt, darum geht es gar nicht.» Ainslie ging mit ein paar schnellen, nervösen Schritten bis zum Fenster und kam wieder zurück. «Sie meinen also, das wäre besser, ja?»

Captain Skinner erlaubte sich ein kurzes Lächeln und schnippte die Zigarettenasche in den Papierkorb neben dem Bett. «Denken Sie daran, was uns der Arzt über seinen Zustand gesagt hat. Er wurde offenbar mehrere Tage lang in einem verdunkelten Raum gefangengehalten und betäubt und ist infolge des zeitweiligen Verlusts sinnlicher Wahrnehmungen desorientiert. Ähnliche Fälle gab es bei Kriegsgefangenen in Vietnam. Er ist redlich bemüht, sich in der Wirklichkeit wieder zurechtzufinden, aber es ist durchaus denkbar, daß er gar nicht mehr viel weiß oder daß er nur Unklares oder

Dinge im Gedächtnis behalten hat, die so überhaupt nicht stimmen. Ich habe leider einige Erfahrungen mit solchen Fällen. Lassen Sie mich da ruhig mal allein ran. Vielleicht klappt es besser, wenn wir unter vier Augen miteinander reden und ich mich ausweise.»

«Kennt er Sie?»

Captain Skinner schüttelte den Kopf. «Nein, aber es gibt da festgelegte Identifizierungsverfahren, Möglichkeiten, ihn davon zu überzeugen, daß er mir vertrauen kann. Und dann –»

«Also meinetwegen. Daß ich bei dem Burschen nicht weiterkomme, steht fest. Ich warte draußen.» Ainslie verließ mit finsterem Gesicht das Zimmer und machte seinem Ärger mit donnerndem Türenknallen Luft. Er lehnte sich an die Wand, die Ellbogen aufs Fensterbrett gestützt, die Sonne heizte ihm von außen, seine Wut von innen ein. Der lange Gang war praktisch leer. Sie hatten dafür gesorgt, daß Goade in einen wenig benutzten Trakt des neuen Krankenhauses gelegt worden war, für den das Sicherheitskorps der Botschaft die Zuständigkeit übernommen hatte. Die Polizei von Adabad hatte diese Maßnahme sehr erbost, aber da Goade Army-Angehöriger war und kein Verbrechen begangen hatte, konnte sie gar nichts machen. Zwanzig Meter weiter drückte sich ein Sicherheitsbeamter herum, ansonsten war Ainslie allein. Wenn in den anderen Zimmern Patienten lagen, waren sie offenbar weitgehend sich selbst überlassen. Im Lauf einer Viertelstunde kam nicht eine einzige Schwester vorbei.

Endlich öffnete sich die Tür, und Captain Skinner kam heraus. Über seine Schulter hinweg sah Ainslie einen Moment lang Goades Gesicht auf dem Kissen. Es sah aus, als habe der Mann das Bewußtsein verloren.

«Na, was ist?»

Captain Skinner seufzte. «Er ist gar nicht bis zur Maschine gekommen. Sie haben ihn sich auf dem Weg zum Flugplatz geschnappt und seither hier in Adabad gefangengehalten. Der Mann auf den Fotos ist nicht Goade. Ohne die Lichtstreifen wären wir vielleicht schon eher darauf gekommen. Der Bursche hat offenbar dieselbe Größe und sieht ihm einigermaßen ähnlich, aber das ist auch schon alles.»

«Es ist also jemand, der hinter dem Mann her ist, den Goade bewachen sollte?»

«Es sieht so aus.»

«Demnach geht es doch um Ihre Sache?»

«Es sieht so aus», wiederholte Captain Skinner und machte ein recht unglückliches Gesicht. «Ich hatte schon gehofft, es bestünde da kein Zusammenhang, das wäre nämlich einfacher gewesen.»

«Wen sollte er bewachen?»

«Der Kurier sollte sich in der Maschine möglichst rasch zu erkennen geben. Goade sollte einfach Augen und Ohren aufsperren, den Kurier beobachten und aufpassen, daß sich während des Fluges niemand an ihn – oder sie – heranmachte. Nach der Landung sollte er an unsere Leute in Heathrow übergeben. Ein letzter kleiner Auftrag vor seinem Urlaub, völlig harmlos.»

«Der Mann, der an seiner Stelle den Flug angetreten hat, weiß demnach gar nicht, wer der Agent ist?»

«Nein, es sei denn, daß sie aus Goade während seiner Betäubung die Erkennungsmethode herausgeholt haben.»

«Verdammt harte Sache», sagte Ainslie mitfühlend. Langsam schritten sie nebeneinander den Gang entlang.

«Es könnte immer noch sein –» setzte Captain Skinner an.

«Was?» fuhr Ainslie ungeduldig auf.

«Ein unglückliches Zusammentreffen.» Captain Skinner klopfte die Taschen seiner Uniformjacke nach Streichhölzern ab. Ainslie holte sein Feuerzeug hervor. Noch ein gutes Stück von dem Sicherheitsbeamten entfernt blieben sie stehen. Captain Skinner blies einen Rauchfaden. «Was Ihr Adjutant da sagte ... Die Liste der Forderungen, die Doppler Ihnen übergeben hat, meinte er, hätte sich gelesen, als habe sie ein Spinner zusammengestellt, der es satt hatte, Leserbriefe an die *Times* zu schreiben und all seine Rechnungen auf einen Schlag begleichen wollte.»

«Ach so, das ... Ich glaube, das sollte nur ein Witz sein. Larry ist nicht dumm, beileibe nicht, aber mit der Menschenkenntnis ist es bei ihm nicht weit her.»

«Trotzdem könnte es sein, daß mein Mann in diese Entführung ganz zufällig hineingeschlittert ist. Der Mann, der Goades Rolle übernommen hat, war möglicherweise gar nicht hinter dem Kurier her, vielleicht sollte er bei den Passagieren nur den Horcher spielen, um den Wachen, beispielsweise im Fall eines Ausbruchsversuchs, einen Tip zu geben.»

«Hört sich ziemlich kompliziert an. Wenn sie genug Wachen haben, könnten die Geiseln ohnehin nicht ausbrechen. Wozu dann noch ein V-Mann?»

«Herrgott, das weiß ich doch auch nicht», brauste Captain Skinner auf. «Vielleicht haben sie eben nicht genug Wachen. Vielleicht ist dieser Brahms ein Freund von Komplikationen. Können Sie mich nicht was Leichteres fragen?»

«Schon gut», sagte Ainslie, aufgeschreckt von Captain Skinners plötzlichem Ausbruch. «Tut mir leid», fügte er mit einiger Überwindung hinzu.

Captain Skinner sah ihn an. «Mir auch. Die ganze Sache ist so verdammt sinnlos, jedenfalls ich kann keinen Sinn darin entdecken, und das geht mir allmählich auf die Nerven.»

«Es wäre leichter, wenn Ihr Bruder nicht dabei wäre.»

«Und Ihre Tochter», bestätigte der Captain. Sie sahen sich an, akzeptierten ihre Verletzlichkeit, dann gingen sie schweigend weiter.

Die zweite Fotosendung kam am Nachmittag des nächsten Tages, und diesmal verdeckten keine Lichtstreifen Goades Gesicht oder vielmehr das Gesicht des Mannes, der sich als Goade ausgab. Captain Skinner schickte sofort eine Kopie nach London.

Knapp drei Stunden später war die Antwort da. Er legte den Hörer auf und sah Ainslie und Carter düster an.

«Der Mann auf dem Foto ist Alan Webb. Er war mal auf unserer Seite. Wir hielten ihn für tot.»

«Tot?» wiederholte Carter.

«Ja. Vor etwa drei Jahren gab es da eine Affäre, bei der Webb – also, sagen wir, daß Webb in Ausübung seiner Pflicht angeschossen wurde und spurlos verschwand. Wir dachten zuerst, die andere Seite hätte ihn geschnappt, aber etwa eine Woche später wurde die Leiche ans Ufer gespült, die seine Sachen trug, seine Ausweispapiere bei sich hatte und so weiter. Die Hände waren total kaputt, so daß wir keine Fingerabdrücke nehmen konnten, aber wir hatten keinen Zweifel daran, daß es Webb war. Er war immer zuverlässig gewesen, ein guter, ein sehr guter Mann sogar. Offenbar hatten wir uns geirrt, in der Leiche und in unserem Mann.»

«Mit anderen Worten: Er hat sein Verschwinden selbst inszeniert und wollte, daß Sie ihn für tot hielten.»

«Er oder jemand anders. Jedenfalls ist er nun wieder da.»

«Kannten Sie ihn?»

«Ich hatte ihn ein-, zweimal flüchtig gesehen. Sie haben ihn nach der Knochenstruktur, der Ohrform identifiziert. Er hat eine plastische Operation hinter sich, sagen unsere Leute, nichts Einschneidendes, gerade nur so viel, daß er Leute täuschen konnte, die ihn nicht gut kannten.»

«Warum haben Sie die Leiche nicht auch nach dieser Methode identifiziert?»

«Ich sage Ihnen doch, damals hatten wir keinen Grund zu der Annahme, daß etwas faul an der Sache sein könnte. Außerdem war der Kopf ziemlich unkenntlich, er sah aus, als wäre er auf Felsen aufgeschlagen.»

Schweigend betrachteten sie die Fotos. Sie waren insofern beruhigend, als die Geiseln gelockerter wirkten als in den Aufnahmen mit der Zeitung; andererseits sahen sie weniger gepflegt aus.

«Wahrscheinlich hat man ihnen die Rasiersachen als potentielle Waffen weggenommen», überlegte Ainslie laut, während er die Fotos von seiner Tochter und dem Professor ansah. Diesmal waren es alles in allem nur vier Aufnahmen: die Familie Morgan zusammen, Sherri Lasky und der Gefangene Hallick, Goade und Marshall Denning, Skinner und Laura.

Larry sah Ainslie über die Schulter. «Sie lächelt beinahe», sagte er.

«Beinah», bestätigte Ainslie. «Aber sie sieht auch nicht gerade aus wie auf einer Cocktailparty.»

«Also, wenn Sie mich fragen, sieht sie genauso aus wie auf einer Party. Als ob sie sehr viel lieber ein Buch lesen oder Platten hören würde.» Carter lachte, aber es klang nicht sehr heiter.

Captain Skinner sah von dem Foto auf, das Sherri und Hallick zusammen zeigte. «Ihre Tochter macht sich auch nicht viel aus Gesellschaften?»

Ainslie schüttelte den Kopf. «Vielleicht kommt das daher, daß sie zuviel von diesem Trubel über sich ergehen lassen mußte. Wenn man in der Army da angelangt ist, wo ich jetzt bin, hat man Verpflichtungen, da gibt es Essen, Parties, Empfänge und so weiter. Seit einem Jahr spielt Laura offiziell für mich die Gastgeberin. Sie versteht sich großartig auf sämtliche Vorbereitungen, sorgt dafür, daß alles zur rechten Zeit bereitsteht, das Essen gut ist, die Gäste zueinander passen. Aber wenn der Abend erst mal läuft, möchte sie sich am liebsten in Luft auflösen. Herumstehen und Konversation machen – das liegt ihr nicht.»

«Sie wird schon noch Gefallen daran finden, sie ändert sich noch, bestimmt», beteuerte Larry.

Ainslie warf seinem Adjutanten einen leicht gereizten Blick zu. «Wenn wir sie überhaupt zurückbekommen.»

«Wir bekommen sie schon zurück. Sehen Sie sich die Geiseln doch an, sie sehen nicht mehr so aus, als ob sie Angst hätten. Und zu hungern brauchen sie offenbar auch nicht. Wenn Sie mich fragen, hat Doppler völlig recht. Sie sind gut versorgt. Daß die Männer sich nicht rasiert haben, hat nichts zu bedeuten, sie sitzen ganz locker da, mit gefalteten Hän–»

«Verdammt, verdammt, verdammt!» Captain Skinner hieb mit seiner heilen Hand heftig auf den Tisch, dann griff er sich alle vier Fotos und besah sie sich genau. «Ich Idiot, ich habe es einfach nicht gesehen . . .»

«*Was* haben Sie nicht gesehen?» wollte Ainslie wissen.

Captain Skinner drückte Carter die Aufnahmen in die Hand. «Lassen Sie die Hände vergrößern, los, Mann, beeilen Sie sich ein bißchen. Die verdammten Fotofritzen sollen Dampf dahintermachen. Es kommt mir auf die Hände an, klar?»

Ainslie nickte Carter zu, der einigermaßen ratlos mit den Fotos abzog.

«Immer mit der Ruhe», mahnte der General, als Captain Skinner aufsprang, im Zimmer herumzulaufen begann, sich mit der gesunden Hand immer schneller gegen das Bein schlug und sich bei jedem Schlag einen verdammten Idioten nannte. «Was haben Sie entdeckt?» Er fragte nicht nur aus Wißbegier, sondern weil er das Gefühl hatte, der Captain könnte jeden Augenblick platzen, wenn er es nicht loswurde.

Captain Skinner fuhr herum. «David hat absichtlich auf die Worte in der Zeitung gedeutet.» Seine Worte überstürzten sich. «Und bei der zweiten Serie hat er wieder Hände zu Hilfe genommen. Ich hätte nicht lockerlassen dürfen, ich hätte wissen müssen, daß er es immer wieder versuchen würde, so ist er, was er einmal angefangen hat, das führt er auch zu Ende. Immer.»

«Und?»

«Ich hätte es vielleicht auch ohne Vergrößerung erkannt, aber ich will doch lieber sichergehen. Die Leute auf den Fotos haben die Hände nicht gefaltet, sie bilden Buchstaben mit den Fingern, versuchen uns eine Botschaft zu übermitteln. Was bin ich für ein Idiot!»

«Sie meinen –»

«David versucht uns klarzumachen, wo sie sind. Diese verdammten Bilder sind die einzige Möglichkeit, die er dazu hat.»

Ainslie lehnte sich erstaunt in seinem Sessel zurück. «Ist er immer so – umsichtig? Darauf wäre ich nie im Leben gekommen, ich hätte viel zu große Angst gehabt.»

Captain Skinner lachte kurz auf. «Angst hat er bestimmt auch, aber sein Gehirn hört nie auf zu arbeiten. Wahrscheinlich haben sie dort auch kaum etwas anderes zu tun, oder meinen Sie, daß man für sie Beschäftigungstherapie eingeführt hat? Körbeflechten zum Beispiel oder –»

«Schluß jetzt», sagte Ainslie scharf. Captain Skinner klappte sehr plötzlich den Mund zu, zwang sich, die Hände sinken zu lassen, holte ein paarmal Luft und atmete tief wieder aus. Dann kam er zum Schreibtisch zurück und ließ sich in seinen Sessel fallen.

«Mir scheint, Ihr Gehirn ist auch nicht gerade untätig», meinte Ainslie bedächtig. «Jetzt versuchen Sie mal, zur Ruhe zu kommen. Bis die Vergrößerungen fertig sind, kann eine Weile vergehen. Wenn Sie hier herumlaufen wie eine hungrige Hyäne und sich beschimpfen, kommen sie auch nicht schneller.»

«Das weiß ich», murrte der Captain.

Die Regung, aufzuspringen und Skinner auf seinen Rundgängen zu folgen, hätte Ainslie um ein Haar überwältigt, aber da er älter war und steifere Gelenke hatte, drehte er sich nur mit seinem Sessel eine Weile hin und her, dann holte er eine Zigarre aus dem Schreibtischfach, schnitt die Spitze ab, zündete sie an und beobachtete den Jüngeren, bis die Spannung von Skinner abzugleiten begann. «Jetzt erzählen Sie mir mal von den Gefangenen», bat er und wischte sich einen Tabakkrümel von der Unterlippe.

«Wie meinten Sie?» Der Captain fuhr hoch und sah Ainslie verständnislos an.

«Von den Burschen, die Brahms aus dem Gefängnis holen will», erklärte Ainslie geduldig.

«Ach so, das meinen Sie.» Skinner klopfte seine Taschen ab und förderte schließlich ein gefaltetes Blatt Papier zutage. Dann zog er eine Hornbrille heraus und setzte sie auf. Plötzlich war die Ähnlich-

keit zwischen den beiden Brüdern stärker. Verbarg sich, wenn in
dem Captain ein Stück Professor steckte, vielleicht ein Stück Ge-
heimagent in dem Professor? Der Captain war Ainslie sympathisch; er hatte das Gefühl, daß auch der Bruder ihm gefallen würde. Captain Skinner begann ohne Begeisterung mit seinem Vortrag.

«Rudolf Winefeldt, 23, Jan Velden, 25, Karl Boyar, 20. Die ersten beiden sind vorbestraft, Boyar ist Ersttäter. Er war Student,
ist aber letztes Jahr ausgestiegen – es gab Ärger um ein Mädchen –,
schloß sich einer dieser Sekten an und tauchte unter.»

«Meinen Sie –»

«Nein, nein, nicht im Sinne einer Flucht zu irgendeiner Unter-
grundbewegung, er verschwand einfach. Er ist Waise, bei den
Großeltern aufgewachsen, ein hochbegabter, aber labiler Junge.
Erst zehn Monate später hörten seine Angehörigen wieder von
ihm, als er wegen des Einbruchs verhaftet und vor Gericht gestellt
wurde. Sie versuchten ihm zu helfen, aber er wollte nichts mit ihnen zu tun haben. Offenbar wollte er sich schuldig bekennen, aber
die Anwälte der anderen beiden brachten ihn dazu, vor Gericht zu
gehen. Die Polizei sagt, er habe sie förmlich angefleht, ihn in den
Knast zu schicken.»

«Warum haben sie die Strafe nicht zur Bewährung ausgesetzt?»

«Bei dem Einbruch wurde ein Wachmann verletzt, das wirkte
natürlich straferschwerend. Aber er kam besser weg als die anderen beiden. Er ist Schwede, die anderen sind Holländer. Jemand
hat durch sanften Druck versucht, die schwedische Regierung zu
veranlassen, ein Auslieferungsverfahren in Gang zu setzen, aber –»

«Und wer –»

«Das steht noch nicht fest. Wir bemühen uns darum. Es war
inoffiziell ...»

«Glauben Sie, daß man ihn freiläßt?»

«Ich denke schon. Unter scharfer Überwachung natürlich.»

«In der Hoffnung, daß er uns zu Brahms führt?»

«In der Hoffnung, daß er uns irgendwohin führt.» Captain
Skinner warf das Blatt mit seinen Notizen auf den Tisch und verschränkte die Hände.

«Hat jemand mit den Gefangenen gesprochen?»

«Natürlich, wofür halten Sie uns? Sie wissen von nichts, sie sind
erstaunt, verwirrt, hoffnungsvoll ... Entweder die besten Schau-

spieler außerhalb der Bühne, die die Welt je gesehen hat, oder sie haben mit der Sache wirklich nichts zu tun.»

«Was ist mit diesem Boyar, der unbedingt ins Gefängnis wollte?»

«Er will dort bleiben. Sie werden ihn noch mit Gewalt an die frische Luft setzen müssen.»

«Hat er Angst, herauszukommen?»

Skinner schüttelte den Kopf. «Nein, das ist es nicht. Er will seine ‹Schuld an der Gesellschaft› abtragen, so ähnlich hat er sich ausgedrückt. Er leidet unter einem Schuldkomplex, ist superfromm, sehr reuig, mehr ist nicht dran an ihm. Sieht gut aus, hat gute Manieren, ganz im Gegensatz zu den anderen beiden. Mit denen will er jetzt übrigens auch nichts mehr zu tun haben. Hockt in seiner Zelle und liest die Bibel. Und den Koran. Und den Talmud. Und alles andere, was er in dieser Richtung in die Finger kriegt. – Wo zum Teufel sind die Bilder?»

Ainslie sah auf die Uhr. «Vermutlich im Entwicklungsbad.»

Captain Skinner lächelte etwas kläglich. «Ist Ihnen schon aufgefallen, daß Sie immer, wenn ich mich aufrege, die Ruhe selbst sind, und immer wenn Sie sich aufregen, ich ruhig werde?»

«Allerdings. Keine schlechte Arbeitsteilung. Wenn wenigstens einer von uns einen kühlen Kopf behält, kann uns eigentlich gar nichts passieren.»

Captain Skinners Lächeln erlosch. «Uns vielleicht nicht ...» sagte er leise.

Die Vergrößerungen bestätigten die Theorie des Captain. Sie waren noch naß, Carter mußte sie vorsichtig voneinander lösen, um sie auf den Schreibtisch zu legen. «War es das, was Sie wollten?» fragte er, noch immer einigermaßen perplex.

Es war wirklich ganz eindeutig.

Professor Skinner hielt seine Finger so, daß etwas wie eine Sechs und eine Sieben entstanden, Laura hatte ein N nachgebildet, bei den anderen entdeckten sie T, E, R, I, B und noch ein E.

«TERIBE?» fragte Carter. «Was soll denn das heißen?»

«Sie konnten ja nicht wissen, in welcher Reihenfolge wir die Fotos legen würden», fuhr der Captain ihn ungeduldig an. «Sie wußten vielleicht nicht einmal im voraus, wer mit wem fotografiert werden würde.»

«Ein Anagramm also», meinte Ainslie. «Darin war ich früher mal ganz gut.» Er griff nach Papier und Bleistift. «BIER, TIER, BEI . . .» In seinem Eifer brach Ainslie fast die Bleistiftspitze ab.

«Mit dem Computer ginge es vermutlich schneller», bremste Captain Skinner ihn. «Ob David wirklich Zahlen gemeint hat, oder ob wir da auch nur die Buchstaben verwenden sollten?»

«Das läßt sich schnell feststellen», sagte Carter zuversichtlich. «Wie viele mögliche Kombinationen gibt es?»

Wie sich herausstellte, gab es für sieben Buchstaben 5040 mögliche Kombinationen; daraufhin fanden sie, daß der Professor wohl doch richtige Zahlen gemeint hatte. Jedenfalls hofften sie es.

Carter besah sich den langen Computerausdruck. «Ob Ihr Bruder wohl gewußt hat, was er uns da eingebrockt hat, Captain?»

Captain Skinner seufzte. «Ich denke schon. Aber zumindest gibt er sich Mühe.»

«Ja, sehr», bestätigte Carter mit einigem Nachdruck.

13

«Ich war's nicht! Ich war's nicht!» wimmerte Hallick, sein Gesicht mit den Händen schützend.

Denning, noch schlafbefangen – Skinner hatte ihn geweckt –, stand vor Hallicks Bett und hatte mit einer Hand seinen Arm umklammert, während er die andere zum nächsten Schlag erhoben hatte. Wäre Skinner nicht dazwischengegangen, hätte er Hallick bewußtlos geschlagen.

«Du Hurenbock, du mieser kleiner –»

«Ich hab sie nicht angerührt, ich habe –»

«Aber warum? Hattest du an Sherri nicht genug? Mußtest du unbedingt noch einer zweiten Frau nachstellen und sie umbringen?»

«Vielleicht sehen Sie es sich erst mal an, Frank.» Skinner zog Denning so lange am Ärmel, bis er Hallick losließ. Noch immer zitternd vor Wut ging er zur Kommode und nahm die Handschellen heraus.

«Ich hätte sie ihm nie abnehmen dürfen, ich hab's ja gewußt.» Rasch fesselte er Hallick mit den Händen an den Bettpfosten und

zog die metallenen Armbänder so fest an, daß sie ins Fleisch schnitten. Hallick lag mit über dem Kopf erhobenen Händen da und
schien überhaupt nicht zu begreifen, was hier geschah. Skinner runzelte die Stirn und machte sich so seine Gedanken. Dann ging er mit
Denning die Treppe hinunter. Laura hockte in einem Sessel vor
dem Kamin; sie hatte die Hände vors Gesicht geschlagen, gab aber
keinen Laut von sich.

Sie hatten ein Tischtuch über Annes Leiche gebreitet, das Denning rücksichtslos wegzog, so daß sie wieder dem grellen Licht ausgesetzt war. Skinner schloß kurz die Augen, zwang sich aber, sie
wieder zu öffnen, während Denning sich hinkniete und die roten
Male an dem Hals der Toten betrachtete. Dann griff er nach ihrem
Kinn und bewegte den Kopf vorsichtig hin und her.

«Sieht so aus, als ob er zuerst versucht hat, sie zu erwürgen»,
meinte Denning mit blassem, aber grimmig entschlossenem Gesicht.

«Woher kommt dann das Blut?» fragte Skinner gepreßt. Er lehnte am Küchenschrank und betrachtete sein Spiegelbild in dem
schwarzen Fenster über der Spüle.

Denning drehte Annes Kopf so, daß die toten Augen auf das Un-
terteil der Spüle gerichtet waren. «Ihr Schädel ist eingeschlagen. An
der Ecke vom Küchentisch ist Blut, David. Sieht aus, als hätte er es
mit seinen üblichen Spielchen versucht, sie hat sich gewehrt und ist
mit dem Kopf auf den Tisch aufgeschlagen. Vielleicht hat es nicht
gleich angefangen zu bluten, vielleicht –» Aber dann schüttelte er
den Kopf. Er beugte sich vor, besah sich das verklebte Haar genauer
und tastete behutsam mit den Fingerspitzen. «Komisch . . .»

«Was ist denn?» fragte Skinner gepreßt.

«Die Form der Wunde stimmt nicht, es muß etwas Langes,
Schmales gewesen sein, das sie am Kopf getroffen hat, es kann keine Tischkante gewesen sein. Es fühlt sich an, als ob – o verdammt . . .» Er zog seine Hand weg, und der Kopf fiel mit einem
dumpfen Laut auf den Boden zurück. Er richtete sich auf und starrte
auf seine blutigen Fingerspitzen. «Ich bin mit der Hand durchge-
kommen, die Schädeldecke ist dünn wie Papier.» Er wirkte plötzlich ganz elend und sah aus, als könnte er jeden Augenblick umkip-
pen.

«Ist Ihnen nicht gut?» fragte Skinner besorgt.

Denning schüttelte den Kopf und holte ein paarmal tief Atem.

«Es ist lange her, daß ich ... Ich arbeite schon jahrelang nicht mehr als Cop.»

«Es brauchte demnach keinen heftigen Schlag, um sie zu töten», fragte Skinner, mehr um Denning abzulenken als wegen der Information selbst.

«Nein, wohl nicht. Ich hätte ihm die Handschellen lassen müssen, nicht eine Minute lang hätte ich –»

«Was hätte das für einen Sinn gehabt?» Jetzt standen sie beide da und stützten sich gegenseitig. Denning fuhr herum, wobei Skinner beinahe das Gleichgewicht verlor.

«Sinn? Da liegt er, Ihr Sinn, da auf dem Küchenboden. Ich hab Ihnen doch gesagt, daß er ein Killer ist.» Er schüttelte Skinners Hand ab, ging zur Spüle und griff nach dem Wasserhahn. Mitten in der Bewegung hielt er inne. In dem Edelstahlbecken lag ein zerbrochenes Glas, daneben war ein weißer Niederschlag, der nach zerfallenen Aspirintabletten aussah.

«Sie sagte, sie hätte Kopfschmerzen», erinnerte sich Skinner. «Sie kam herunter, um sich Wasser für ihr Aspirin zu holen, jemand näherte sich von hinten –»

«Sie meinen, Hallick näherte sich von hinten», knurrte Denning.

«So genau können Sie das nicht sagen», wandte Skinner ein. «Noch ist er nicht verurteilt. Bisher ist er nur ein mutmaßlicher Mörder.»

«Jetzt reden Sie wie einer von diesen Rechtsverdrehern.»

«Mal angenommen, er wäre nicht einmal ein mutmaßlicher Mörder, angenommen, er wäre einfach ein Passagier wie Sie oder ich – wen würden Sie in einem solchen Fall verdächtigen?»

«Weiß ich nicht», stöhnte Denning. «Jetzt seien Sie doch vernünftig, David. Hier unten liegt eine tote Frau, und oben ist ein Mörder – ein mutmaßlicher Mörder meinetwegen. Für eine Auslieferung müssen schon handfeste Beweise vorliegen, und das genügt mir. Der Fall ist klar, wozu unnötig Probleme schaffen?»

«Der Fall ist wirklich auffallend klar», räumte Skinner ein. Er sah hinaus zu Laura, die noch immer vor dem Kamin saß. Ihre Hände lagen im Schoß, aber sie war wie erstarrt, ihr Gesicht war ohne jeden Ausdruck. «Weniger klar ist, wie wir uns verhalten sollen, wenn die Bewaffneten morgen wieder auftauchen, und damit ist zu rechnen, da sie heute nicht da waren.»

Denning sammelte die Glasscherben ein und legte sie vorsichtig auf das Ablaufbrett. «Ich verstehe nicht –»

Skinner seufzte. «Der Sinn einer Geiselnahme besteht darin, daß man droht, die Geiseln zu töten, es aber nicht soweit kommen läßt. Wenn man sie umbringt, nimmt man damit seinem Verhandlungspartner jede Hoffnung. Unsere Freunde haben zwar mit ihren MPi herumgefuchtelt und gesagt, sie würden uns umlegen, wenn wir nicht spuren, aber sie haben andererseits weder Mühe noch Kosten gescheut, um uns die Gefangenschaft so angenehm wie möglich zu machen. Wenn nun –»

Denning hatte den Wasserhahn aufgedreht, um sich das Blut von den Händen zu waschen und holte sich ein Glas aus dem Oberschrank. «Wenn nun –?»

«Wenn nun eine Geisel tot ist, sind wir für die Entführer allesamt wertlos geworden. Außerdem sind wir Zeugen eines Mordes. Zwar haben nicht sie den Mord begangen, aber juristisch ist das wohl unerheblich. Was geschieht, wenn es während der Verübung einer Straftat zu einem Todesfall kommt?»

«Keine Ahnung. Was denn?» fragte Denning zurück.

«Soviel ich weiß, gilt das – unabhängig von den Begleitumständen – immer als Mord. Oder irre ich mich?»

«Mich müssen Sie da nicht fragen.» Denning goß das Glas Wasser in einem Zug herunter und stellte es zu den Scherben auf das Ablaufbrett. «Wie wär's, wenn Sie langsam zum Thema kämen?»

«Gern. Wenn unsere Freunde morgen kommen, darf Anne nicht tot sein. Sie muß leben – schon wegen der Fotos. Wir sind auf die Fotos angewiesen, Frank, wir haben eine Botschaft zu übermitteln, es ist unsere einzige Chance. Wenn die Bewaffneten morgen eine Tote im Haus finden, werden sie nicht mehr mit ihren MPi herumfuchteln, sondern sie benutzen.»

Denning starrte ihn an. «Das kann doch nicht Ihr Ernst sein.

Skinner wandte sich ab, ballte die Fäuste. Sie würden Laura umbringen, alle würden sie umbringen.

«Sie sind der kaltschnäuzigste Hund, der mir je begegnet ist», staunte Denning.

Skinner schloß die Augen und löste langsam die Hände. «Mag sein. Aber kaltschnäuzig oder nicht – ich habe eigentlich noch keine Lust zum Sterben. Sie vielleicht?»

«Blöde Frage.»

«Dann würde ich vorschlagen, daß Sie von ihrem blöden hohen Roß heruntersteigen und die Fakten akzeptieren. Wir haben keine Zeit, heikel oder pingelig oder sonst etwas zu sein. Nach meiner Uhr ist es drei, und das heißt, daß wir uns beeilen müssen.»

«Was hier geschehen?» fragte Orange und sah sich um.

Der große Wohnraum sah aus, als hätte ein Hurrikan von Westindien her mal kurz einen Abstecher an den Polarkreis gemacht. Zwei Stühle am Eßtisch waren umgefallen, Glasscherben und angebissene Sandwiches lagen auf dem Boden und auf den Möbeln herum.

«Wir haben 'ne kleine Party gefeiert», sagte Goade angriffslustig. «Kann Ihnen doch egal sein, oder? Hauptsache, wir bleiben hier hocken.» Er stieß mit dem Fuß einen Teller beiseite. «Habt ihr Brandy mitgebracht, oder vielleicht zur Abwechslung 'ne Pulle Scotch?»

«Wir bringen. Wir vielleicht lieber nehmen wieder mit ...»

«Und meine Tabletten? Haben Sie die auch mitgebracht?» erkundigte sich Denning besorgt. Orange sah ihn an. Er sah aus, als brauchte er sie dringend, sein Gesicht war grau, seine Stimme schwankte.

Orange wandte sich Hallick zu, der in einem der Stühle am Eßtisch hing; sein Gesicht war bläulichrot verfärbt und verschwollen, und er war mit Handschellen an ein Tischbein gefesselt. «Sie raufen mit diesem hier?»

«Jawohl, wir raufen mit diesem hier», bestätigte Goade hämisch. «Wir *schön* raufen mit diesem hier.»

Auch das war ohne weiteres sichtbar. Goade und Denning hatten wunde Knöchel, und Skinner ein blaues Auge. Morgans Augen waren verschwollen, und er sah aus, als hätte er einen gewaltigen Kater. Auch Laura und Timmy hatten rote Augen. Orange machte eine Kopfbewegung.

«Der Junge –»

«Er hat Angst bekommen bei dem Geschrei», erklärte Skinner. «*Er* hat nicht getrunken.»

«Ob ihr's glaubt oder nicht», ergänzte Goade sarkastisch.

«Ihr hier aufräumen», befahl Orange. «Wir machen Bilder.»

«Wenn ihr so versessen auf Ordnung seid, räumt selber auf», sagte Goade. «Uns gefällt's so, wie's ist. Richtig gemütlich, die Bude.»

Orange ließ den Blick von einem zum anderen wandern; er zählte.

«Fehlt eins. Wo andere Frau?» fragte er schließlich.

Es gab eine kleine Pause. Dann gab Laura sich einen Ruck. «Sie fühlt sich nicht wohl, sie liegt im Bett.»

«Sie mir zeigen.»

Laura zögerte einen Augenblick, dann ging sie zu Skinners Zimmer hinunter und öffnete die Tür. Orange folgte ihr. Der Raum roch nach Brandy. Anne Morgan lag mit geschlossenen Augen, von der Bettdecke fast verborgen, im Bett.

«Aufwecken, wir Fotos brauchen.»

«Ich – ich versuche es mal», sagte Laura gepreßt. Sie trat ein und machte die Tür hinter sich zu. Skinner fragte, ob die Fotos an der üblichen Stelle gemacht werden sollten und drückte heimlich die wunden Daumen.

«Ja, am Tisch. Sie räumen Sachen weg.»

Sie gehorchten. Hallick und Sherri, Denning und Goade wurden zusammen fotografiert, Orange machte wieder die Tür zu Skinners Zimmer auf. Laura beugte sich über Anne Morgan und schüttelte sie. Dann sah sie auf. «Ich bekomme sie nicht wach.» Auf ihrem Kleid waren Flecken, und ein See von Erbrochenem breitete sich auf der Bettdecke aus. «Sie hat sich übergeben, und jetzt ist sie wieder hinüber.»

Orange knurrte angeekelt und winkte Gelb. «Trag sie heraus.»

«Lassen Sie mich das machen», mischte Morgan sich ein. «Sie fassen meine Frau nicht an mit Ihren dreckigen Pfoten.» Timmy begann zu schluchzen und klammerte sich an seinen Vater. Morgan machte sich behutsam los und schob den Jungen Skinner zu, der ihn auf den Arm nahm.

«Warum lassen Sie die arme Frau nicht, wo sie ist?» meinte der Professor freundlich. «Sie können das Kind mit Miss Ainslie und mir fotografieren, und Morgan knipsen Sie dort im Zimmer zusammen mit seiner Frau. Warum wollen Sie sie noch mehr plagen?»

Gelb wandte seinem Begleiter fragend das maskierte Gesicht zu. «Mach», befahl Orange. «Wir nicht haben Zeit.»

Als die Aufnahmen im Kasten waren, fuchtelte er den Geiseln mit der Waffe vor der Nase herum. In seiner Stimme schwang Verachtung. «Dies hier sehr schlecht. Verletzungen nicht gut für Fotos, gibt Schwierigkeiten, Sie verstehen?»

«Wir verstehen sehr gut», sagte Skinner, der noch immer Timmy auf dem Arm hielt. Morgan kam aus Skinners Zimmer und machte die Tür hinter sich zu. Er sah elend und verzweifelt aus. «Das beste ist, wenn Sie einfach die Wahrheit sagen. Immerhin leben wir ja alle noch, oder?»

Sherri fing an zu lachen. Hallick sah mit verkniffenen Augen zu ihr hinüber. «Halt's Maul, verdammte Nutte», quetschte er mühsam durch die geschwollenen Lippen. Sherri verstummte.

«Es ist Ihre eigene Verantwortung. Wenn –»

«Ja, ja, das wissen wir alle», fuhr Denning unvermittelt los. Orange sah ihn verblüfft an. Dann stellte er die übliche Frage: «Sie brauchen etwas?»

«Brandy», tönte Goade. «Massenweise.»

«Vielleicht ein Beruhigungsmittel», meinte Skinner. «Sie können kaum erwarten –»

«Wir bringen.» Orange winkte Gelb, der sich die Kamera griff und ihm folgte. Sie warteten, bis sie die beiden draußen vor dem Fenster sahen, dann ging Denning nach draußen, um die Kiste hereinzuholen.

«Glauben Sie, daß –» setzte Morgan an, aber in diesem Augenblick hörten sie Denning rufen, und kalte Luft strömte ins Zimmer. Dann tauchte Denning – in Hemdsärmeln – vor dem Fenster auf und stapfte hinter Orange und Gelb her. Sie sahen ihn mit den Armen fuchteln und hörten gedämpft sein Rufen und Schreien.

Skinner setzte Timmy ab und stand auf. «Ja, um Himmels willen, was macht er denn da?»

Orange und Gelb hatten sich umgedreht und kamen mit gezogener Waffe auf Denning zu. Sie befahlen ihm offensichtlich, wieder ins Haus zu gehen, winkten und hoben drohend die Maschinenpistolen. Aber Denning ließ sich nicht einschüchtern, es sah aus, als streite er mit ihnen. Sie standen sich jetzt ganz nah gegenüber und plötzlich gab Gelb dem Marshall einen Stoß, und Denning fiel, Arme und Beine von sich streckend, in den Schnee.

«Diese Schweine. Er ist ein alter Mann!» Goade rannte aus dem Haus, ehe jemand ihn zurückhalten konnte. Gelb und Orange schrien noch immer auf den am Boden liegenden Denning ein, aber man hörte nur Wortfetzen durch die offene Tür, die vom Wind hin und her geschlagen wurde. Jetzt erschien Goade, sein breiter Körper bewegte sich zielbewußt auf die Gruppe zu. Gelb sah auf, erblickte Goade, zupfte Orange am Ärmel und beide zogen sich schleunigst zurück. Es sah fast aus, als hätten sie Angst. Dann fiel Gelb offenbar wieder ein, daß er ja eine MPi in der Hand hielt. Er hob die Waffe, was aber Goade nicht weiter beeindruckte. Er ging unerschütterlich auf Denning zu. Da drückte der Mann in Gelb ab.

Auf der Scheibe des Panoramafensters erschienen mehrere Kreise, von denen dünne Linien ausgingen. Goade war stehengeblieben, als die MPi angefangen hatte zu spucken. Auch jetzt rührte er sich noch nicht. Orange und Gelb sahen ihn noch einen Augenblick an, dann gingen sie rückwärts auf den Helikopter zu, kletterten hinein, schlugen die Tür hinter sich zu. Im Haus hörte man das Knattern der Rotorblätter. Noch immer hatten sich weder Goade noch der am Boden liegende Denning, noch die drinnen Wartenden gerührt. Doch dann, als der Motorenlärm sich verstärkte, entstand Bewegung.

Die von den Einschußstellen ausgehenden Linien wurden länger, und plötzlich erzitterte die äußere Glasscheibe und fiel in einem Regen glitzernder Scherben zu Boden. Nur ein paar schartig-spitze Glassplitter blieben am Rahmen hängen. Es kam ihnen wegen des Motorenlärms vor, als sei dies völlig lautlos vor sich gegangen. Und sehr langsam. Als der Hubschrauber sich vom Eis des Sees erhob und davonflog, gab Goade sich einen Ruck und ging entschlossen weiter auf Denning zu. Der Helikopter war jetzt nur noch ein Punkt am Himmel vor dem gleichmäßigen Weiß der tiefhängenden Wolken. Goade half Denning hoch und stützte ihn, als sie den langen Rückweg zum Haus antraten.

Plötzlich fing Timmy an zu weinen. Er lief zu der Tür des Zimmers, in dem seine Mutter lag. Morgan fing ihn ab und drückte ihn an sich, der Junge zappelte und wehrte sich.

«Mommy ... Ich will zu meiner Mommy!»

«Laß Mommy schlafen», sagte Morgan mit erstickter Stimme und vergrub sein Gesicht an Timmys Schulter.

Als Skinner zur Haustür ging, um Goade zu helfen, sah er, daß Laura anfing zu zittern. Er zögerte einen Augenblick. Wer brauchte ihn jetzt mehr? Er suchte ihren Blick, sah, daß ihr Tränen in die Augen stiegen und wandte sich ihr zu. Aber sie schüttelte den Kopf, machte eine kleine, mutlose Handbewegung, dann rannte sie in ihr Zimmer und schlug die Tür hinter sich zu. Skinner ging hinaus in den Schnee.

Als er eine Stunde später bei ihr klopfte, kam keine Antwort. Er machte leise die Tür auf. Sie lag bäuchlings auf dem Bett. Er wollte die Tür schon wieder schließen, als sie den Kopf hob. «David?»

Er trat ein, zauderte einen Augenblick und setzte sich dann auf die Bettkante.

«Denning ging es um seine Tabletten», berichtete er. «Das war alles. Ein Wunder, daß ihm bei der Kälte draußen nichts passiert ist.»

«Hat er sie bekommen?»

«Sie waren in der Kiste, ganz unten.»

Plötzlich lag sie zitternd in seinen Armen und schluchzte sich an seiner Schulter aus. Unbeholfen zog er sie enger an sich und strich ihr übers Haar. Sherris Lidschatten war verlaufen und verschmierte seine Wange, sein blaues Auge war verschwunden.

«Es ist alles in Ordnung», tröstete er. «Es ist ja vorbei . . . es ist in Ordnung, alles ist gut.» Aber sie wußten beide, daß eben nicht alles in Ordnung war. Geduldig wartete er, bis aus dem Schluchzen ein Würgen, kleine Schluckser wurden, erst dann ließ er sie los.

«Sie sind ganz naß», brachte sie heraus und richtete sich auf.

«Ich bin vielleicht nicht das saugfähigste Taschentuch hier im Haus, aber entschieden das größte», versuchte er zu flachsen. «Außerdem ist etwas von der Nässe auch vom Schnee; ich habe sie nach draußen gebracht.»

Das Schreckliche, das er noch hatte tun müssen, erzählte er ihr nicht. Vielleicht würde er es Denning erzählen, wenn der sich erholt hatte, vielleicht auch nicht. Er war kein Detektiv, und auch Denning war es nicht. Aber der Dämon in ihm, der es einfach wissen wollte, war – zumindest vorläufig – beschwichtigt.

«Ich mache gleich in Ihrem Zimmer Ordnung», sagte Laura mit einem letzten Schniefer und fuhr sich mit den Fingerspitzen über das verschwollene Gesicht.

«Nicht nötig, das ist schon erledigt.»

«Tut mir leid, daß ich weggelaufen bin, ich konnte einfach nicht mehr.»

«Sie waren großartig», versicherte Skinner. «Die beiden Kerls waren überzeugt davon, daß sie lebte, bestimmt. Und das Zeug läßt sich doch aus der Wäsche leicht wieder herauswaschen, oder?» Entscheidend war dieser letzte Trick gewesen, das Pseudo-Erbrochene, das Laura aus Gott weiß was für Zutaten zusammengebraut und in einer Schüssel unter dem Bett versteckt hatte. Laura hatte recht gehabt, nicht einmal starke Männer mit Maschinenpistolen in der Faust waren scharf darauf, von einer Betrunkenen angekotzt zu werden. «Sie waren großartig», wiederholte er.

«Timmy hat hoffentlich nicht gesehen, wie Sie –»

«Sherri hat ihn mit hinaufgenommen. Ich habe Anne in ein Laken gewickelt und sie mit Schnee bedeckt. Was wir ihm jetzt sagen sollen, weiß ich allerdings nicht.»

«Es wird Ihnen schon etwas einfallen», meinte sie vertrauensvoll.

Er schüttelte lächelnd den Kopf. «Langsam wird es ein bißchen knapp mit den Einfällen.»

Und mit der Zeit, fügte er für sich hinzu.

14

Aus lauter Verzweiflung hatten sie alle scheinbar sinnlosen Buchstabenkombinationen ignoriert, die der Computer ausgespuckt hatte und sich auf die ganzen Wörter konzentriert, die sich aus den auf den Fotos erkennbaren Buchstaben zusammensetzen ließen. Auch das waren noch genug.

«BEIN, EITER, BEI ...»

«67 NIERE?»

«Was für eine Niere?»

Das Telefon stand neben Ainslies Ellbogen, aber es war Carter, der, als es läutete, nach dem Hörer griff und den Apparat zu sich herüberzog.

«General Ainslie ist zur Zeit nicht –» Er verstummte und legte die Hand über die Sprechmuschel. «Es ist Doppler, Sir.»

Ainslie warf den Kugelschreiber weg und ließ sich den Hörer geben. «Hier Ainslie. Ja, Mr. Doppler, ich höre. Ja ... ja, ich verstehe. Wie beim erstenmal? In Ordnung. Hätten Sie etwas dagegen, wenn ich jemanden mit ... Ja, das verstehe ich natürlich, aber –» Der Wortschwall am anderen Ende der Leitung war auch für die anderen vernehmbar. «Gut, ganz wie Sie wollen ... Ja, ich bringe einen Bericht über den Stand der Vorbereitungen mit. Gut, also dann bis heute abend.» Er legte auf und sah die anderen beiden an. «Er möchte mich sprechen, die Lage hätte sich geändert, sagt er.»

Auch Captain Skinner legte seinen Stift beiseite. «Was zum Teufel meint er damit?»

Ainslie runzelte die Stirn. «Wenn ich das wüßte.»

Carter stand auf. Er öffnete die Tür und beriet sich kurz mit dem draußen wartenden Grey. «Sie machen den Minisender fertig.»

«Ich halte das nach wie vor für einen Fehler.» Ainslie ließ sich in seinen Sessel zurückfallen. «Wenn er nun merkt, daß ich –»

«Es ist ein ganz kleines Ding, Sir, ein kleiner Knopf unter Ihrem Kragen oder hinter Ihrem Gürtel, das fällt ihm bestimmt nicht auf. Sobald die anderen weg sind, können wir –»

«Die Lage hätte sich geändert, sagt er», wiederholte Ainslie. «Mir gefällt das nicht. Es könnte bedeuten, daß –»

«Was hatten Sie für einen Eindruck von ihm?» fragte Captain Skinner, dem auch die Miene des Generals nicht recht gefallen wollte.

«Er schien erregt», erwiderte Ainslie. «Fast – fast verzweifelt.» Er griff nach dem Kugelschreiber und klopfte damit auf die Schreibunterlage. «Er wirkte wie ein Mann, der große Angst hat.»

15

Skinner nahm den Fuß vom Pedal. «Schläft er?»

Laura sah Timmy an, dessen Kopf an ihrer Schulter lag. «Ja», flüsterte sie und wischte sanft die letzten Tränenspuren von den runden Wangen.

«Ich trage ihn hinauf», erbot er sich.

«Warten Sie noch ein bißchen, bis er wirklich fest schläft.» Sie hob den Kopf und lächelte ihn in dem schwachen Licht an, das vom Nebenzimmer zu ihnen hereindrang. Skinner hatte im Dunkeln gesessen und mit langen, beruhigenden Weisen auf dem Klavier den Jammer des Jungen zu beschwichtigen versucht.

Zwei Tage waren vergangen. Die Bewaffneten hatten sich nicht wieder sehen lassen. Aber auch die erhoffte Rettung war nicht gekommen.

Timmy hatten sie gesagt, seine Mutter sei so krank, daß er nicht zu ihr dürfe, er könne sich sonst anstecken. Eine Weile hatte der Junge das geschluckt, zumal er sah, daß gelegentlich jemand Essen auf einem Tablett ins Zimmer brachte. Aber an diesem Abend war er, als Laura herausgekommen war, zur Tür gestürzt und hatte das leere Bett gesehen. Morgan hatte erfolglos versucht, eine neue Geschichte zu erfinden, und schließlich hatte Skinner ihm die Wahrheit gesagt. Oder vielmehr, er hatte ihm möglichst ruhig und mit möglichst einfachen Worten erklärt, daß seine Mutter tot war. Morgan schien in seinem Kummer blind dafür zu sein, was sein Sohn brauchte. Er war schweigsam und in sich gekehrt. Sein Haß richtete sich gegen Skinner, der sie alle zu der Komödie um die Leiche seiner Frau veranlaßt hatte, aber auch gegen die anderen, wobei er seine Wut besonders an Hallick ausließ. Und so wurde denn Timmy, wie üblich, von allen außer seinem eigenen Vater getröstet; allerdings schien der Junge von dieser Seite auch wenig Hilfe zu erwarten.

Skinner stand auf und zog den Vorhang vor einem der hohen Fenster beiseite. «Verdammt.»

«Was ist?» Laura gab es einen Ruck, als sie sah, daß Skinners Silhouette von einem seltsamen, flackernd-irisierenden Glanz umgeben war. «Kommt jemand? Ist das –?»

«Das ist die Aurora borealis, eines der größten Naturwunder dieser Welt.» Mit einer fast theatralischen Bewegung schob er den Vorhang ganz beiseite und öffnete dann auch die Vorhänge vor den anderen beiden Fenstern. Die hohen, schmalen Scheiben schimmerten, sie schienen in den steigenden und fallenden Lichtwellen zu schmelzen, die über dem dunklen Horizont am Himmel sichtbar wurden.

«Das Nordlicht . . .»

«Sehr richtig. Das Nordlicht, das von jetzt ab jede Nacht Ihnen – allerdings nicht mir – zur Freude und Erbauung erscheinen wird.»

«Warum nicht Ihnen zur Freude und Erbauung?»

Hilfloser Zorn schüttelte ihn, sie sah, wie er die Hände ballte und wieder streckte.

«Weil es mir zeigt, wo ich jetzt eigentlich sein müßte.»

«Rätsel haben wir schon genug, David.»

«Entschuldigen Sie.» Er ließ sich in den Ledersessel neben sie fallen. «Die Aurora borealis wird von Sonnenflecken ausgelöst. Ich habe mich auf Sonnenflecken spezialisiert, oder genauer gesagt, auf die Sonnenprotuberanzen, die diese Lichterscheinungen da draußen verursachen. Ehe wir Adabad verließen, verschwand eine ziemlich große Gruppe von Flecken, die ich regelmäßig beobachtet hatte, aus unserem Gesichtskreis; gestern wurden sie wieder erwartet. Und da sind sie, wie Sie sehen. Wäre ich rechtzeitig zurück gewesen, hätte ich ein Projekt anlaufen lassen können, das ich seit acht Jahren plane. Wir hatten eine Computerverbindung nach Jodrell Bank geschaltet, wir hatten über Satellit Verbindung mit dem McMath Hulbert Observatory in Michigan und mit dem Pic du Midi in Frankreich, wir hatten unsere eigenen – na ja, Schwamm drüber. Einer meiner Kollegen wird für mich auf den Knopf drükken.»

«Und Sie sollten eigentlich dabei sein», sagte Laura. Um seinetwillen tat es ihr leid, daß er es versäumte, um ihret- und der anderen willen war sie froh darüber. Timmy regte sich in ihren Armen und legte sich mit einem zufriedenen kleinen Schnaufer bequemer zurecht.

«Hm . . .»

«Erzählen Sie!»

«Es ist alles sehr langweiliger, technischer Kram, zu erzählen gibt es da nicht viel. Ich hatte da so einige Ideen, ein paar neue Programme, an denen ich in Adabad gearbeitet hatte. Blöderweise habe ich sie für mich behalten . . .»

«Weiter», drängte sie. «So ganz vernagelt bin ich schließlich auch nicht. Was hofften Sie zu entdecken?»

Nach einer Weile fing er tatsächlich an zu erzählen. Jeder Astronom, sagte er, habe sein Spezialgebiet, und sein eigenes Interesse habe von Anfang an besonders der Sonne gegolten.

«Sie rechnet nicht zu den wichtigsten und ganz gewiß nicht zu den größten Sternen, aber sie ist uns nun einmal am nächsten. Sterne sind sich im Grunde alle ähnlich, was wir über die Sonne erfahren, können wir auf andere Sterne übertragen. Aber ich will ehrlich sein. Was mich an der Sonne interessiert, ist nicht die Logik dieses Arguments.» Er lächelte vor sich hin. «Nein, für mich ist die Sonne das Unglaublichste, das Aufregendste, das Schönste und Erschreckendste, was ich je gesehen habe. Natürlich beobachten wir sie nicht direkt, sie würde uns sofort die Augen verbrennen, aber wir fotografieren sie mit Solarteleskopen und Spektroheliographen und anderen Instrumenten.»

«Ich würde sie sehr gern einmal sehen», sagte Laura leise.

«Es würde mir große Freude machen, sie Ihnen zu zeigen», sagte Skinner. Sie begriff in diesem Augenblick, daß er der geborene

Lehrer war. Nach seiner Beschreibung konnte sie die Sonne sehen, dieses feurige, lebendige Gebilde, das ihnen so nahe war. Auch David Skinner hatte, wie Perseus mit Helm und Schild, ein Geschenk von den Göttern erhalten.

Sie hörte es immer gern, wenn ein Experte über seine Arbeit sprach, ob sie es nun verstand oder nicht, aber diesmal ging ihr Interesse tiefer. Sie nickte, wenn ein Nicken angezeigt war, stellte sogar ein, zwei Fragen. Meist allerdings begnügte sie sich damit, ihn zu beobachten – den beweglichen Mund, die sehr blauen, lebhaften Augen. Schließlich verstummte er, legte die Brille in den Schoß und sah darauf hinunter.

«Das haben Sie bestimmt alles gar nicht hören wollen», sagte er und sah auf. Es war, als habe ihn jemand sanft, aber nachdrücklich vor die Brust gestoßen. Laura Ainslie leuchtete wie einer seiner Sterne.

«Doch», widersprach sie, «sonst hätte ich Sie schon unterbrochen. Es hört sich an, als hätten Sie ganz dicht vor einer wichtigen Entdeckung gestanden.»

Er lachte ein wenig. «Wichtig für mich vielleicht, aber ganz gewiß nicht für die Zukunft der Menschheit. Wir haben noch etwa sechs Millionen Jahre zur Beobachtung zur Verfügung, ehe die Sonne mit ihrem Werk der Selbstzerstörung beginnt, und brauchen deshalb nichts zu überstürzen.»

«Aber Sie müssen zu Ende führen, was Sie angefangen haben, David, soviel begreife sogar ich, wenn ich auch von den Zahlen und Namen nichts verstehe. Sie *müssen* es zu Ende führen.»

«Muß ich?»

«Ja. Ich wünschte, es gäbe etwas, was mir so sehr am Herzen läge.» Sie schluckte und begriff, daß es dieses Etwas sehr wohl gab und daß sie nur die Hand danach auszustrecken brauchte, um es zu berühren.

Wieder lachte er ein wenig. «Da finde ich nun eine Frau mit Scharfblick und Wahrnehmungsvermögen, eine richtige Größe, und was tue ich Unglücksmensch? Öde sie mit meinen Tiraden an. Typisch – die Tragödie meines Lebens.»

«Ich bin keine Größe», fuhr sie verärgert auf. «In keiner Beziehung. Meine Abschlußprüfung am Smith College habe ich mit *summa cum laude* gemacht, jawohl, sehr eindrucksvoll, aber von speziellen Neigungen, speziellen Talenten war bei mir weit und breit keine

Spur zu entdecken. Ich habe beruflich alles mögliche gemacht, aber eine Karriere, geschweige denn eine Berufung, ist nicht daraus geworden. Ich bin wie ein Paket in braunem Packpapier. Wenn man es auswickelt, kommt statt irgendeiner tollen Überraschung nur wieder Packpapier zum Vorschein.»

«Das hört sich aber verdächtig nach Selbstmitleid an. Bei der Aktion Anne waren Sie alles andere als eine Packpapier-Persönlichkeit.»

«Das war leicht, es mußte ja sein. Was man sonst von mir erwartet, fällt mir nicht so leicht. Ich bin nicht schön, aber auch nicht häßlich, nicht geistig hochfliegend, aber auch nicht dumm, nicht gerade sprühend vor Witz, aber auch nicht stocklangweilig – eben Mittelmaß, braves, braunes Packpapier.»

«Möchten Sie denn das sein: geistig hochfliegend, schön, sprühend vor Witz?»

«Ich müßte es wohl sein, wenn ich die Frau eines schönen, geistig hochfliegenden Mannes mit Aussichten auf eine schöne, hochfliegende Karriere werden will.»

«Er selbst muß ja wohl diese Eigenschaften in Ihnen sehen, sonst hätte er Ihnen kaum einen Heiratsantrag gemacht ...»

«Die Hauptsache ist, daß ich nicht zwei Köpfe habe. Ansonsten sieht man bei der Tochter von General Marshall Ainslie über vieles hinweg, wenn man das Endziel Pentagon anpeilt.»

«Das ist ein sehr böses Wort», sagte er zornig. «Ich bin schockiert, Miss Ainslie. Das hätte ich nicht von Ihnen erwartet.»

«Vielleicht habe ich dann doch zumindest ein Talent, Professor Skinner – das Talent, Astronomen zu schockieren. Was meinen Sie, ob ich wohl damit ins Geschäft kommen könnte?»

Es gab einen kurzen, trockenen Knacks. Professor Skinner hatte einen Brillenbügel abgebrochen. «Verdammt, jetzt sehen Sie mal, was Sie angerichtet haben!»

Schuldbewußt sah sie ihn an, ihr Zorn war so rasch verflogen, wie er gekommen war. Kein Wunder, daß er jetzt böse war, sie hätte ihn nicht mit ihrem Mangel an Selbstvertrauen nerven dürfen. Es lag einfach daran, daß man so gut und leicht mit ihm reden konnte, es war fast so leicht wie mit Timmy, er hörte wirklich zu, mit schräg geneigtem Kopf, ohne daß man sich dumm und albern vorkam, wenn man etwas sagte.

«Es tut mir leid», sagte sie bedrückt.

Er sah auf, und um seine Augen sprangen wieder die Lachfältchen auf. «Es war ein Scherz, der Bügel wackelt schon seit Wochen.»

«Wirklich?» Sie schob Timmy sanft ein Stück zur Seite, holte das Fernglas hervor, das gegen ihre Rippen drückte, und gab es Skinner. «Was ich gesagt habe, war auch nicht so ernst gemeint», erklärte sie leise. «Ich bin wohl einfach ein bißchen müde.» Sie räusperte sich, dann sagte sie fest: «Larry findet mich nämlich bildhübsch.»

«Na also, das habe ich mir doch gleich gedacht.»

«Und er meint, daß ich eine großartige Ehefrau und ein ganz großes Plus für seine Karriere sein werde.»

«Das will ich meinen.»

Warum hätte sie jetzt am liebsten losgeheult? «Und ich werde in Washington oder London oder Paris oder wo immer sie ihn hinschicken, ganz groß Furore machen, nicht?»

«Nur, wenn Sie sich jetzt brav schlafen legen.» Er stand auf, schob die zwei Brillenteile in die Hemdentasche. «Geben Sie mir Ihren kleinen Prinzen, ich trage ihn hinauf.»

Als sie am Fuß der Treppe im Licht standen, sah sie mit einem plötzlichen Gefühl der Zärtlichkeit, daß sein Haar am Scheitel schon ein bißchen dünn wurde. Er war ein lieber Mensch, ein guter Mensch. Er brachte für sie ebensoviel Geduld auf wie für den Jungen und mochte sie wohl auch ein wenig wie ein Kind sehen. Er konnte gewiß nichts dafür, daß sie sich bei dem Wunsch ertappte, er möge sie und nicht Timmy ins Bett tragen. Sie begriff, daß sie diesen ruhigen Astronomieprofessor mit der leisen Stimme heftig begehrte. Vermutlich hätte ihn das ebensosehr schockiert, wie es sie schockiert hatte.

Skinner ging, nachdem er sich von der seltsam still gewordenen Laura verabschiedet hatte, ins Musikzimmer zurück, schloß den Flügel und stellte Berndts Noten wieder ins Regal zurück. Als er sich zum Gehen wandte, sah er das Fernglas, das noch auf dem Sessel lag und ging damit zum Fenster. Die Strahlung der steigenden und fallenden Lichtschleier war so intensiv, daß er außer dem Polarstern nichts erkennen konnte. Er drehte an der Einstellung herum, runzelte die Stirn. Ein schmaler schwarzer Strich ging quer durch das linke Glas. Es war kein Sprung; aber vielleicht hatte Timmy es für einen Sprung gehalten und Angst gehabt, es ihm zu gestehen? Er nahm das Glas mit auf sein Zimmer. Wahrscheinlich hatte sich der Überwurfring verschoben oder war gerissen. Er würde den Schaden beheben, ohne dem Jungen etwas davon zu sagen.

Aus dem Badezimmerschrank holte er eine Rolle mit Klebeband, um seine Brille zu reparieren, dann setzte er sich auf den Rand der Badewanne, nahm den Feldstecher auseinander und legte die Einzelteile sorgsam auf den geschlossenen Toilettendeckel. Als er den Tubus öffnete, stellte er fest, daß nicht der Überwurfring das Problem war. Er schüttelte den Feldstecher, und etwas Schwarzglänzendes, Gerolltes fiel in seine Handfläche.

Er hielt den Zelluloidstreifen gegen das Licht, dann setzte er den Feldstecher wieder zusammen. Es war, da gab es gar keinen Zweifel, ein Stück Mikrofilm. Soviel erkannte er durch das Glas, daß sich darauf Namen, Worte und Zahlen, vielleicht auch Daten oder Mengen- bzw. Maßangaben befanden. Näheres konnte er beim besten Willen nicht entziffern.

Seit ihrer Ankunft in diesem Haus hatte Timmy ständig den Feldstecher mit sich herumgeschleppt und sich nur nachts von ihm getrennt. Auf Drängen seiner Mutter, die ermordet worden war und die ein eidetisches Gedächtnis besessen hatte . . .

«Verdammt, verdammt, verdammt.» Skinners Stimme hallte von den Kachelwänden wider. Sie war also nicht aus emotionellen Motiven ermordet worden, er hatte falsch gelegen mit seiner Theorie. Es war eine professionelle Hinrichtung gewesen, und dem Mörder war Hallick als Sündenbock gerade recht gekommen. Wenn man das eidetische Gedächtnis vernichtet, so hatte sich wohl der Täter gesagt, zerstörte man damit gleichzeitig die Möglichkeit der Informationsweitergabe. Doch Anne hatte, ehe sie den Flug antrat, die Information noch einem zweiten Träger, diesem Mikrofilmstreifen, anvertraut. Warum hatte sie ihn in dem Feldstecher versteckt? Hatte jemand sich verraten? Oder hatte sie sich als gute Agentin, die sie offenbar gewesen war, ganz einfach rückversichert?

Er, Skinner, hatte Anne nicht umgebracht, das wußte er. Timmy hatte Anne nicht umgebracht, und Laura hatte wohl kaum Zeit gehabt, Anne umzubringen, ehe er sie hatte schreien hören, obgleich er fairerweise die Möglichkeit nicht von vornherein ausgeschlossen hatte. Blieben die anderen – auch Morgan und Hallick, der ja immerhin versucht haben konnte, sich mit einem doppelten Bluff zu decken. Und er war so felsenfest davon überzeugt gewesen, daß nicht Hallick der Täter war!

Schließlich griff Skinner wieder nach dem Klebeband, reparierte seine Brille und stellte das Fernglas auf die Kommode, um es Timmy am nächsten Morgen zurückzugeben. Er schaltete die Heizdekke ein, zog sich langsam aus und duschte lange, während er überlegte, wie er sich verhalten sollte.

Er kam zu dem Schluß, daß es vermutlich am besten war, wenn alle weiterhin an Hallicks Schuld glaubten, die ja auch noch immer nicht ganz ausgeschlossen war. Wenn er plötzlich mit anderen Ideen daherkam, machte er nur alle – sich selbst eingeschlossen – verrückt. Er würde niemandem etwas sagen, auch Denning nicht. Es dauerte lange, bis er an diesem Abend einschlief.

Es war kalt. Er zog die Decke fester um sich, aber das half nur wenig. Wirklich, es war verflixt kalt. Er stützte sich auf einen Ellbogen. Die Kontrollampe für die Heizdecke brannte nicht. Der Spalt zwischen den Vorhängen war hell, es wurde sowieso Zeit zum Aufstehen.

Er hatte unruhig geschlafen, teils wegen des Mikrofilms, teils wegen seines Gesprächs mit Laura. Wahrscheinlich hatte er bei dem ständigen Hinundherwälzen den Heizdeckenstecker aus der Steckdose gezogen. Er warf die Decke zurück, um aufzustehen, zog sie aber schleunigst wieder an sich. Das Zimmer war eiskalt.

Sie hatten die Temperatur höhergestellt, nachdem die äußere Scheibe des Panoramafensters zu Bruch gegangen war. Offenbar genügte das nicht, sie würden die Heizung durchlaufen lassen müssen.

Er gab sich einen Ruck, sprang aus dem Bett und zog sich schleunigst an. Dann ging er hinunter in den Heizungsraum, um die Zeitschaltuhr umzustellen. Die Lampe in dem fensterlosen Raum funktionierte nicht. Im schwachen Licht, das von der Küche hereinkam, erkannte er den Generator, der wie eine große schwarze Kröte aussah, bösartig und – stumm. Stumm. Mein Gott, flüsterte Skinner. Sein Atem stieg weiß vor ihm auf. Der Generator war ausgefallen.

Er stürmte die Treppe hinauf und stürzte in Morgans Zimmer, wo nur Timmy in seinem Kinderbett lag. Das Doppelbett war leer. Morgan war auch nicht in einem der Badezimmer. Während Skinner noch unentschlossen die Türen auf der Galerie betrachtete, kam

Morgan aus einem der Zimmer – Sherris Zimmer – und knöpfte sich das Hemd zu. Als er Skinner sah, wurde er rot. Aber dies war nicht die Zeit für moralische Wertungen. «Tom, wir stecken in der Klemme. Der Generator streikt.»

Morgan sah ihn einen Augenblick mit offenem Mund an. «Machen Sie keine Witze», sagte er schließlich.

«Haben Sie nicht gemerkt, wie kalt es ist? Ach nein, wahrscheinlich nicht ...» Morgan machte ein finsteres Gesicht und wollte etwas sagen, aber Skinner kam ihm zuvor. «Ich weiß nicht, wie lange er schon aus ist, mir kommt es ziemlich kalt vor, aber die Frage ist: Was tun?»

«Moment mal.» Morgan hatte offenbar einige Mühe, sich zurechtzufinden. «Ich bin Bauingenieur, kein Fachmann für Maschinenbau.»

«Immerhin sind Sie Techniker, ein bißchen Ahnung von den Dingen müssen Sie doch haben.»

«Aber nur theoretisch.»

«Das ist mehr, als ich von mir sagen kann. Am besten sehen Sie sich die Bescherung mal an. Vielleicht ist es ja nur eine Kleinigkeit.»

Sie holten sich die Laterne aus dem Vorratsraum, und Morgan bemerkte, daß sie vielleicht dort hing, weil so etwas öfter mal passierte. Etwas ermutigt betraten sie den stillen Heizungsraum. Im flackernden Licht der Laterne sah der Generator noch massiger aus.

«Ein Riesending», sagte Morgan. «Ungefähr fünfzig Kilowatt. Haben Sie eine Vorstellung von der Kompressionsrate in so einem Diesel?»

«Ich weiß nicht mal, was eine Kompressionsrate ist», gestand Skinner ganz unglücklich.

Morgan setzte zu einer Erklärung an, gab es aber bald wieder auf. «Vielleicht sind es nur die Zuleitungen, manchmal setzt sich da irgend etwas hinein. Ich sehe mal nach.»

Skinner setzte die Laterne ab. «Kann ich helfen?»

Die Zuleitungen waren frei.

Inzwischen hatten sich auch Goade, Denning und Laura eingefunden. In Decken gehüllt standen sie fröstelnd unter der Tür.

«Wir können zumindest mal versuchen, ihn zu starten», sagte Morgan und sah sich um. Sein Blick fiel auf einen kleinen Motor in der Ecke. «Zu dumm, daß ich während des Studiums nicht besser aufgepaßt habe», sagte er bedauernd. «Erst müssen wir den da in Gang bekommen.»

«Wie meinen Sie das?» Skinner hatte sich Zellstofftücher aus der Küche geholt. Er war es nicht gewohnt, sich die Hände schmutzig zu machen und fand die Erfahrung wenig erfreulich.

«Wir müssen den Benzinmotor starten, um den Dieselmotor anlassen zu können, der den Stromgenerator betreibt», erklärte Morgan. «Aber wie gesagt, von Motoren verstehe ich nicht viel.»

«Joey ist da Experte», ließ sich Denning von der Tür her vernehmen. «Er redet doch dauernd von dem Auto und den Feuerstühlen, die er zu Hause hat.»

«Dann holen Sie ihn», entschied Skinner.

«Hören Sie mal», protestierte Morgan, aber Skinner sah ihn nur an, bis er die Augen niederschlug. «Also gut, hol ihn her, Frank», sagte er widerstrebend.

Als Denning mit dem mürrisch dreinblickenden Hallick ankam, waren auch Sherri und Timmy eingetroffen. Jetzt war die Gruppe komplett. Der Junge lief zu seinem Vater. «Warum ist es so kalt, Daddy?» fragte er und zupfte ihn am Ärmel. Morgan, der Hallick ansah, schüttelte Timmy ab.

«Wir frieren alle, Tim, stör uns jetzt nicht.» Seine Stimme klang härter, als er sich an Hallick wandte. «Denning sagt, daß Sie was von Motoren verstehen.»

«Bißchen was», gab Hallick zu.

«Dann versuchen Sie, den da in Gang zu bekommen.» Morgan deutete auf die Maschine in der Ecke.

«Wozu?»

«Weil wir sonst den Generator nicht starten können, Joey», erklärte Skinner ungeduldig. «Und wenn der Generator nicht bald wieder läuft, werden wir alle erfrieren.»

«Ach so.» Mit seinen zerschlagenen Lippen brachte Hallick ein mühsames Lächeln zustande. «Okay, Skinnie, der Junge soll sich ja keinen Schnupfen holen.»

Timmy hatte sich vor Hallick aufgebaut. «Sie sollen dir die Dinger da wegnehmen, Joey.» Er warf Denning einen bösen Blick zu. «Du bist gemein.»

«Findest du?» Denning holte den Schlüssel aus der Pyjamatasche. «Hier, schließ auf.»

«Das ist ja reizend», fauchte Goade. «Ganz reizend ist das, wenn der Junge dem Burschen die Handschellen abnimmt, der –»

«Weißt du denn, wie man das macht, Timmy?» fragte Skinner rasch dazwischen.

«Na klar», sagte Timmy munter. «Handschellen hab ich doch auch zu Hause in der Spielzeugkiste.» Gleich darauf war Hallick frei und rieb sich die entzündeten Handgelenke.

«Schönen Dank, Stöpsel.»

Timmy brachte Skinner die Handschellen und den Schlüssel, der beides in die Hosentasche steckte. «So, und jetzt werden wir mal die Sache schmeißen, Joey und ich», erklärte Timmy und ging zu dem Motor in der Ecke.

Joey folgte ihm grinsend. «Das Ding ist zwar eine Weile nicht mehr gelaufen», befand er nach fünf Minuten, «aber es macht soweit einen ganz ordentlichen Eindruck.»

«Der Motor läuft nur, bis der Diesel anspringt, dann schaltet ein Relais ihn ab», erklärte Morgan. «Am besten trennen wir die beiden, bis wir sicher sind, daß er wirklich funktioniert.»

«Sie müssen's ja wissen», meinte Hallick sarkastisch und trat zurück. Nach ein paar vergeblichen Versuchen lief der kleine Motor lärmend und spuckend an. Skinner, der in der Nähe gestanden und die Vorgänge interessiert beobachtet hatte, trat erschrocken einen Schritt zurück. «Was ist denn los, Skinnie?» lachte Hallick. «Haben Sie noch nie mit 'nem Motor zu tun gehabt? Fahren Sie nicht Auto?»

«Natürlich fahre ich Auto», rief ihm Skinner, der sich über seine Reaktion ärgerte, über den Lärm hinweg zu. «Ich steige ein und lasse den Motor an, und dann gibt es zwei Möglichkeiten: Entweder fährt der Wagen, oder er fährt nicht, und dann muß er eben in die Werkstatt.»

Alles horchte lächelnd und erleichtert auf das kräftige Stampfen des kleinen Motors. Morgan wandte sich an Hallick. «Was meinen Sie, ist der große auch okay?»

«Das ist 'n Diesel, was?»

Morgan nickte.

«Mit Dieselmotoren hab ich noch nie zu tun gehabt, bloß mit Motorrädern und Autos. Aber probieren wir's mal.»

Der große Motor sprang nicht an. Das Lächeln verging ihnen.

«Scheiße», sagte Hallick und gab dem Generator einen Tritt.

Timmy hatte sich neben Skinner gestellt. «Mist, Skinnie», sagte er ernsthaft. «Ganz großer Mist, wenn du mich fragst.»

Morgan warf seinem Sohn einen bösen Blick zu, aber Skinner nickte. «Ganz meine Meinung, Tim. Sag mal, wie wär's, wenn du inzwischen mit Laura zusammen versuchst, uns was zu essen zu machen? Vielleicht könnt ihr auch im Kamin ein bißchen Wasser heiß machen, damit wir wenigstens etwas Warmes zu trinken bekommen.»

«Okay.» Tim ging zu Goade hinüber. «Mach du das mit dem Feuer, ich hol inzwischen Wasser.»

Goade sah den Kleinen an, der ihm knapp bis zum Gürtel reichte; um seine Mundwinkel zuckte es. «Das bestimmst du so einfach, du Stöpsel . . .»

«Weil's vernünftig ist», erklärte Timmy ungerührt. «Wir brauchen jetzt Kope – Kopa –»

«Kooperation?» half Laura aus.

«Ge–nau», bestätigte Timmy zufrieden und verschwand in der Küche. Skinner hörte ihn fragen: «Da steckt 'ne Operation drin, nicht?»

«Ja», antwortete sie. «Und eine Oper. Weißt du, was eine Oper ist?»

«'türlich. Wenn jemand laut singt, statt zu reden», erläuterte Timmy.

Morgan und Hallick nahmen die Verkleidungen des Dieselmotors ab und bauten die Einspritzpumpe aus. Drei Minuten später warf Morgan fluchend den kleinen Schraubenzieher, mit dem er gearbeitet hatte, quer durch den Raum. «Wie lange dauert es, bis ein Mensch erfroren ist, Skinner? Zwei Stunden? Drei?»

«Wieso?» fragte Skinner besorgt. Er hatte geholfen, so gut er konnte, sein Gesicht war eine Maske aus Öl und Dreck. Selbst auf einem Glas seiner Brille, die jetzt recht prekär mit Klebeband zusammengehalten war, prangte ein dicker, fettiger Fingerabdruck, der ihm die Sicht nahm.

«Wieso? Weil wir den Generator nicht zum Laufen bringen und wenn wir uns auf den Kopf stellen», erklärte Morgan rundheraus. Hallicks zerschlagenes Gesicht war blaß geworden. Jetzt sah er auf, und Skinner las die Bestätigung in seinem trostlosen Blick.

Aus der Küche kam das Klappern von Geschirr und Lauras und Timmys vergnügte Unterhaltung.

«Warum nicht?»

Morgan lehnte sich gegen die Werkbank und schlug die Arme übereinander. «Sie haben uns erzählt, daß dies Berndts Sommerhaus ist, nicht?» Skinner nickte. «Jetzt haben wir Winter», fuhr Morgan fort. «Der Generator ist schätzungsweise fünfundzwanzig, dreißig Jahre alt. Wir sind neun –» Er schluckte und verbesserte sich: «Wir sind acht Personen. Wir haben die Zentralheizung laufen lassen, haben aus Langeweile gebadet, für ein Hemd oder zwei Paar Socken Waschmaschine und Trockner laufen lassen. Drei Mahlzeiten pro Tag für acht Personen, dazwischen noch Imbisse, Gefriertruhe, Kühlschrank, Fön, Mikrowellenherd, Geschirrspülmaschine, Beleuchtung im ganzen Haus, weil die Tage so kurz sind, Stereoanlage, Wasserpumpe, Toaster, Friteuse – wir haben benutzt, was da war, und zwar ausgiebig. Vor dreißig Jahren hat es viele von diesen Geräten überhaupt noch nicht gegeben. Ein alter Mann und zwei Dienstboten strapazieren das Stromnetz nicht übermäßig, aber wir haben Energie verschwendet, was das Zeug hielt. Der Generator war schließlich total überlastet, und die Pumpenwelle ist gebrochen. Das wär's, Professor.»

«Können wir sie nicht reparieren, vielleicht was anderes dafür einbauen . . .»

«Nein», sagte Morgan.

«He, ihr», rief Goade aus dem Wohnraum. «Das Wasser kocht über.»

Skinner sah Hallick an, der stumm den Kopf schüttelte.

Langsam erstarb das Leben im Haus.

16

Ainslie war entsetzt über die Veränderung, die in Doppler vorgegangen war. Beim erstenmal hatte er einen nervösen und etwas angegriffenen Eindruck gemacht, jetzt war er offensichtlich ernsthaft krank.

«Großer Gott, Doppler, Sie brauchen einen Arzt», entfuhr es Ainslie, während der Helikopter, der ihn gebracht hatte, sich in die dunkle Wüstennacht erhob.

«Keine Sorge, das geht vorbei.» Doppler winkte ihn zu einem Sessel. «Es ist noch immer vorbeigegangen ...»

Der Bericht über Doppler aus der Schweiz lag ihnen inzwischen vor. Er war ein bekannter Anwalt – seine Klienten kamen hauptsächlich aus der Großindustrie – und hatte auch als Vermittler für verschiedene Gewerkschaften beachtliche Erfolge zu verzeichnen. Er habe vor einigen Jahren einen Schlaganfall erlitten, stand in dem Bericht, habe sich aber wieder vollkommen davon erholt und sei seitdem eine Art Gesundheitsapostel geworden. Scheint ihm nicht viel genützt zu haben, dachte Ainslie und setzte sich.

Doppler deutete auf den gelben Umschlag auf dem Tisch. «Das sind die neuesten Fotos der Geiseln», sagte er.

Ainslie starrte fassungslos auf die Bilder. Hallick, Skinner und Goade waren wund und zerschlagen, Anne Morgan lag offenbar halb bewußtlos im Bett, während ihr Mann mit besorgtem Gesicht neben ihr saß, Denning wirkte merklich gealtert, Lauras Gesicht war verängstigt und verkrampft, Timmy, der auf ihrem Schoß saß, schien geweint zu haben.

«Was zum Teufel –»

«Es hat offenbar ein bißchen Ärger gegeben. Mr. Brahms hat sich da nicht ganz klar ausgedrückt. Vielleicht ein Fluchtversuch. Ich – die Verantwortlichen sind abgelöst, für Ersatz und eindeutigere Instruktionen wird gesorgt werden. Mr. Brahms erwartet den Bericht über den Erfolg Ihrer Bemühungen. Die nächsten Fotos werden zweifellos die Geiseln wieder in besserem Zustand zeigen. Es tut mir leid, Ihnen sagen zu müssen, daß Mr. Brahms sehr verstimmt ist.»

«*Er* ist verstimmt?» Ainslie warf die Bilder wütend auf den Tisch. «Mein Gott, Doppler, sehen Sie denn nicht, was da los ist? Sie müssen völlig verzweifelt gewesen sein. Sie müssen etwas unternehmen, Mann, sonst geschieht noch ein Unglück.»

«Sobald sämtliche Bedingungen erfüllt sind, erledigt sich die Sache von selbst.»

Ainslie rang um Fassung und versuchte, den Ausdruck im Gesicht seiner Tochter zu vergessen.

«Das Gold ist hinterlegt», begann er, «die Abberufung der Diplomaten und das Konzert sind in Vorbereitung.»

«Mit welchem Dirigenten?» Doppler lehnte sich ein wenig vor.

«Sir Charles Grove hat sich bereit erklärt ... Zum Glück für Ihren Mr. Brahms hatte er wegen einer Verletzung seine Verpflichtungen für diese Saison absagen müssen.»

«Doch nichts Ernstes?» fragte Doppler erschrocken.

«Brahms ist vielleicht gerade dabei, die Geiseln umzubringen. Wie können Sie da fragen –»

«Die Geiseln sind nicht in Gefahr. Ich möchte wissen, was Sir Charles –»

«Er hat sich, als er mit seinem Patensohn im Garten Fußball spielte, den Knöchel gebrochen», gab Ainslie bissig Bescheid. Dann griff er zu seinem Glas und nahm einen tiefen Zug. Wo blieben Captain Skinner und Larry? Der Sender, den er unter dem Kragen trug, hätte ihnen längst seinen Standort melden müssen.

«Ach so», sagte Doppler erleichtert. «Sir Charles ist ein großer Mann. Mr. Brahms ist sich natürlich darüber im klaren, daß man das Konzert nicht überstürzen kann, aber er hofft, daß Ihr Versprechen –»

«Da braucht sich Ihr Mr. Brahms keine Sorgen zu machen, mit dem Konzert geht alles klar. Die Leute sind ganz begeistert von den Kompositionen, die Sie mir mitgegeben haben. Alle wollen wissen, von wem sie sind.»

«Sie haben also Sir Charles gefallen?» fragte Doppler beglückt.

«Ja, sie haben Sir Charles gefallen. Jetzt hören Sie mal zu, Doppler –»

Aber Doppler hatte sich in seinem Sessel zurückgelehnt; sein Gesicht wirkte entspannter. Wie hochherzig von ihm, wie wunderbar ...»

«Nur wegen des Copyrights oder der Aufführungsrechte soll es noch gewisse Probleme geben.»

«Die Unterlagen sind bereits unterwegs», erklärte Doppler. «Was ist mit den Gefangenen?»

«Sie werden entlassen, sobald Sie uns sagen, wohin wir sie schicken sollen.»

«Die Entlassung selbst genügt, sie werden dann abgeholt», sagte Doppler mit fast träumerischer Stimme. Aber als er dann Ainslie ansah, war sein Blick hellwach. «Und was ist mit ACRE?»

Diese Frage hatte Ainslie gefürchtet. «Bei ACRE bin ich machtlos.»

Aus der Ferne hörte man das Geräusch eines, vielleicht mehr als eines Hubschraubers. Endlich, dachte der General erleichtert. Auch Doppler hörte das Geräusch und sah verärgert auf.

«Wir sind noch nicht fertig.» Er umklammerte die Sessellehnen. «Sie müssen die ACRE-Angelegenheit regeln, General, das Projekt muß gestrichen werden. Von allen Forderungen ist das die –»

«Ich habe Ihnen von Anfang an gesagt, daß ich da nichts machen kann», unterbrach ihn Ainslie mit erhobener Stimme. «Dazu bin ich einfach nicht wichtig genug. ACRE ist ein Großprojekt, an dem Tausende von Leuten beteiligt sind.»

«Ja, eben», bestätigte Doppler mit plötzlicher Bitterkeit. «Tausende von Leuten, die aus lauter Profitgier Land und Leben zerstören.»

«Wollen Sie mir allen Ernstes erzählen, daß Brahms bereit ist, Menschen umzubringen, um ein paar lächerliche Büsche und einige wenige Vogelarten zu erhalten?» fuhr Ainslie auf.

Die Helikopter waren draußen in der Dunkelheit gelandet, sie standen so dicht beieinander, daß Doppler möglicherweise noch immer dachte, es sei sein Hubschrauber, der zu früh zurückgekommen war. Sein Gesicht war noch blasser geworden, die Augen hatten sich geweitet, an seinem Mundwinkel saß ein Schaumbläschen. «Alle denken nur an morgen, das Gestern kümmert niemanden. Raffen und zerstören, das ist alles, was ihr könnt. Es gibt keine Achtung mehr vor den kleinen Dingen, dem Alten, Bewährten. Wie satt ich das alles habe . . . Wie satt ich die Menschen habe . . . Das Projekt ACRE muß in der Versenkung verschwinden, ist das klar?»

Am Rande des Patio entstand Bewegung. Captain Skinner und seine Leute rückten vor.

«Aber warum denn nur, warum?» fragte Ainslie erregt. «Was können Sie dagegen haben, brachliegendes Land zu erschließen, solange Millionen nicht genug Platz zum Leben haben und –»

«Millionen?» In Dopplers Gesicht zuckte es. «Millionen interessieren euch doch nur, wenn sie sich in einer Währung ausdrücken lassen, stimmt's? Sie wissen, daß die ganze Geschichte ein ausgemachter Betrug ist. In Wirklichkeit ist es schiere Ausbeutung . . .» Doppler stand jetzt Schaum vor dem Mund, weiße Flocken sprühten in die Dunkelheit, während er erbittert weitersprach. «Sagen Sie einfach den Norwegern, daß die Berichte nicht stimmen, daß die Geologen sich geirrt haben, daß es kein Gold und kein Öl gibt. Ihr seid doch sonst immer so schnell mit euren Lügen bei der Hand, auf eine Lüge mehr oder weniger dürfte es euch da doch nicht ankommen. Das Gold und das Öl laufen euch nicht weg, beides gibt es seit Millionen von Jahren. Aber die Menschen –»

«Ja, welche Menschen denn? Es gibt keine Menschen am Nordkap, nichts gibt es da, außer Schnee und Eis und Rentieren.»

Doppler schüttelte den Kopf. «Sie irren sich. ACRE muß verhindert werden. Sie werden dafür sorgen, sonst müssen Ihre Tochter und die anderen ster –» Dopplers Gesicht verzog sich krampfartig, er kippte vornüber und griff sich an den Magen.

«Skinner», rief Ainslie. «Larry!»

«Medizin ... Tasche ...» würgte Doppler. Ainslie tastete Jacke und Hose ab und fand ein Fläschchen mit einer hellen Flüssigkeit ohne Aufschrift oder Dosierungsanweisung.

«Wieviel? Alles?»

Doppler nickte. Ungeschickt schraubte Ainslie die Flasche auf, während er gleichzeitig den vornübergesunkenen Mann festhielt. Dann war Captain Skinner neben ihm, hielt Doppler fest, und Ainslie bekam die Hände frei. Aber ehe er ihm den Inhalt der kleinen Flasche einflößen konnte, würgte der Sterbende, und ein Blutstrom ergoß sich über Ainslies Uniform und Dopplers Anzug.

Skinner ließ ihn behutsam zurücksinken; der Anwalt sah mit brechenden Augen auf den Drei-Sterne-General, der vor ihm kniete, und lächelte.

«Schade ... daß es ... so früh kam. Sagen Sie meinem Sohn ... daß es mir leid tut ... Daß es für ihn war ... und für die Samen ... nicht Web ... niemals für Webb ...»

«Wo ist meine Tochter, bitte sagen Sie es mir», flehte Ainslie.

«In Sicherheit. Wenn der Frühling kommt ...»

«Sagen Sie es mir. Wo ist sie?» Ainslie packte Dopplers Jacke, schüttelte ihn. Der Körper in den blutbefleckten Sachen bewegte sich schlaff, widerstandslos.

«Er ist tot, Ainslie», sagte Captain Skinner tonlos.

«Er hat mir nicht gesagt, wo sie sind, er hat nicht –»

«Er hat gesagt, daß sie in Sicherheit sind», beschwichtigte der Captain, aber es klang nicht sehr überzeugt. «Brahms wird sich mit uns in Verbindung setzen. Er hat ja noch nicht alles bekommen, was er wollte.» Er half Ainslie beim Aufstehen. «Was hat er da von Gold und Öl erzählt?»

Ainslie sah ihn an, holte sein Taschentuch hervor, wischte an Ge-

sicht und Händen herum und verschmierte Dopplers Blut nur noch
mehr.

«Na, hören Sie mal, Captain!» In seiner Stimme schwang eine
leise Spur seines Zorns von vorhin. «Wollen Sie mir wirklich erzählen, daß es Rätsel gibt, die Sie noch nicht gelöst haben?»

17

Der große Raum glitzerte frostig. Am Panoramafenster wuchsen
die Eisblumen immer dichter zusammen. Stumm und regungslos
standen die nutzlos gewordenen Geräte in der Küche. Da kein Wasser mehr durch die Rohre gepumpt wurde, hingen die letzten Tropfen gefroren in den Hähnen. In den Toiletten fror das Wasser.

Nachdem sie begriffen hatten, daß der Generator nicht mehr zu
reparieren war, hatten die Verzweiflung und Skinner sie vorwärts-
getrieben. Aus den Schlafzimmern hatten sie sämtliche Vorhänge,
Decken, Teppiche und Matratzen geholt, aus den Matratzen hatten
sie eine Unterlage gebildet und darauf um den Kamin herum die
Sofas, den Eßtisch und die Stühle gestellt. Über die Möbel hatten
sie die Vorhänge, Teppiche und Decken gespannt und sie abgestützt
oder mit Kissen verankert, bis eine Art Zeltraum entstanden war.

Jetzt waren ihre Stimmen gedämpft und verloren sich in den Fal-
ten des provisorischen Zeltes. Als es dunkel wurde, bildeten die
Flammen aus dem Kamin und das Licht der Laterne die einzige Beleuchtung. Dunkel, stumm und kalt umstand sie das Haus.

Lebensmittel und Wasser hatten sie genug. Sherri hatte Skinner
wieder in seinen Schneeanzug genäht. Um nicht immer wieder die
Haustür aufmachen zu müssen, hatte er das Badezimmerfenster
von Lauras Zimmer eingeschlagen und war von dort aus ins Freie
gestiegen. Zuerst schob er das Kaminholz durch, das Goade ihm
abnahm und an einer Seite des Zelts aufstapelte, was auch die Isolierung verbesserte. Allerdings würde diese Isolierung rasch aufge-
braucht sein. Skinner sagte ihnen nicht, wie wenig Brennholz er
draußen fand, es war ja nur für dekorative Kaminfeuer und nicht als
Lebensretter gedacht gewesen. Als das Holz im Haus war, reichte
Skinner Schnee herein, mit dem sie die Badewanne füllten. Sie konnten ihn dann nach Bedarf schmelzen.

Der Wind war stärker geworden, er heulte um die Hausecken und rüttelte am Dach, schob sich neugierig in die Fensterrahmen und den Spalt um die Haustür.

Vordringlich war jetzt zunächst die Kleidungsfrage. Da der elektrisch betriebene Mechanismus versagte, hatten sie die Schiebetür zum Musikzimmer gewaltsam aufgebrochen und die dicken roten Vorhänge von den Fenstern genommen. Noch benutzten sie den warmen Stoff als Decken, aber Sherri war dabei, einfach geschnittene Hosen und Ponchos daraus zu machen. Sie konnten nicht ständig im Zelt bleiben, sie mußten Lebensmittel aus dem Vorratsraum, Schnee aus dem Badezimmer holen. Die Toilettenfrage stellte sie vor neue Probleme. Im Zelt war nicht genug Platz für ein stilles Örtchen, also stellten sie zwei große Kochtöpfe in den Vorraum des Hauses, die draußen in den Schnee geleert werden konnten. Es würde, wie Goade bemerkte, ein sehr wohlriechendes Frühjahr werden.

Aufrecht konnten sie im Zelt nicht stehen, aber darauf legte auch niemand Wert. Sie hatten sich zusammengekauert, um nicht so sehr zu zittern, obgleich Skinner ihnen erklärt hatte, daß das Zittern ihr bester Schutz gegen die Kälte war.

«Könnten wir nicht das Öl verbrennen?» fragte Morgan plötzlich in die Stille hinein.

«Ich weiß nicht . . .» sagte Skinner nachdenklich. Er saß zwischen Laura und Denning, Timmy hatte sich an seine Knie gelehnt. Das Licht des Feuers ließ seine Brille aufblitzen, als er zu Morgan hinübersah, der neben Sherri lag. «Wie denn?»

«Man braucht nur einen Behälter und eine Art Docht, damit die Flamme nicht mit der Oberfläche des Öls in Berührung kommt», überlegte Morgan.

«Im Vorratsraum hab ich ein paar große Kanister gesehen», erinnerte sich Goade. «Ich weiß nicht, was drin ist, aber so zwölf bis fünfzehn Liter dürften sie fassen.»

«Das ist ideal», meinte Morgan.

«Wäre eine offene Flamme nicht zu gefährlich im Zelt?» fragte Laura.

«Wir stellen die Dinger ja nicht *in* das Zelt», erklärte Morgan ein bißchen herablassend, «sondern auf die andere Seite, dem Kamin gegenüber. Dann haben wir zwei Wärmequellen.»

«Das machen wir morgen», entschied Skinner. «Jetzt sollten wir etwas essen und dann möglichst ein bißchen schlafen. Wenn sich morgen auch niemand bei uns hat sehen lassen, können wir uns weiter um unser Überleben kümmern.»

Niemand widersprach.

Laura sah ihm nach, als er das Zelt verließ, um ein paar Dosen aus dem Vorratsraum zu holen. In ihrer Angst hatten sie jetzt alle seine Führungsrolle akzeptiert. Nicht, weil er der Größte oder der Stärkste gewesen wäre, sondern weil er am meisten wußte. Allen war klar, daß zumindest im Augenblick zum Überleben Einfälle, nicht Muskeln, gefragt waren. Er war in der Arktis gewesen, folglich mußte er wissen, wie man Kälte verkraftet. Es war vielleicht gut, daß die anderen nicht ahnten, wie angreifbar diese Argumentation war. Laura hatte sich mit Skinner über seinen Arktiseinsatz unterhalten, und er hatte sich über den Aufwand lustig gemacht, den sie damals getrieben hatten, den albernen Schneeanzug zum Beispiel, dessen Kunstfaserstoff ein so kläglicher Ersatz für die von den Eskimos benutzten Felle und Pelze war. Statt sich auf ihre Umgebung einzustellen, hatten sie sich einfach eine künstliche kleine Welt geschaffen, die hundertprozentig auf die vom Menschen geschaffene Technik angewiesen war. Genauso hatte es Berndt mit seinem Haus gemacht. Hätte er zum Beispiel eine Windmühle gebaut, statt einen Generator zu benutzen, hätte er Sonnenenergie statt Strom verwendet, brauchten sie jetzt nicht zu frieren. Doch in den fünfziger Jahren, als das Haus entstanden war, galt die Technik als der neue Gott – mit dem Erfolg, daß jetzt, nur weil ein kleines Stück Metall gebrochen war, alles lahmgelegt war. Alles.

Nach dem Essen – einem Eintopf, zu dem sie einfach alle möglichen Dosen in dem einen Topf zusammenrührten, der in den Kamin paßte – versuchten sie, sich zum Schlafen zurechtzulegen. Morgan, der, wie er sagte, ohnehin schlecht schlief, hatte einen Stapel Holz neben sich, um von Zeit zu Zeit nachzulegen. Laura hatte Timmy vor sich, und Skinner lag hinter ihr an der Zeltwand. Nach einer Weile schlug sie vor, den Jungen in die Mitte zu nehmen, damit er es wärmer hatte, und Skinner stimmte zu.

So unsinnig es schien – er betete um die Rückkehr der Bewaffneten. Drei Tage waren vergangen, aber sie hatten sich nicht sehen lassen. War bei den Verhandlungen etwas schiefgelaufen? Waren die Entführer gefaßt, sogar tot? Spielten ihre Verhandlungspartner auf Zeit, da sie die Geiseln in Sicherheit wähnten? Oder war die Rettung schon ganz nah?

Vielleicht ging es nur noch um Stunden. Oder höchstens Tage. Das war auszuhalten. Heute nacht waren sie alle müde und würden schlafen. Morgen würden sie tagsüber viel zu tun haben und abends wieder müde sein.

Aber bei einem längeren Zusammenleben auf derart beschränktem Raum würde es zu Spannungen, zu Sticheleien, zu kleinlichem Streit kommen, das beengende Zelt würde unerträglich werden, Groll und Reizbarkeit würden dafür sorgen, daß auch in übertragenem Sinne «dicke Luft» entstand. Gewiß, zuerst würden sie um des Überlebens willen alle am gleichen Strang ziehen, aber sie waren alle nur Menschen, und Menschen reiben sich nun einmal aneinander, wenn sie zu dicht beisammen sind. Durch Reibung entstehen Funken. Und einer von ihnen, einer, der dieselbe rauchgeschwängerte, abgestandene Luft atmete wie er, war ein Mörder. Stumme Bestätigung dafür war die Tote, die draußen im Schnee lag.

18

Werner Doppler war ein junger Mann mit pausbäckigem Gesicht, der aussah wie ein gereiztes Backenhörnchen.

«Warum hat man mich verhaftet? Warum hat man mich hierhergeschleppt, ohne –»

«Sie sind nicht in Haft, Mr. Doppler», sagte Ainslie, «aber Eile und Geheimhaltung waren wesentlich. Ihre Botschaft weiß Bescheid und billigt unser Vorgehen.

«Wir müssen Ihnen leider mitteilen, daß Ihr Vater tot ist», ergänzte Captain Skinner sachlich. «Er ist gestern nacht hier in Adabad gestorben.»

«Tot? Mein Vater? Hier?» stieß Doppler ungläubig hervor.

«Bitte kommen Sie, wir führen Sie zu ihm», sagte Ainslie.

Der junge Mr. Doppler gehorchte widerspruchslos; die Fragen, die in seinem Blick standen, blieben unausgesprochen.

Im Kellergeschoß der US-Botschaft war, wie Ainslie einigermaßen überrascht erfahren hatte, sogar ein kleines Leichenschauhaus untergebracht. Als Captain Skinner das Tuch vom Gesicht des Toten nahm, ging über Werner Dopplers Gesicht ein boshaftes Grinsen.

«Das ist nicht mein Vater», erklärte er. «Und ich möchte sofort mit einem Vertreter der Schweizer Botschaft sprechen. Sofort, ist das klar?»

19

Der Einfallsreichtum, den sie entwickelten, überraschte sie selbst. Sie leerten die Kanister, in denen Speiseöl gewesen war, reinigten sie und schnitten mit einem Dosenöffner große Halbkreise in die obere Vorderseite. In stundenlanger, mühseliger Arbeit entfernte Goade zwei Bettfedern aus einer der Matratzen, die ihnen als Stütze für die aus Bettuchstreifen geflochtenen Dochte dienten. Sie mußten das Zelt erweitern, um die Ölöfen unterzubringen; es wäre zu gefährlich gewesen, sie direkt auf die Matratzen zu stellen. Sie nahmen die Fächer aus Kühlschrank und Herd, banden sie mit den jetzt nutzlos gewordenen Zuleitungsschnüren zusammen, bespannten sie mit Alufolie aus der Küche und bauten daraus einen großen dreieckigen Ofenschirm, der die Hitze zurückstrahlte. Nachdem sie jetzt an beiden Seiten eine Wärmequelle hatten, war es im Zelt nicht mehr ganz so frostig, aber noch immer zu eng.

Ohne Schuhe war niemand scharf darauf, öfter als unbedingt nötig das Zelt zu verlassen. Erst wickelten sie sich Lakenstreifen und Stücke von den Polsterbezügen um die Füße, aber dann erinnerte sich Laura an den Teppichboden im Musikzimmer. Wieder öffneten sie mit Gewalt die Schiebetür. Als sie den Teppich hochhoben, entdeckten sie darunter einen noch größeren Schatz, eine dicke Filzunterlage, die sich leicht reißen oder schneiden und ganz mühelos nähen ließ. Der Filz reichte nicht nur zu Stiefeln, sondern auch zu Handschuhen und Kapuzen für ihre kurzen Gänge ins Freie.

Zwei Tage waren sie mit diesen Aktivitäten ganz gut ausgelastet, aber nicht länger.

«Warum zum Teufel kommt denn keiner?» fragte Goade immer wieder. Die anderen blieben ihm die Antwort schuldig.

Die von Skinner vorausgesehenen Verfallserscheinungen setzten ein. Am auffälligsten waren sie bei Sherri, die jeden Versuch, sich zu pflegen, aufgegeben hatte und nur noch reichlich Parfum gegen den Gestank versprühte, den so viele auf so engem Raum aufeinanderhockende Menschen zwangsläufig verbreiten mußten. Im Schneidersitz, von fettigem Haar wie von einem Fransenvorhang umgeben, saß sie neben Morgan und ließ unablässig die stumpfe Dressiernadel hin- und hergehen. Dank ihrer Fleißarbeit besaßen sie jetzt alle rote Samtanzüge, die sie über ihre anderen Sachen gezogen hatten.

Im Zelt selbst war es angenehm warm, der Wohnraum war sehr kalt, die oberen Zimmer noch frostiger, aber durch die gute Isolierung war es im Haus immer noch wärmer als draußen. Draußen wartete die Arktis. Wenn sie wieder einmal vor der Tür gewesen waren, wußten sie die dumpf-fetale Wärme ihrer Höhle erst richtig zu schätzen.

Laura bestand auf warmem Wasser, um sich und Timmy die Haare zu waschen – worauf er mit öffentlich zur Schau getragener Empörung und heimlicher Erleichterung reagierte –, und ließ nicht locker, bis sich alle einmal am Tag wenigstens Arme, Beine und Gesicht wuschen.

«Wir wollen es uns doch nicht noch schwerer als nötig machen», sagte sie, wenn sie Handtücher und Seife austeilte und die Abwaschwanne als Gemeinschaftsbecken in die Zeltmitte setzte.

«Warum kommt denn niemand?» fragte Goade wieder einmal. «Irgend jemand muß doch kommen ...»

Timmy war immer schweigsamer geworden. Verstohlen beobachtete er seinen Vater, der ihn überhaupt nicht zu beachten schien. Morgans hochtrabende Selbstgerechtigkeit hatte sich längst in Apathie und Selbstmitleid verwandelt. Meist saßen er und Sherri beieinander; wenn sie überhaupt sprach, dann mit ihm. Ihr Flüstern klang beinah flehend. Skinner mußte oft an den Tag denken, als er Morgan vor ihrem Zimmer überrascht hatte. Daß ein Mann Trost im Sex suchte, war verständlich, für Morgan allerdings erstaunlich. Daß die Beziehung anhielt, war klar, sie verschwanden gelegentlich miteinander in einem der eisigen Schlafzimmer und machten die Tür hinter sich zu.

Über den Mord an Anne wurde, schon wegen Timmy, nie gesprochen. Skinner hatte Hallicks Handschellen hinter der Tiefkühltruhe verschwinden lassen, und niemand, nicht einmal Denning, hatte je wieder danach gefragt. Hallick war ihnen offenbar dankbar für die stillschweigende Duldung und versuchte sich nach Kräften nützlich zu machen. Unter anderem lehrte er Timmy zeichnen.

Hallick selbst hatte darin beachtliches Talent, und an den Zeltwänden hingen zahlreiche Skizzen von ihm.

Es war Timmy, überlegte Skinner, der ihnen half, nicht ganz den Verstand zu verlieren. Er selbst hatte angefangen, dem Jungen Rechenstunden zu geben, und Laura gab ihm Englischunterricht. Schreibmaterial hatten sie genug, denn alle Bücher hatten zumindest vorn und hinten je ein leeres Blatt.

Nachdem das Brennholz zu Ende gegangen war, bekam Goade eine Möglichkeit, seine Aggressionen abzubauen. Mit einem kleinen Beil, das er im Heizungsraum gefunden hatte, begann er, planmäßig die Einrichtung zu demolieren. Skinner zitterte vor dem Tag, an dem er sich an den Bösendorfer heranmachen würde. Wenn Goade nach diesen Leibesübungen noch immer schlechter Laune war, ließ er sie beim Kartenspiel an Denning aus.

Sie hatten auch damit angefangen, das Parkett aus dem Fußboden herauszustemmen; es war sehr hart und brannte langsam, so daß sie es hauptsächlich nachts auflegten. Das Feuer mußte ständig brennen, nicht nur wegen der Wärme, sondern weil ihnen längst die Streichhölzer ausgegangen waren.

Mit einer Art von Nestinstinkt hatten sie sich alle kleine Ecken abgeteilt, in denen sie ihre wenigen persönlichen Habseligkeiten aufbewahrten. An einem Nachmittag hatte Laura eine kleine Amethystbrosche in altmodischer Fassung gefunden und wollte sie gerade Sherri geben, als Skinner die Hand danach ausstreckte.

«Das ist meine», sagte er leise und steckte sie wieder an die Innenseite seiner Brieftasche.

«Gehörte sie Ihrer Frau?» fragte Laura sanft.

«Eigentlich gehörte sie meiner Großmutter. Ich hatte sie reinigen und den Verschluß reparieren lassen. Ich wollte sie meiner Frau zum Geburtstag schenken, in der Woche, in der sie dann verunglückt ist.»

«Wie hieß sie?» fragte Laura nach einem kleinen Schweigen.

«Margaret. Das war auch der Name meiner Großmutter, deshalb dachte ich ...» Er klappte die Brieftasche zu und schob sie in die Zeltnische, in der seine Aktentasche stand. «Viel ist sie nicht wert, ich weiß nicht, warum ich sie noch mit mir herumtrage. Albern eigentlich ...» Er zögerte einen Augenblick, dann griff er in die geöffnete Aktentasche. «Dafür habe ich etwas gefunden, was wohl Ihnen gehört.» Er zog ein paar dicht beschriebene Blätter heraus. Sie wurde rot. «Es ist Ihnen hoffentlich klar, wie gut das ist», sagte er. Es war ein Gedicht. Zuerst hatte er gedacht, sie hätte es aus dem Gedächtnis für eine der Unterrichtsstunden mit Timmy notiert, aber dann hatte er gesehen, wie von Seite zu Seite Form und Inhalt klarer herausgekommen waren, hatte das Versmaß des Haiku, jenes japanischen Dreizeilers mit jeweils fünf, sieben und fünf Silben, erkannt.

Sonne, rotäugig,
glimmt auf, einmal, nachmittags,
und blinzelt. Eis tropft.
Die kleine Birke
schüttelt ihr Schneekostüm ab
und ist wieder nackt.
Mitleidslos dreht sich
der grüne Winterhimmel.
Tag friert, ist dahin.
Nacht wartet. Lang. Schwarz.
Nicht Wärme bringt dein Schweigen
mir und der Birke.

«Es ist noch nicht fertig, es ist noch im Werden.» Laura streckte die Hand nach den Blättern aus, aber er hielt sie fest.

«Gute Gedichte zu schreiben ist schwer.»

«Und nichts für einen nüchternen Wissenschaftler, nicht wahr?» fragte sie leichthin. Aber er spürte, wie sehr ihr die Verse am Herzen lagen.

«Vergessen Sie nicht, daß ich Waliser bin. Wir Waliser haben zwei nationale Leidenschaften – Rugby und Lyrik. Schreiben Sie weiter, lassen Sie sich nicht beirren. Lyrik ist als Kunst so alt, wie die Astronomie es als Wissenschaft ist. Oder noch älter.»

Jetzt gab er ihr die beschriebenen Blätter zurück und stand auf. «Ich glaube, wir brauchen noch Holz.»

Sie schob die Blätter in ihre Kosmetiktasche. Dabei fiel ihr ein, daß sie Goade versprochen hatte, ein paar Schubläden von oben mitzubringen. Sie kroch aus dem Zelt, schlüpfte in die Filzstiefel, die draußen neben den anderen standen und ging die Treppe hinauf zu dem Zimmer, das sie einmal mit Sherri geteilt hatte.

Als sie in den hohen Spiegel an der Tür sah, mußte sie lachen. In dem roten Samtponcho, den roten Hosen und den formlosen Filzstiefeln sah sie aus wie ein lebender Fliegenpilz oder einer der weniger gelungenen Disneyzwerge.

«Was gibt's denn da zu gackern?» Goade stand mit mürrischem Gesicht in der Tür. Bei seinem Anblick schüttelte das Lachen sie noch heftiger. Ein fast zwei Meter großer Fliegenpilz wirkte entschieden noch komischer. Sie erzählte ihm, was sie so erheitert hatte. Er ging zur Kommode hinüber, ohne eine Miene zu verziehen und zog mit einiger Mühe die beiden obersten Schubladen heraus.

«Besser als erfrieren», murrte er, klemmte sich eine Schublade unter jeden Arm und verschwand. Das Lachen verging ihr. Er hatte natürlich recht, im Grunde genommen war das alles überhaupt nicht komisch. Sie machte sich daran, die nächsten beiden Schubladen herauszuziehen. Dann hielt sie inne. Goade hatte Mühe mit den beiden obersten Schubladen gehabt, weil sich etwas darin verklemmt hatte. Das Hindernis war heruntergefallen. Sie nahm es an sich.

Es war eine Strumpfhose von Sherri, die um einen kleinen Briefstoß gewickelt war. Eines der handgeschriebenen Blätter flatterte zu Boden. Sie bückte sich. Ihr Blick streifte über die ersten Wörter – und dann kam sie nicht wieder los. Es war offenbar ein Liebesbrief, allerdings eher ein Pornomachwerk als eine romantische Epistel. Nicht die Ausdrücke schockierten Laura, sondern die Tatsache, daß sie es fertigbrachte, anderer Leute Post zu lesen. Rasch legte sie das Blatt wieder zusammen und schob es zu den übrigen. Offenbar hatte Sherri sie nicht vermißt. Sie würde ihr die Briefe und ihre Kosmetiksachen mitbringen, beschloß Laura. Vielleicht gab ihr das ein bißchen Auftrieb.

Skinner sah sie aufmerksam an, als sie herunterkam. «Sie machen einen recht munteren Eindruck.»

«Bin ich auch. Falls Sie deprimiert sind, gebe ich Ihnen einen guten Rat: Stellen Sie sich mal vor einen Spiegel. Das ist eine Erfahrung ganz eigener Art.» Sie ging zum Zelt zurück, stellte die Schubladen neben Goade, der bereits mit großer Befriedigung auf den ersten beiden herumhackte, streifte die Filzstiefel ab und kroch auf allen vieren wieder in das Zelt zurück. Skinner sah ihr nach, dann schaute er ratlos an sich herunter. Hatte er sich mit Suppe bekleckert, oder was hatte sie gemeint? Vielleicht war sie doch nicht so ausgeglichen, wie er dachte, und er merkte, wie sich Angst in ihm regte. Wenn sie auch die Nerven verliert, dachte er, das könnte ich nicht ertragen. Ich brauche sie so, wie sie ist. Ich brauche sie so sehr ...

Sherri und Timmy waren allein im Zelt. Laura kämpfte sich über die Matratzen hinweg zu ihnen vor und legte die Sachen, die sie von oben mitgebracht hatte, vor Sherri hin. Sherri sah von dem Filzstiefel auf, an dem sie gerade eine Naht reparierte. «Was soll das?»

«Ich war oben und habe Ihnen das mitgebracht, falls Sie sich ein bißchen frisch machen wollen.»

«Wozu? Ich müßte das Zeug nachher nur wieder abnehmen. Und wer sieht mich schon in diesem Loch? Ich kann ja kaum selber die Hand vor Augen sehen.» Sie legte die Nadel beiseite und blätterte lächelnd, leise vor sich hin summend, die Briefe durch. Dann lehnte sie sich vor und warf das Päckchen ins Feuer. «Die brauche ich jetzt doch nicht mehr.» Sie sah Laura durch ihre strähnigen Haare hindurch an. «Du hast sie gelesen, nicht? Hat's dich gekitzelt?»

«Ich lese nie anderer Leute Briefe», wehrte sich Laura, aber sie merkte, daß sie rot geworden war. Sherri lachte auf.

«Verstehe. Man spielt immer noch die feine Dame. Denkst du, das nehme ich dir ab? Natürlich hast du die Briefe gelesen. Du hast dir vorgestellt, wie der Kerl es mit mir getrieben hat, und das hat dich angemacht. Du bist geil nach deinem Skinnie, denkst du denn, das sehe ich nicht? Was du an diesem kalten Fisch findest, ist mir ja schleierhaft. Aber meine Briefe helfen dir da garantiert nicht weiter. Da gibt's nur eins: Steck ihm die Hand in die Hose. Heute nacht. Ich petze nicht, kannst dich drauf verlassen.»

Wir werden alle zu Tieren, dachte Laura entsetzt. Aber ich will das nicht, ich darf das nicht. «Machen Sie sich nicht lächerlich», fuhr sie Sherri an und wich Timmys neugierigem Blick aus. Er wußte nicht, worüber sie sprachen, nur, daß es um Skinner ging und Laura offenbar verstimmt war.

«Laß sie in Ruhe», sagte er zu Sherri.

«Halt die Klappe, du vorlauter Zwerg», giftete Sherri. «Spiel mit deinen blöden Soldaten und stör uns nicht.»

«Timmy, geh doch mal zu Daddy in die Küche und hilf ihm ein bißchen», sagte Laura gepreßt. Dann wandte sie sich an Sherri. «Es ist mir egal, was für ein Leben Sie geführt haben, und es ist mir auch egal, was Sie von mir denken. Aber was ich für David empfinde, ist meine Sache, und ich wünsche nicht, daß Sie vor dem Jungen darüber sprechen.»

Sherri hielt mitten in der Bewegung inne. «Du hast noch nie vorher einen Mann haben wollen, stimmt's?» fragte sie leise.

«Ich –»

«Es macht dir Angst, aber gleichzeitig ist es auch ein tolles Gefühl, weil du dich zum erstenmal so richtig lebendig fühlst ...»

Laura sah sie lange an. «Ja.»

Sherri nickte und nähte weiter. «Nun wirst du sterben, ohne daß du deinen kleinen Professor gehabt hast. Schade drum.»

«Ich gedenke nicht zu sterben.»

«Du bist schon tot. Wir sind alle tot. Oder nennst du das etwa Leben?»

Laura wandte sich ab und begann die Decken zusammenzulegen. Sie kämpfte mit den Tränen.

«Laß gut sein», tröstete Sherri rauh. «Es tut nicht ewig weh.»

«Was tut nicht ewig weh?» fragte Morgan vom Zelteingang her.

«Ihr Kopf», gab Sherri ungerührt zurück. «Sie hat Kopfschmerzen. Kommt vom vielen Lesen.»

«Wenn's danach geht, dürfte dir nur höchst selten der Kopf brummen», sagte Morgan höhnisch, während er das Geschirr fürs Abendessen zurechtstellte.

Und dann kamen die anderen, und immer größer wurden die Kreise, die Spannung und Gereiztheit in dem eng umgrenzten Raum zogen.

Goade schmollte, weil Denning einen hohen Gewinn eingestrichen hatte, und als Hallick ihn anstieß, so daß er seine Suppe verschüttete, fuhr er ihn an: «Als ich in Fort Bragg war, durften Killer nicht in die Messe kommen.»

Laura sah auf. «Ich wußte gar nicht, daß Sie in Bragg waren, John. Wann war das?»

«Wie? Muß ungefähr vor zwei Jahren gewesen sein. War Ihr Dad da mal stationiert?»

«Ja, ein halbes Jahr, aber ich dachte –»

«Was?»

«Nichts. Ich war damals noch ziemlich klein und kann mich kaum mehr daran erinnern. Mein Vater ist häufig versetzt worden, als ich klein war.»

«So ist das eben in der Army.» Goade rückte ein Stück von Hal-

lick weg. «Aber wie man 'n Bunker baut und wen man da rein-
steckt, darauf verstehen sie sich.»

«Was ist ein Bunker?» wollte Timmy wissen.

«Ein Gefängnis», erklärte Skinner und warf Goade einen war-
nenden Blick zu.

«Auch gut für Schummler zu gebrauchen», fügte Goade mit einem bösen Blick auf Denning hinzu.

«Du mußt's ja wissen», konterte Denning.

Hallick schien immer kleiner zu werden, und Timmy sah ihn an.
«Kannst du mir einen Bunker für mein Fort bauen, Joey? So was
habe ich nämlich noch nicht.»

«Mal sehen», sagte Hallick widerstrebend. «Morgen vielleicht.»

«Okay.» Timmy kaute. «Da ist Ananas drin», stellte er plötzlich
fest.

«Ich weiß», sagte Laura. «Ich habe zur Abwechslung mal Stew
Hawaii gemacht, weil wir keine Kartoffeln mehr haben.»

«Vielleicht sollten wir allmählich mit den Lebensmitteln ein bißchen sparsamer umgehen», meinte Skinner.

«Wieso denn das?» fragte Morgan.

«Ich fürchte, wir müssen uns mit der Möglichkeit vertraut machen, daß uns niemand hier herausholt», sagte Skinner ruhig. «Im
Frühjahr, wenn der Schnee schmilzt und es warm genug ist, können wir es dann aus eigener Kraft versuchen.»

Sie beendeten ihr Essen schweigend. Es erwies sich als ähnlich
schwer verdaulich wie das, was Skinner ihnen soeben beigebracht
hatte.

«Ich helf Ihnen beim Abwaschen», sagte Joey und folgte Laura
mit dem schmutzigen Geschirr. Nachdem es bei dem Versuch, heißes Wasser vom Kamin in die Küche zu tragen, ein paarmal zu einer
Überschwemmung gekommen war, hatte Goade neben der Spüle
einen Ölofen aufgestellt, auf dem sie sich in einer Schüssel Wasser
warm machen konnten.

«Ich hab sie nicht umgebracht, Laura», versicherte Hallick, während sie mit dem Geschirr hantierten.

«Es hat jetzt keinen Sinn, darüber zu reden, Joey», sagte Laura
freundlich.

«Aber ich muß mal darüber reden. Sie haben ja gehört, was Goade
gesagt hat, und wie Morgan mich ansieht … aber ich hab es nicht
getan. Das Mädchen in Cleveland habe ich nicht umgebracht …

und die andere Sache, das war ich auch nicht.» Er faßte nach ihrem Arm. «Laura, Sie dürfen mich nicht hassen wie die anderen alle.»

«In unserer Situation wäre Haß eine reine Energieverschwendung ...»

Hallicks Griff wurde fester, und sie stand sehr still. «Sie tun mir weh, Joey. Bitte lassen Sie mich los.»

«Sagen Sie mir nur, daß Sie mich nicht hassen, daß Sie nicht denken –»

«Laß sie los, Hallick.» Denning stand in der Küchentür.

Hallick zog rasch seine Hand weg. «Ich hab ja gar nichts gemacht.»

«Noch nicht.» Er zerrte Hallick an seinem Poncho von Laura fort. «Du dreckiges kleines Schwein, wer glaubst du denn –»

«Genug!» Das war Skinner, und das eine Wort klang wie ein Peitschenhieb.

«Er hat Laura angefaßt, er hatte seine Hände –» knurrte Denning.

«Lassen Sie ihn los», befahl Skinner. «Geht zurück ins Zelt. Beide. Haben wir nicht schon genug Probleme?»

«Er –»

«Tun Sie, was ich sage.»

«Für wen halten Sie sich eigentlich?» murrte Denning.

«Hier und jetzt für den lieben Gott. Geht zurück ins Zelt, verdammt noch mal, ehe ich euch das Genick breche. Na los schon.»

Sie zogen ab.

Skinner lehnte sich kraftlos an den Küchentisch. Als Laura zu ihm hinüberging, merkte sie, daß er zitterte. «David –»

«Hat er Ihnen – etwas getan?» Seine Stimme war wieder weich und sanft wie sonst auch, die Peitsche war verschwunden.

«Nein, er hat nur beteuert, daß er Anne nicht umgebracht hat.»

«Und Sie glauben ihm?»

«Ich – weiß es nicht. Glauben Sie ihm?»

«Ich weiß es auch nicht.»

Sie spürte die harten Schultermuskeln unter dem Samtstoff und den Hemden, die er übereinander trug. «Hätten Sie die beiden wirklich geschlagen?»

«Aber ja.» Er räusperte sich. «Ich fürchte, ich hätte da keine Hemmungen gehabt ...»

Laura lag in dem dunklen Zelt und sah zu, wie das schwache Licht des Feuers über das Zeltinnendach streifte. Wieder braute sich ein Sturm zusammen. Wind, hatte David erklärt, mache den Menschen reizbar. Es sei viel schwerer, an einem stürmischen Tag eine Vorlesung zu halten, es habe etwas mit der Ionisierung zu tun. Er sprach über so viele Dinge in der Dunkelheit. Und dann wieder schlief er tief und regungslos neben ihr, das Gesicht in den Kissen vergraben, um die Umwelt ganz auszuschalten. Sie kam mit einer Hand unter der Decke hervor und streckte sie aus, um seine Stirn zu berühren. Sie konnte nicht anders. Timmy hatte sich heute neben Hallick gelegt, als habe er dessen Jammer gespürt. David und sie waren sich ganz nah. Und doch sehr fern.

Unruhig setzte sie sich auf und legte die Arme um die Knie. Es war wohl wirklich der Sturm, der alle so reizbar machte. Goade und Denning hatten sich erneut wegen ihrer Karten gezankt, und Sherri und Morgan waren von einem ihrer Ausflüge offenbar zerstritten zurückgekommen. Sie seufzte. Beim Einatmen fiel ihr ein scharfer, beißender Geruch auf. Leise kroch sie zu den Ölöfen hinüber. Bei dem einen war das Öl so weit heruntergebrannt, daß ein Docht angefangen hatte zu glimmen. Eigentlich war es Goades Aufgabe, das Öl nachzufüllen, aber nach seinem Streit mit Denning hatte er es offenbar vergessen. Sie würde ihn nicht wecken; das Öl abzapfen und in eine Dose füllen konnte sie ebenso gut wie er.

Sie griff sich die Laterne, verließ, über die anderen hinwegsteigend, das Zelt, schlüpfte draußen in ihre Filzstiefel und schlurfte durch die Küche in den Heizungsraum.

Die schwarze Masse des stummen Generators und die Rundung des Öltanks wirkten beängstigend in der Dunkelheit. Sie hob die Laterne. Die Wände waren hier nicht isoliert, die Temperatur war eisig. Goade hatte einen Lappen um den Ölhahn gewickelt, um zu verhindern, daß seine Haut bei der Berührung an dem Metall anfror. Laura stellte die Laterne ab und drehte den Hahn auf. Da hörte sie Schritte im Nebenraum.

«Das Öl war ziemlich heruntergebrannt», sagte sie über die Schulter. Die Schritte verstummten.

«Gehen Sie ruhig zurück, wozu sollen wir uns beide eine Lungenentzündung holen?» Sie lachte und stellte den Hahn ab. «Dabei ist es noch nicht einmal unsere Aufgabe.»

Sie hielt die Dose dicht unter den Hahn, um die letzten Tropfen aufzufangen. Die Sorgfalt war umsonst, denn als der Schlag von hinten kam, flog ihr die Dose aus der Hand, Öl ergoß sich in hohem Bogen über den Tank, den kleinen Benzinmotor und die vordere Ecke des Generators. Als sie vom Tank zurückgezerrt wurde, folgte ihr eine breite Ölspur, die sich glitzernd über den schmutzigen Zementboden schlängelte.

20

«Wer zum Teufel ist Axel Berndt?»

Larry Carter sah Captain Skinner in hilfloser Wut an.

«Nach Interpol ist Axel Berndt der Name des Toten dort unten und vermutlich der wahre Name unseres geheimnisvollen Mr. Brahms. Er hat auf eigene Rechnung gearbeitet, es gab keinen Vermittler.»

«Und wo steckt der richtige Doppler?» fragte Ainslie vom Schreibtisch her. Captain Skinner wußte, daß er gerade eine weitere hysterische Konfrontation mit seiner Ex-Frau und ihrem aufgeblasenen Ehemann hinter sich hatte. Auch die Presse verlangte jetzt ihr ‹Recht› – das Recht auf Wahrheit, auf Sensationen, auf höhere Auflagen und einen Sündenbock. Mit Berndts Tod war die ganze Geschichte an die Öffentlichkeit gekommen.

«In einem Sanatorium in der Schweiz, bemüht, mit Hilfe fremder Drüsensekrete noch einmal hundert Jahre zu leben. Axel Berndt war offenbar einer seiner wichtigsten Klienten. Er hatte Doppler gebeten, ihm für ‹Geheimverhandlungen› seinen Paß zu leihen. Das hatte er schon ein paarmal gemacht.»

«Nach dem Obduktionsbericht hatte Berndt höchstens noch ein paar Wochen zu leben, und das hat er wohl auch gewußt», ergänzte Ainslie. «Er lag im Sterben, aber er hat gesagt, daß die Geiseln in Sicherheit sind.»

«Dann sind sie es vermutlich auch», meinte Captain Skinner, aber es klang nicht überzeugt.

«Weiß Doppler – ich meine der aus dem Sanatorium – irgend etwas, was uns weiterhelfen könnte?»

«Nichts.»

«Der Sohn?»

«Dopplers Sohn meinen Sie? Nein.»

Ainslie richtete sich auf. «Und wo steckt Berndts Sohn?»

Captain Skinner schlug nach einer Fliege, die auf seinem Handgelenk gelandet war. «Berndt war nicht verheiratet.»

«Aber er hat ‹mein Sohn› gesagt», beharrte Ainslie. «Ich habe mich da bestimmt nicht verhört.»

«Haben Sie auch nicht», meinte der Captain. «Berndt war vor vielen Jahren mit einer norwegischen Schauspielerin liiert. Die große Liebe, wie man so sagt. Sie ist bei einem Zugunglück ums Leben gekommen. Sie hieß Eva Boyar.»

«Boyar? Das ist doch der –»

«Ja», bestätigte Captain Skinner müde. «Es sieht so aus, als ob Karl Boyar Axel Berndts Sohn ist. Wenn er es beweisen kann – und das sollte wohl möglich sein –, wartet ein Erbe von etwa zweihundert Millionen Pfund auf ihn.»

Carter begann zu lachen, erst leise, dann zunehmend hysterisch. Die anderen beiden warteten mit ausdruckslosen Gesichtern, bis er sich wieder beruhigt hatte. «Und sie haben ihn wegen ein paar lächerlicher Industriediamanten in den Knast gesteckt», stieß Carter hervor. «Hat er denn nicht gewußt –»

«Nach Aussage der Großeltern mütterlicherseits hat er es nicht gewußt», erklärte Captain Skinner. «Sie hatten Anweisung von Berndt, ihm seine Herkunft erst zu enthüllen, wenn er ihnen die Erlaubnis dazu gab.»

«Aber er könnte doch – mit all dem Geld hätte er doch –»

«Der Junge wollte mit seiner Familie nichts zu tun haben, und Berndt hatte noch anderes zu regeln», meinte Captain Skinner. «Er war äußerst zielstrebig. Und vielleicht auch sehr rachsüchtig.»

«Und jetzt ist er tot. Wo aber steckt meine Tochter?» fragte Ainslie. «Wo steckt Ihr Bruder, Captain, wo stecken die anderen?»

21

Es war kalt. Es war so kalt, daß das Luftholen zur Qual wurde.

Laura rollte sich auf den Rücken, spürte Schnee unter sich und fast unerträgliche Schmerzen am Kopf und in allen Gliedern. Ihr Samtanzug war weg, sie trug nur ihre beiden Kleider und leichte Unterwäsche. Sie würde erfrieren. Jemand wollte, daß sie erfror.

Mühsam setzte sie sich auf. Wo war das Haus? Wie lange lag sie schon hier? Nach kurzem Überlegen sagte ihr der gesunde Menschenverstand, daß sie nicht weit vom Haus entfernt sein konnte und vermutlich nicht lange bewußtlos gewesen war. Die eisige Kälte hatte wie ein Schock gewirkt, so daß sie sehr schnell wieder zu sich gekommen war. Sie sah an sich herab. Die Filzstiefel hatte man ihr gelassen. Wie albern sie aussahen an den nackten Beinen. Warum –? Und dann sah sie die Spuren – Fußstapfen, die zur ihr führten, aber keine in entgegengesetzter Richtung. Jemand, der ebensolche großen, formlosen Stiefel getragen hatte wie sie, hatte sie hier ausgesetzt und war in denselben Spuren zurückgegangen, so daß es aussah, als sei sie aus eigenem Antrieb hierhergekommen, um auf den Tod zu warten.

Sie versuchte aufzustehen, knickte zusammen und fiel aufs Gesicht. Gut, wenn sie nicht gehen konnte, würde sie eben kriechen, sie würde niemandem den Gefallen tun, sich kampflos zu ergeben.

Ihr Körper schmerzte und ihre Hände brannten, als sie sich auf den Ellbogen im Schnee vorwärtsschob. Ihr Atem kam aus Mund und Nase wie weißer Rauch. Immer wieder sank sie in dem weichen Schnee ein. Sie begann zu weinen und spürte, wie die warmen Tränen vereisten, während sie ihr Kinn erreichten oder von ihrer Nase heruntertropften.

Sie würde es doch nicht schaffen, sie würde sterben. Wer würde jetzt das Essen machen, wer würde Timmys Sätze verbessern, wer würde zuhören, wenn David über Satie und Sonnenflecken und japanische Netsuke-Figuren sprach?

Und dann sah sie plötzlich zwei Beine in Filzstiefeln und roten Samthosen vor sich. Sie hob den Kopf. Vor ihr stand Goade und lächelte sie an.

«Sie lassen sich nicht unterkriegen, was?»

Hatte er sie hier herausgeschleppt, war er es, der ihr den Tod wünschte? Aber warum?

Sie wollte aufstehen, nach ihm schlagen, sich wehren, aber dann blieb sie doch auf allen vieren im Schnee hocken und schluchzte in hilfloser Wut.

Er hüllte sie in seinen Poncho, nahm sie auf den Arm und begann, ihren und seinen Spuren folgend, sich so schnell wie möglich durch den tiefen Schnee vorwärtszubewegen.

Ihre Zähne klapperten. «Ich wollte nicht sterben», brachte sie mühsam hervor. «Jemand hat mich hierhergeschleppt . . .»

«Nicht reden. Ganz ruhig bleiben. So, wir sind da. Es ist alles gut.» Goade schob sich durch die offenstehende Haustür, die er mit dem Fuß zuwarf. «Skinnie», rief er. «Frank, bringt mal ein paar Decken her, los, beeilt euch.»

Undeutlich nahm Laura Davids überraschtes Gesicht wahr, merkte, wie er sie Goade abnahm, in Decken rollte und abrubbelte, in die stinkende, schweißige, wundervolle Wärme des Zeltes trug.

«Ich bin nicht von selbst rausgegangen, jemand hat mich ins Freie geschleppt, ich wollte ja zurückkommen, David, ich hab's versucht, sei nicht böse . . . ich habe mir solche Mühe gegeben . . .»

«Ja, ich weiß. Es ist ja alles gut, Liebling.» Seine Hände ertasteten behutsam die Beule an ihrem Hinterkopf. Wie wütend er war, wie schrecklich wütend. Alle redeten durcheinander, versuchten zu helfen und standen sich dabei gegenseitig im Wege. Skinner beugte sich zu ihr herunter und steckte die Decke um sie fest. «Bleib ganz still liegen . . . sag nichts . . . nichts sagen, Liebes . . . sei ganz ruhig. Ganz ruhig . . .» Und dann war sie eingeschlafen.

Er sei aufgewacht, erzählte Goade, und da sei ihm doch noch eingefallen, daß er die Ölöfen nachfüllen mußte. Er war in den Heizungsraum gegangen, dort sei alles voller Öl gewesen, und Laura war nicht mehr da. Die Haustür sei offengestanden, und davor habe ihr zusammengeknüllter Samtanzug gelegen. Er sei ihren Spuren gefolgt, habe sie draußen im Schnee herumkriechen sehen und zurückgebracht. Ende der Geschichte.

«Sie sagt, daß jemand sie herausgetragen hat», ergänzte Goade und sah Hallick an.

«Ich nicht», protestierte Hallick sofort.

«Sie haben Miss Ainslie gestern abend in der Küche belästigt», stellte Morgan fest.

«Joey würde Laura nie etwas tun», ließ sich Timmy vernehmen, der neben Sherri saß. Sie hatte abwesend einen Arm um ihn gelegt und starrte in die Dunkelheit.

«Schon gut, Timmy», tröstete Skinner ihn. «Joe wird nichts geschehen. Wir legen uns jetzt alle wieder hin. Morgen reden wir weiter.»

Skinner hatte sich schützend vor Laura gelegt. Ob wohl der Mörder die Kraft seines Zorns spürte? Hoffentlich, dachte er. Hoffentlich.

Als der Morgen graute, schickte Skinner die anderen mit den verschiedensten Aufträgen aus dem Zelt und schüttelte Laura sanft, bis sie aufwachte. Sie lächelte ihn an. «Guten Morgen.»

Seine Reaktion war unerwartet. «Hat man dich vergewaltigt?»

«Nein. Jemand hat mich niedergeschlagen, das ist alles, woran ich mich erinnern kann.»

Sie versuchte, so genau wie möglich zu berichten, aber alles war jetzt so verschwommen, so undeutlich. «Ich konnte nicht schlafen. Ich sah, daß das Öl in den Öfen weit heruntergebrannt war und ging in den Heizungsraum, um Öl zu holen. Da hörte ich Schritte und sagte, eigentlich sei es ja nicht mal unsere Aufgabe, Öl nachzufüllen, weshalb sollten wir also beide frieren . . .»

«Es ist Goades Aufgabe, die Öfen zu versorgen.»

«Aber es war nicht John, der hinter mir stand, David.»

«Wer war es dann?»

«Das weiß ich nicht, ich habe ja nichts gesehen.»

«Woher wußtest du dann, daß es nicht John war?»

Sie überlegte einen Augenblick, dann schüttelte sie ratlos den Kopf. Sie lag ganz still und sah ihn an. Sein Bart war dunkler, als man bei einem Mann mit blauen Augen und sandfarbenem Haar erwartet hätte, er kam ihr vor wie eine weitere Maske, hinter der er sich verbarg.

«David?»

«Ja?»

«Ist Anne vergewaltigt worden?»

Er sah sie an. «Nein, Anne ist nicht vergewaltigt worden. Es sollte nur so aussehen.»

«Woher weißt du das?»

Er wurde dunkelrot und sah ins Feuer. «Ich habe – nachgesehen. Es waren –»

«– keine Samenspuren in der Vagina?» ergänzte sie nüchtern. Er sah sie überrascht an. «Sehr vernünftig», sagte sie anerkennend.

150

«Das wäre ein Beweis, daß Joey es nicht getan hat.» Eine Falte sprang zwischen ihren Augenbrauen auf. «Aber warum hast du mich danach gefragt?»

«Ich mußte es genau wissen. Es tut mir leid.»

Sie sah ihm an, wie schrecklich es ihm war, ihr sagen zu müssen, was er getan hatte. Dabei leuchtete ihr vollkommen ein, daß es notwendig gewesen war, und Notwendiges mußte nun einmal getan werden. Wenn ein Kind blutet, fällt man nicht in Ohnmacht, man stillt die Blutung. Wenn ein Hund leidet und keine Hoffnung mehr besteht, läßt man ihn vom Tierarzt einschläfern. Wenn man nicht wiedergeliebt wird, verbittet man sich die Liebe. In all diesen Fällen liegen die Dinge klar und eindeutig, und das macht einem in gewisser Weise die Entscheidung leicht.

«Du Schwein, du mieses kleines Schwein.» Das war Morgans Stimme, schrill vor Empörung. Vor dem Zelt gab es ein Gerangel, dann einen Fall. Skinner kroch zum Zelteingang und verschwand. Laura wickelte sich mit einiger Mühe aus ihrer Decke und kroch ihm nach.

Morgan und Hallick rollten neben dem Zelt auf dem Boden herum, es sah aus, als sei Morgan dabei, Joey zu erwürgen. Goade stand in der Küchentür, hielt Timmy an den Schultern und sah interessiert dem Kampf zu. Denning hockte in der entgegengesetzten Zimmerecke, wo er Parkettbohlen hochgestemmt hatte. Sherri war dem Kampfgeschehen näher, ihre Augen glitzerten gierig. Sie schien stolz auf Morgan zu sein, der in diesem Augenblick seine Hände erbarmungslos um Hallicks Hals schloß.

«Schluß jetzt.» Skinner packte Morgan an der Schulter. Der beobachtete, ohne sich um Skinner zu kümmern, zufrieden grinsend Hallicks Gesicht, das sich dunkelrot gefärbt hatte.

«So ein Dickschädel.» Skinner hob die verschränkten Hände über den Kopf und ließ sie mit aller Wucht auf Morgans Nacken niedersausen. Morgans Arme wurden schlaff, er ließ Hallick los und fiel zu Boden.

«Er hatte es verdient», rief Denning durchs Zimmer. «Er war hinter Sherri her.»

«War ich nicht», krächzte Hallick. «Hab nur –»

Morgan schüttelte den Kopf und versuchte, sich aufzurichten, während Hallick sich hustend herumrollte.

Skinner sah Morgan einen Augenblick schweigend an, dann

schüttelte er bedauernd den Kopf und wandte sich ab. «Es wäre gescheiter, wenn Sie Ihre Frustrationen in etwas Konstruktiveres umsetzen würden, Tom. Holzhacken beispielsweise könnte ich Ihnen wärmstens empfehlen.»

Morgan sah ziellos vor sich hin. «Soll ich euch mal was sagen? Ich hab die ständigen Bevormundungen satt. Sie ziehen hier eine Schau ab, Skinner, als ob das ein Überlebenstraining ist, bei dem hinterher Zeugnisse verteilt werden. Pingelige Vorschriften, pingelige Vorlesungen, pingelige Übungen aus der Praxis ... Der ganze Zauber hier kotzt mich an.» Er war aufgestanden, sein Gesicht wirkte ausdruckslos, als sei er in Gedanken gar nicht bei dem, was er sagte, sondern als habe er sich zurückgezogen, um das ganze Problem noch einmal zu überdenken. Er trat einen Schritt näher an Skinner heran. Skinner wich zurück.

«Ich warne Sie», sagte er leise.

«Ich glaube, es würde mir Spaß machen, Sie umzubringen», meinte Morgan gedankenvoll.

«Ich an Ihrer Stelle würde das nicht tun», gab Skinner zurück.

Es dauerte nur eine Sekunde. Mit einem dumpfen Fall landete Morgan auf dem Haufen von Bücherruinen in der Ecke. Von den eindrucksvollen Folianten waren nur noch die nackten Seiten geblieben. Die Buchdeckel hatten sie verheizt, die Vorsatzblätter beschrieben. Skinner richtete sich auf.

«Ihr habt wieder das ganze Öl verschüttet», stellte er ärgerlich fest. Es geschah nicht zum erstenmal, die dunklen Flecken auf dem Fußboden und der ständige Ölgestank gehörten schon so sehr zu ihrem täglichen Leben wie die ständigen Spannungen um Hallick. «Am besten wischen wir das Zeug auf, ehe jemand ausrutscht. Bringen Sie ein bißchen Papier, Tom.»

Er wandte sich Morgan zu, der duckte sich, umschlang mit beiden Armen Skinners Knie und brachte ihn zu Fall, wobei dem Professor die Brille von der Nase flog und bis zur Scheuerleiste rutschte. Erwartungsvoll grinsend holte Morgan aus, um Skinner mit der Faust ins Gesicht zu schlagen, aber da schob sich Skinner unter ihm hervor, bekam Morgans Handgelenk zu fassen, befreite sich mit einer unvermittelten Drehung, sprang auf, noch immer Morgans Handgelenk umklammernd, hob den Fuß, trat ihm kräftig gegen die Rippen und wich dann zurück.

Morgan schrie auf, dann war im Raum eine Weile nur noch sein mühsames, rasselndes Luftholen zu hören. Skinner atmete noch immer ganz ruhig, und die anderen waren so verblüfft, daß sie keinen Laut von sich geben konnten. Nach einer Weile rappelte Morgan sich auf und nahm einen neuen Anlauf. Diesmal erwischte er Skinner an der Kehle, aber der Professor packte einfach Morgans Arm, hob die Füße und ließ sich nach hinten fallen. Wieder segelte Morgan durch die Luft, diesmal landete er auf dem Stapel leerer Konservendosen an der Tür, die scheppernd über den Fußboden rollten.

«Jetzt reicht es aber wirklich.» Skinner wischte sich, so gut es gehen wollte, den rußigen Schmutz von seinen Sachen. «Das ist eine völlig sinnlose Zeit- und Energieverschwendung.»

Goade sah ihm bei seiner Reinigungsaktion zu. «Ist das Karate?»

«Nein, nur Judo. Ich habe damit angefangen, als ich vor ein paar Jahren in Japan war. Karate finde ich etwas übertrieben, all das Hauen und Schreien und so weiter.» Er hob seine Brille auf. Jetzt war der zweite Bügel abgebrochen. «So ein Pech.» Er war noch dabei, den Schaden zu untersuchen, als Morgan sich von hinten näherte.

«Nein, Daddy, nicht ...» Timmy lief auf seinen Vater zu, aber Morgan schubste ihn unsanft beiseite, der Junge stieß sich am Türrahmen und schrie auf. Skinner wirbelte herum, er sah Timmy hinfallen, er sah Morgan auf sich zukommen, warf die zerbrochene Brille auf das Zeltdach und stürzte sich auf Morgan.

Gegenüber von Laura trafen sie aufeinander. Sie sah, daß Skinners Gesicht jetzt weiß vor Zorn war, seine hellen Augen waren fast schwarz geworden, sein Mund war verzerrt, sein ganzer Körper wirkte wie eine geballte Faust, über die sich Morgan stülpte wie ein schlapper Handschuh. Skinner warf Morgan zu Boden, kniete sich auf seine Brust und begann mit der Regelmäßigkeit eines Metronoms Morgan ins Gesicht zu schlagen.

Laura schrie entsetzt auf. «David!» Morgans Kopf ruckte von einer Seite zur anderen, und jedesmal flogen auch ein paar Blutstropfen mit. Daß Morgen Timmy beiseite gestoßen hatte, war der Auslöser für Skinners Koller gewesen, aber Laura begriff, daß seine Reaktion tiefere, dunklere Quellen hatte als nur den Zorn über einen Mann, der seinen Sohn mißhandelt. Sie richtete sich auf, um zu ihm zu gehen. Die Kälte draußen im Zimmer empfing sie wie ein eisiger Guß. Haltsuchend griff sie nach einer Zeltkante, berührte den heißen Ofenschirm, zog schleunigst die Hand wieder weg und verlor das Gleichgewicht. Sie fiel schwer gegen den Ofenschirm, verbrannte sich die Schulter und hörte gleichzeitig, wie die Behelfs- öfen hinter dem Schirm umkippten. Sie schrie auf vor Schmerz, dann sah sie, wie brennendes Öl sich hinter dem Ofenschirm her- vor auf den Bücherstapel zubewegte.

Skinner hatte mit erhobener Faust mitten in der Bewegung inne- gehalten. Als er sich umdrehte, sah er Laura auf den Knien, eine Hand an der Schulter, dahinter eine wachsende Feuerwand aus Bü- chern, Öl und Flammen.

Goade rannte schon hin und begann mit den Filzstiefeln auf den nächstgelegenen Büchern herumzutrampeln, aber sofort hatte sich ein Stiefel mit Öl vollgesaugt und fing ebenfalls an zu brennen. Ungeduldig streifte er ihn ab, er landete auf der hinteren Zeltseite, von niemandem bemerkt, da alle zu dem Feuer stürzten bis auf Sherri, die neben Morgan kniete und ihm schluchzend das Blut vom Gesicht wischte.

«Tommy ... Tommy ...» Ihre dünne Stimme verlor sich im all- gemeinen Lärm, während Skinner und Goade versuchten, den ro- ten Teppich vom Zelt zu ziehen, um die Flammen zu ersticken, und Denning und Hallick nach draußen rannten, um Schnee hereinzu- holen.

«Zieh dich an, Laura», rief Skinner. Sie duckte sich, als der Tep- pich über ihren Kopf hinwegrutschte. Die beiden Stücke von Skin- ners Brille fielen neben ihr zu Boden, sie griff danach, kroch zurück ins Zelt und schob sie in ihren Büstenhalter. In fieberhafter Hast zog sie den roten Samtanzug an, während schon Rauchschwaden ins Zelt zogen. Plötzlich begann die Zeltwand direkt neben ihr zu rau- chen, zu verkohlen und dann in Flammen aufzugehen. Vor ihren Augen lief eine Flamme an der Kunstfaser an einer Decke entlang und teilte sie wie ein Reißverschluß. Dahinter wurden Skinner und Goade sichtbar, die gegen die jetzt bis zur Galerie hochschlagenden Flammen ankämpften.

«David», schrie sie auf. «David, das Zelt brennt.» Aufs Gerate- wohl begann sie, während die Flammen sich ausbreiteten, Gegen- stände in ihren Poncho zu stecken.

«Joey», rief Skinner, und während Laura aus dem verräucherten Zelt flüchtete, rannte sie beinahe Hallick über den Haufen, der, ge- folgt von Denning, mit Schnee angelaufen kam.

«Auf das Zelt», befahl Skinner, begriff aber gleich darauf, daß hier nicht mehr viel zu machen war. Wassermassen umgaben das Haus, aber sie konnten jeweils nur eine Handvoll Flüssigkeit hereinbringen.

Die losen Buchseiten brannten jetzt lichterloh, und der Wind, der durch die Haustür pfiff, ließ die Flammen noch höher schlagen. Brennende Papierfetzen erhoben sich in die Luft und landeten auf den Ölflecken an der Küchentür, die sofort Feuer fingen. Die Flammen leckten gierig an Lachen, Pfützen, Rinnsalen, fanden immer mehr Nahrung, ließen sich so schwer fassen wie Quecksilber aus einem zerbrochenen Thermometer.

Laura lief zu Timmy, der an der Wand kauerte und nahm ihn auf den Arm. Das Zelt brannte an mehreren Stellen. Brennendes Papier hatte sich auf die Decken gesetzt, die durch die Wärme im Zelt trocken geblieben waren. Schicht für Schicht begannen die Betttücher und Decken Feuer zu fangen, manche zerschmolzen einfach, manche, bei denen Naturfasern die Flammen hemmten, schwelten nur. Dann erhob sich wie eine steigende Flut schwarzer Rauch. Die Schaumstoffpolster der Sofas brannten. Und dieser Rauch, das wußte Laura, konnte tödlich sein.

«David, der Rauch ...» Sie deutete auf die häßlichen schwarzen Wirbel und Schlangen, die sich über den Boden wanden. Er fuhr herum.

«Bring den Jungen heraus. Lauft zur Sauna hinunter, an den See.»

Sie wollte nicht fort von ihm und schüttelte, Timmy an sich drückend, heftig den Kopf. «Lauft, wir können hier nichts mehr tun. Hilf Sherri, Morgan herauszuschaffen. Los, Tempo ...»

«Du mußt aber auch kommen, David, bitte ...»

In der hinteren Ecke des Wohnraums fiel ein dicker Eisblock mit dumpfem Laut von der Decke. Sie fuhr zusammen. «Bitte, David ...»

«Geht schon immer, wir kommen nach. Wir müssen retten, was zu retten ist.» Er schob sie weg. Jetzt brannte die Teaktäfelung, und die Flammen breiteten sich in dem Hohlraum zwischen den Paneelen und den Querbalken aus, an denen die Paneele befestigt waren. Sie begannen zu schwitzen in ihren warmen Sachen.

Skinner packte Hallick am Arm. Laura konnte nicht hören, was er sagte, aber er deutete zur Küche, zum Vorratsraum. Die Flammen hatten jetzt eine Stimme. Knisternd fraßen sie sich an den Bücherregalen entlang.

Laura schob Timmy zur Haustür und ging zu Sherri hinüber. Morgan kam gerade wieder zu sich, er stöhnte und bewegte fluchend die wunden Lippen.

«Er muß hier raus, er darf nicht auf dem Boden liegenbleiben, der Rauch ...» rief sie Sherri zu. Mit vereinten Kräften halfen sie Morgan beim Aufstehen. Denning und Hallick rannten an ihnen vorbei zum Vorratsraum. An der Tür wandte Laura sich noch einmal um. Aus irgendeinem Grund hatte Skinner versucht, durch die Schiebetür ins Musikzimmer zu kommen, aber es war ihm nicht gelungen. Sein Samtponcho schwelte an mehreren Stellen.

«Ich muß – ich muß ... ich hole nur noch –» Morgan wandte sich wieder dem Zelt zu. Schweiß und Blut vermischten sich auf seinem Gesicht zu einer rötlichen Zebramaske.

«Laß sie doch verbrennen, laß sie abkratzen, die Schweine», rief Sherri ihm zu und zog ihn mit sich. Lauras Hand bewegte sich ohne ihr Zutun. Sie schlug Sherri ins Gesicht.

«Los, gehen Sie, so gehen Sie doch schon», rief sie außer sich. «Jetzt haben Sie ja, was Sie wollten ...»

Sie überließ die beiden ihrem Schicksal und rannte zurück.

Skinner sah mit vor Rauch tränenden Augen machtlos zu, wie die Flammen das Haus auffraßen. In dem großen Wohnraum war das Holz unter der glitzernden Eisschicht trocken geblieben. Paneele, Querbalken und Stützen brannten wie Zunder. Der schwarze Rauch der schmorenden Schaumstoffpolster waberte um Skinners Hüfte. Plötzlich ging ein Ächzen durch das erst vereiste, jetzt zu schnell erhitzte Panoramafenster, und die Scherben fielen klirrend nach außen. Sofort stürzte sich der Wind ins Zimmer. Der dicke, ölige Rauch stieg in die Höhe und mischte sich mit weißem Qualm. Würgend und hustend wandte Skinner sich um und lief Laura in die Arme.

«Die Stiefel», stieß sie hervor. «Die Stiefel ...» Es dauerte eine Weile, bis er begriffen hatte, was sie wollte. Die Filzstiefel standen direkt am Rand der immer näher rückenden Feuerwand. Er nickte ihr zu. Sie brachte die Schuhe in Sicherheit und kam zu ihm zurück.

«Das Öl», rief Goade ihnen zu und deutete zur Küche. Hinter der Küche lag der Heizungsraum mit dem Öl- und dem Benzintank.

Skinner schob Laura zu Goade hinüber und warf die schwere Tür des Heizungsraums zu. Wieviel Zeit würde er ihnen damit erkaufen können? Er öffnete die Tür der Küchenschränke und griff sich, was er nur fassen konnte, Teller, Töpfe, Tassen, Besteck. Hallick und Denning hatte er in den Vorratsraum geschickt mit dem Auftrag, möglichst viel Lebensmittel in Sicherheit zu bringen. Ob sie vernünftig genug sein würden, das Fenster über der Tiefkühltruhe einzuschlagen und die Sachen einfach hinauszuwerfen? Vielleicht hatte er es Joey sogar gesagt, er wußte es nicht mehr genau.

Zu ärgerlich, daß er nicht mehr an den Bösendorfer herangekommen war. Er hätte eben früher anfangen sollen, sobald er begriffen hatte, daß sie es nicht bis zum Frühjahr würden aushalten können, sobald er Lebensmittelvorräte, Personenzahl und die Tage bis zur wärmeren Jahreszeit zusammengezählt und festgestellt hatte, daß die Rechnung nicht aufging.

Mehr konnte er nicht tragen, es wurde Zeit, daß er herauskam. Die Hitze um ihn herum steigerte sich, einige Schränke, an denen er eben noch gewesen war, standen jetzt in Flammen. Zu seinem Glück war jetzt aus dem Wind ein ausgewachsener Sturm geworden, der zwar die Flammen anfachte, aber den Rauch wegblies. Er warf einen Blick zum Vorratsraum hinüber, konnte aber nicht erkennen, ob Hallick noch darin war. Die Treppe brannte lichterloh. Durch die Haustür schaffte er es nicht. Als er an dem brennenden Kreis der Möbel entlanglief, der das Zelt gestützt hatte, spürte er, wie Flammen ihn von beiden Seiten erfaßten. Er stieß mit dem Schienbein an den niedrigen Rahmen des zerschmetterten Panoramafensters, kletterte hinüber. Der Wind traf ihn mit voller Wucht und warf ihn beinahe um, spitze Glasscherben drangen durch Sokken und Deckenstreifen hindurch in seine Fußsohlen. Die glitzernde Barriere aus Glasscherben lag ein paar Meter hinter ihm, als innerhalb weniger Sekunden die beiden Tanks im Heizungsraum explodierten.

Es war, als habe ihn ein großes Brett von hinten getroffen; er fiel bäuchlings in den Schnee. Eine Rauchwolke quoll aus dem Fenster, es regnete Holz und Metall, ein paar brennende Brocken sanken sofort in die hohen Schneewehen ein und waren gleich darauf spurlos verschwunden. Der große Topf, den Skinner mitgeschleppt hatte, lag unter ihm. Hätte der weiche Schnee nicht nachgegeben, hätte er sich beim Fallen sämtliche Rippen brechen können. Er atmete mühsam. Auch so war es vielleicht nicht ganz ohne Verletzungen abgegangen.

Im Haus hinter ihm rumorte es. Die Explosionen hatten dem Bau den inneren Halt geraubt. Öl und Benzin waren in sätmliche Ritzen gedrungen. Das Haus war nicht zu retten. Er spürte Hitze an seinem Rücken, vielleicht brannten seine Sachen, sein Haar. Er warf sich in den Schnee und rollte sich herum. Das Haus schien wie aus Flammen gebaut. Wände, Balken, Dachsparren, Böden, Türen – alles war deutlich sichtbar, und alles brannte lichterloh. Der Schnee ringsherum war geschmolzen, schon lagen die Glassplitter, über die er vorhin gegangen war, auf der nackten, nassen Erde, in der sich das Feuer spiegelte. Die Linie des schmelzenden Schnees hatte eine Art Eigenleben entwickelt, bewegte sich fließend auf ihn zu, fiel in sich zusammen, die rußigschwarze Oberfläche teilte sich, sekundenlang kam darunter leuchtendes Weiß zum Vorschein, wurde zu Wasser, das sich weiter in den Schnee hineinfraß.

Skinner merkte, wie jemand ihm unter die Arme griff. Goade half ihm auf und zog ihn weg.

«Sind die anderen – sind alle –» würgte er.

«Glaub schon. Los, weg hier.»

Der Sturm zerrte an ihren Sachen, Graupelkörner wirbelten durch die Luft und schlugen schmerzhaft gegen ihre versengten Gesichter. Um ein Haar wäre Goade über den Topf mit Küchenutensilien gefallen, den Skinner aus dem Haus gerettet hatte.

«Ich hätte ja an Ihrer Stelle lieber den ganzen Küchenschrank mitgenommen», sagte er ironisch.

Skinner sah ihn an. «Ja, aber dazu hatte ich leider keine Zeit. Ich war gerade mit meinem Augen-Make-up beschäftigt.» Er fing an zu husten und griff sich an die Rippen.

«Lassen Sie's gut sein», tröstete Goade. «Inzwischen haben Sie überhaupt keine Augenbrauen mehr.»

22

Nach Aussage von Berndts Personal hatte es Webb verstanden, sich in den letzten Monaten Berndt fast unentbehrlich zu machen, berichtete Captain Skinner. «Er ist ein begnadeter Schauspieler, voller

Charme und sehr geschickt im Manipulieren von Menschen. Offenbar hat er Berndt davon überzeugt, daß er auf diesem Wege das erreichen könne, was ihm am Herzen lag.»

«Was Berndt am Herzen lag, oder was Webb am Herzen lag?»

«Raten Sie mal . . .»

«Und Webb ist jetzt bei den Geiseln?»

«Ja.»

«Um sich die Informationen zu schnappen, die Ihr Kurier bei sich hatte?»

Captain Skinner nickte. «Es sieht so aus, als ob es Webb war, der die Betrügereien inszeniert hat, denen wir auf die Spur gekommen sind. Er arbeitete früher für uns, bis er eines Tages fand, daß wir seine Dienste nicht hoch genug honorierten. Da hat er sich selbständig gemacht. Die notwendigen Tricks und Kniffe kannte er ja. Alte Bekannte müssen ihn gewarnt haben, daß die Falle zuzuschnappen drohte.»

«Was geschieht, wenn er die Informationen tatsächlich bekommt?»

Der Captain zuckte die Achseln. «Das kommt auf die Situation an. Um an die Daten heranzukommen, hat er sich als Geisel getarnt. Aber wenn er sie erst einmal hat, wird er versuchen, sich in Sicherheit zu bringen. Hätte Berndts Plan geklappt, hätte Webb sich nach der Befreiung der Geiseln wahrscheinlich von ihnen getrennt und sich früher oder später in aller Ruhe von den drei Millionen Dollar in Gold bedient, die auf einem Schweizer Konto auf ihn warteten.»

«Sie meinen, daß das Geld für ihn war?»

«Für Berndt war es jedenfalls nicht.»

«Wozu aber dann die Abberufung der Diplomaten?»

«Möglich, daß er damit einfach eine falsche Spur legen wollte; vielleicht wollte er sie auch gegen Leute austauschen, die er später hätte unter Druck setzen können.» Captain Skinner zündete sich die nächste Zigarette an und setzte sich in Ainslies Sessel hinter den Schreibtisch. «Sie haben mir noch immer nicht verraten, was es mit dem Gold und dem Öl auf sich hat, von dem Berndt gesprochen hat.»

Ainslie hob die Schultern. «Nach neuesten geologischen Erkenntnissen gibt es am Nordkap Gold- und Ölvorkommen. Die Norweger wollten ohne viel Aufhebens mit der Erschließung beginnen, ehe alle möglichen Geier sich auf die Beute stürzen konnten. Daneben gab es das Projekt ACRE. Es lag nahe, beides miteinander zu verbinden. Das ist alles. Die ganze Geschichte läuft frühestenfalls in fünf bis acht Jahren an. Ich begreife noch immer nicht so recht, weshalb er ausgerechnet jetzt einen Riegel vorschieben wollte.»

«Er lag im Sterben.»

Ainslie verzog das Gesicht. «Sterben müssen wir alle. Manche früher als andere, das ist der ganze Unterschied.»

Captain Skinner beobachtete ihn durch den Zigarettenrauch hindurch. Nach Dopplers – oder vielmehr Berndts – Tod war Ainslie merklich in sich zusammengefallen. Das Abreißen der Verbindung zu den Geiseln schien ihn davon überzeugt zu haben, daß er seine Tochter nie wiedersehen würde. Er machte sich Vorwürfe, daß er mit dem Sterbenden gestritten hatte, statt ihn zu zwingen, den Aufenthaltsort von Laura, David und den anderen zu verraten. Es war kein Trost für ihn, daß Dutzende von Agenten auf der Suche nach Hinweisen auf den Verbleib der Geiseln Berndts Vergangenheit durchforschten, mit sämtlichen Bekannten von ihm sprachen, seine Unterlagen prüften, ja, selbst Papierkörbe durchwühlten. Nachdem sie einmal wußten, wo sie den Hebel anzusetzen hatten, meinte Captain Skinner, würden sie früher oder später auch zum Ziel kommen.

Aber inzwischen, hatte der General darauf nur gesagt, blieb Zeit genug zum Sterben. Womit er natürlich recht hatte.

Captain Skinner lehnte sich vor und betrachtete die letzte Fotoserie, die sie aus dem Haus in der Wüste mitgebracht hatten. Müßig schob er die Bilder auf der Schreibtischplatte hin und her und versuchte, die Hoffnungslosigkeit im Blick seines Bruders nicht zu sehen.

23

Vielleicht, dachte Skinner, der am Eingang zur Sauna stand und durch die Bäume auf die leere Hülse des Hauses sah, haben wir es falsch gemacht. Vielleicht hätten wir den schwarzen Rauch einatmen sollen, in tiefen Zügen. Damit wäre uns viel erspart geblieben.

Schwach leuchtete die Glut in der mit Steinen gefüllten Mulde, dunkel zeichneten sich dagegen die Umrisse der Menschen ab, die um die Mulde herumlagen. Skinner stellte die Dose ab, und Goade stützte sich auf einen Ellbogen und sah zu ihm hinüber.

«Sind das die letzten?» krächzte er. Sie waren, soweit sie überhaupt sprechen konnten, alle heiser von dem vielen Rauch, den sie geschluckt hatten.

«Ein paar liegen, glaube ich, noch unter den Bäumen.» Auch Skinner fiel das Sprechen schwer. «Die können wir morgen holen.»

Goade war auf die Holzbank zurückgesunken und sah zu, wie Skinner einer Dose mit einem Stein zu Leibe rückte. Ein Büchsenöffner war nicht unter dem geretteten Küchengerät gewesen, den hatten sie im Zelt gehabt. «Ist genug Holz da?»

«Draußen.» Es hatte inzwischen wieder geschneit. Erstaunlicherweise hatten sie unter dem Schnee immer wieder unverbrannte Holzstücke gefunden, obgleich das Haus selbst völlig zerstört war. Dahin war auch der Bösendorfer und mit ihm die Stahlsaiten, aus denen Skinner Schneeschuhe hatte machen wollen. Endlich gelang es ihm, die Dose zu öffnen. Er reichte sie Sherri, die wortlos den Kopf abwandte.

Heute früh hatten Goade und er Morgan an der heruntergebrannten Hauswand neben seiner Frau gefunden. Er war noch einmal zurückgegangen, um ihre Leiche zu bergen. Dort hatte ihn die Explosion überrascht. Er war neben ihr eingefroren. Hoffentlich, dachte Skinner, war er da nicht mehr bei Bewußtsein gewesen. Die Flammen hatten die Toten verschont, sie waren beide völlig unversehrt.

Skinner streckte Timmy die Dose hin, der neben Hallick lag.

«Iß du, Skinnie», flüsterte der Junge. «Ich hab keinen Hunger.»

«Ich hab schon gegessen», schwindelte Skinner. «Es sind Pfirsiche, glaube ich. Du magst doch Pfirsiche.»

Timmy nahm die tropfende Dose und begann vorsichtig den Inhalt herauszuangeln. Er kaute einen Augenblick, dann meinte er: «Es ist Ananas, glaube ich.»

«Aber Ananas magst du doch auch», krächzte Skinner und begann zu husten.

«Nicht so sehr. Laura kann was davon haben, wenn sie aufwacht.»

Skinner stellte die Dose unter die Bank, dann ging er zu Laura hinüber und berührte ihre heiße Stirn. Es war mehr als die Wärme der Saunaglut, die er fühlte, sie fieberte. Der nächtliche Aufenthalt draußen in der Kälte, dann der Rauch – es war wohl unvermeidlich.

«Wie geht's ihr, Skinnie?» brachte Hallick heraus. Er war, als die Tanks explodierten, noch im Vorratsraum gewesen, hatte sich aber hinter die Tiefkühltruhe ducken können. Der Explosionsdruck hatte die Truhe in seine Richtung geschleudert und ihm Arm und Brust eingequetscht. Er hatte sich noch durchs Fenster retten können, war aber recht mitgenommen. Sie hatten den Arm geschient, aber die Brüche waren kompliziert, und sie hatten keine Antiseptika. Denning lag neben ihm und atmete rasselnd. Eine Rauchvergiftung bei älteren Leuten war kein Spaß.

«Mittelprächtig», sagte Skinner lakonisch.

«Sie ist zäh», meinte Goade schroff. «Sie wird's überstehen.»

Skinner sah ihn an, sagte aber nichts. Er setzte sich neben Laura und lehnte sich an die Wand. Es war still und warm. Er wußte, daß er morgen, spätestens übermorgen versuchen mußte, Hilfe zu holen. Er wußte auch, daß es praktisch hoffnungslos war. Aber wenn er und Goade genug Holz und möglichst viele Dosen einlagerten, konnten die anderen in der Sauna noch eine ganze Weile überleben. Und wenn es ihm gelang, ein paar kleinere Birkenzweige abzubrechen und zu biegen, konnte er vielleicht doch so etwas wie Schneeschuhe daraus machen. Er konnte Morgans und vielleicht auch noch Dennings Anzug über seinen ziehen. Wenn er etwas zu essen mitnahm und einen Schlitten ... Es war den Versuch wert. Er mußte einfach nach Süden gehen, die Sterne würden ihn leiten. Sie als einziges in seiner Welt waren unverändert, unveränderlich.

Er fing wieder an zu husten. Sie husteten alle, so daß niemand besonders auf seinen Husten geachtet hatte. Aber irgendwie hatte sich ein Sekret tief in den Lungen angesammelt, das er nicht herausbringen könnte. Er legte sich auf die Seite, hustete, schlief ein, wachte auf, döste wieder, wachte wieder auf.

Der Raum war dunkel, nur das Feuer glühte rot. Er würde noch etwas Holz hereinholen, beschloß er, damit es die Nacht über reichte. Müde rappelte er sich auf, zündete einen der letzten Zweige an und trat ins Freie. Feuchte weiße Schwaden umgaben ihn. Er kannte diese Erscheinung von der Polarexpedition her, dieses plötzlich eintretende scheinbare Ineinanderfließen von Himmel und Erde, bei dem man von einer Minute zur anderen nicht mehr die Hand vor Augen erkennen konnte. Vielleicht war es bis zum nächsten Morgen wieder besser.

Er tastete nach dem Haufen verkohlter Holzstücke, die er an der Hüttenwand aufgestapelt hatte und hielt mitten in der Bewegung inne. Träumte er? Er hörte Dinge, die es gar nicht gab, gar nicht geben durfte.

«Bist du das, Santa Claus?» rief er heiser. Irgendwo – vermutlich in seiner Phantasie – bimmelte ein Glöckchen. Er lachte auf, hustete, lehnte sich gegen die Wand. Das ist das Ende, Skinner, jetzt bist du wirklich erledigt. Jetzt hörst du schon Glöckchen läuten, nächstens wirst du Gespenster sehen.

Er schüttelte energisch den Kopf, aber den Glöckchenklang bekam er nicht aus dem Ohr. Seine kümmerliche Fackel versuchte sich tapfer gegen den Nebel zu behaupten. Ein dunkler Schatten tauchte in den weißen Schwaden auf.

Und dann stand plötzlich ein Rentier vor ihm.

Unverkennbar: Langes Gesicht, große, dunkle Augen, mächtiges Geweih – ein Rentier, wie es leibte und lebte. Das Tier sah mit verstörtem Blick auf die lodernde Fackel, warf den Kopf zurück, und das Glöckchen an seinem Hals bimmelte.

Jetzt erklang hinter dem Rentier eine menschliche Stimme. Skinner wandte sich um in der festen Erwartung, die gemütlich-runde Gestalt von Santa Claus vor sich zu sehen. Das Bild, das sich ihm bot, war womöglich noch phantastischer.

Das Rentier bäumte sich erschrocken auf, als Skinner sich in hilfloser Hysterie zu schütteln begann; fröhlich klingelte das Glöckchen. Skinner lachte, noch immer die Fackel hochhaltend, bis ihm die Tränen kamen.

Er lachte und weinte eine ganze Weile, bis er zusammenbrach.

24

«Captain Skinner?» Der Copilot beugte sich zu ihm herüber. «Wir haben eine Meldung bekommen. Wenn Sie mal eben nach vorn kommen könnten ...»

Captain Skinner warf einen raschen Blick auf Ainslie und Carter, die vor sich hin dösten, dann nickte er dem Copiloten zu und folgte ihm in die Kanzel. Er blieb eine ganze Weile weg; als er zurückkam, war er sehr blaß. Ainslie war aufgewacht und sah ihm mit einem flauen Gefühl in der Magengegend entgegen.

«Haben sie die Geiseln gefunden?»

Captain Skinner schob sich auf die Lehne des Sitzes gegenüber von Ainslie, angelte nach seinen Zigaretten und zündete sich ziemlich umständlich eine an. «Das Haus ist völlig ausgebrannt. Die finnische Polizei hat unten in einer Sauna am See zwei Leichen gefunden – die Morgans. Die anderen sind verschwunden. Ein paar Spuren führten zum See hinaus, aber es hatte inzwischen wieder angefangen zu schneien, und . . .»

Ainslie vergrub das Gesicht in den Händen. «Mein Gott.»

«Wie lange fliegen wir noch?» fragte Carter schroff. Sein Gesicht war fahl vor Enttäuschung.

«Noch etwa sechs Stunden. Wir tanken in London auf, und dann geht es auf direktem Wege nach Norden. In Helsinki müssen wir in einen Hubschrauber umsteigen, Ivalo ist nicht auf Düsenmaschinen eingerichtet.»

«Wo ist Ivalo? Ach was, lassen Sie nur.» Carter wandte sich ab, ehe Captain Skinner antworten konnte. Der Engländer zögerte noch einen Augenblick, dann ging er wieder zu seinem Platz und griff nach den Fotos.

Du hast mir deine Nachricht geschickt, David, dachte er, aber ich habe sie nicht rechtzeitig bekommen. Es tut mir leid. Er nahm Skinners Bild und sah seinem Bruder ins Gesicht. Über David an der Wand, stand die Antwort, die seit Tagen auf dem Schreibtisch in Adabad gelegen hatte. David hatte es irgendwie fertiggebracht, ihre genaue Lage festzustellen und hatte mit großer Sorgfalt, der Maserung der Teaktäfelung folgend, kleine Glassplitter in die Wand gedrückt, die im Schein der Blitzlichter aufglänzten. So winzig, so unregelmäßig waren diese kleinen Lichtpünktchen, daß die Kidnapper nichts gemerkt hatten. Aber auch er hatte nichts gemerkt – bis er das Bild zur Seite gedreht hatte und plötzlich in den Sternen hatte lesen können. Er – oder besser gesagt ein Morsefachmann in seinem Auftrag.

A. Berndt. 67 n Br. 27,5 ö L.

Verzeih mir, David.

Man hatte sie mit Parkas und Stiefeln ausgerüstet. Der Helikopter setzte am Seeufer auf, und sie traten ins Freie, wo sie ein wirbelnder Flockenfall empfing. Jenseits der Rotorblätter schwebten die Flocken dann langsamer herab, feucht und dicht und liefen auf ihren Schultern und Kapuzen wie Zuckerguß zusammen. Durch die kniehohen Schneewehen kämpften sie sich zu den geschwärzten Überresten vor, die sich wie mahnende Finger in den grauen Himmel reckten. In den schon fast zugeschneiten Trümmern bewegten sich mehrere Gestalten. Ainslie wischte sich die schmelzenden Flocken von den Wimpern. Es kam ihm etwas wärmer vor als in Helsinki. Trotzdem fiel ihm das Atmen noch immer schwer.

Ein Mann mit einer Kapuze über dem Kopf kam ihnen entgegen. Er stellte sich als Inspector Leem vor und machte keinen besonders glücklichen Eindruck. Mit der Pfeife seine Worte unterstreichend, erzählte er ihnen, was er wußte. Es dauerte nicht lange.

Captain Skinner sah über die Schulter. «Und das da unten ist die Sauna, in der Sie Morgan und seine Frau gefunden haben?»

«Ja», erwiderte Leem. Er sprach ein bedächtiges, aber sehr gutes Englisch. «Die Frau war schon längere Zeit tot. Offenbar haben sie sich nach dem Feuer dorthin geflüchtet, wir haben leere Konservendosen und dergleichen gefunden. Aber man hat sie wohl wieder weggeholt, oder sie haben versucht, sich auf eigene Faust durchzuschlagen. Wir haben Suchhubschrauber losgeschickt, aber der Schnee . . . es ist nicht einfach, die Sicht ist schlecht.»

«Das haben wir schon auf dem Flug hierher bemerkt», sagte Carter. «Wie weit können sie in so einem Wetter kommen?» Er sah auf. Der nächste Suchhubschrauber schwebte über ihnen ein und steuerte den vereisten See an.

«Sie haben keine Sachen für kaltes Wetter, Sie verstehen? Die Leichen in der Sauna waren nur leicht bekleidet. Die Steine in der Mulde sind kalt, sie müssen schon länger weg sein.»

«Und Sie haben nicht viel Hoffnung, was?» fragte Ainslie.

Leem sah ihn an und schüttelte den Kopf. «Es tut mir sehr leid.»

Ainslie sah mit blinden Augen auf das Gewirr von geschwärztem Holz und Stein.

Ein Hubschrauber kreiste einmal um die Ruinen und flog in einer anderen Richtung davon. Captain Skinner sah, wie Leem stirnrunzelnd zum See hinaussah und wandte sich neugierig um. Zwei Männer waren einem soeben gelandeten Hubschrauber entstiegen und kämpften sich durch den Schnee. Der eine gehörte offenbar zur finnischen Polizei, der andere war so phantastisch angezogen, daß Skinner ein paarmal blinzeln mußte, um sich zu überzeugen, daß er nicht träumte.

Dieser zweite Mann war sehr groß, sein hüftlanges Cape war üppig mit roten und blauen Bändern verziert, darunter trug er eine Jacke, die durch einen breiten Ledergürtel zusammengehalten war. Auf dem Kopf hatte er einen hohen Hut, der ein wenig Ähnlichkeit mit der Kappe eines Hofnarren hatte und von dem lange, bestickte Bänder bis auf den Rücken herunterfielen. Er hatte hohe Wangenknochen, hellblaue Augen und ein wettergegerbtes Gesicht.

Leem ging auf die Neuankömmlinge zu und rief einen der Männer, die in den Ruinen herumsuchten, zu sich. Es gab ein kurzes Gespräch, dann klopfte Leem dem sonderbar gewandeten Riesen auf den Rücken. Der Mann lachte und deutete nach Norden.

«Sie haben die Geiseln, es geht ihnen gut.» Leem wandte sich strahlend um. «Dieser Mann heißt Aslak», fuhr er fort. «Er ist Lappe. Zum Glück beherrscht einer meiner Leute die Sprache. Aslak hat den Rauch gesehen und ist der Sache nachgegangen, weil er wußte, daß das Haus Berndt gehört. Berndt war ein guter Freund der Lappen, sonst hätte Aslak das gewiß nicht getan. Für einen Lappen ist es ein großes Opfer, die Rentierherde weiterziehen zu lassen, wenn sie auf der Wanderung ist. Sie treiben die Herde ja nicht, sie folgen ihr nur. Und die Rentiere sind das Kapital der Lappen oder Samen, wie sie sich selbst nennen.»

«Aber warum war Aslak überhaupt hier in der Gegend?»

«Weil die Rentiere zweimal im Jahr auf ihrer Wanderung Berndts Land durchqueren», erklärte Leem, als sei das etwas, was jeder Schuljunge wußte. Das mochte für finnische Schuljungen gelten; Captain Skinner war diese Weisheit neu. Jetzt waren auch Ainslie und Carter herangekommen.

«Ist sie – sind sie –»

«Er sagt, es sind ein Kind, zwei Frauen, vier Männer», sagte Leem. «Die Frauen sind krank, und einer der Männer ist ziemlich schwer verletzt. Wir müssen sie so schnell wie möglich nach Inari bringen, dort haben wir ein gutes Krankenhaus.»

Aslak flog mit ihnen im ersten Hubschrauber. Über den Dolmetscher versuchte er zu berichten, was sich zugetragen hatte. Ainslie hatte sich vergewissert, daß Laura tatsächlich unter den Geretteten war. Danach sah er schweigend hinaus in den Schnee, der in schrägem Fall die Plexiglaskuppel des Helikopters traf. Auch Captain Skinner wußte nun, daß sein Bruder in Sicherheit war. Aslak hatte erzählt, daß einer der Männer eine Brille trug. Es war warm im Hubschrauber, und sie schwitzten alle. Doch Aslaks schwere Sachen rochen nur nach frischer Luft und ganz schwach nach Heu. Die Lappen, erläuterte Leem, pflegten ihre Füße gegen die Kälte mit einem speziellen Gras zu schützen, das sie im Sommer sammelten und trockneten. «Es ist wirksamer als alles andere, da kommen die modernen Fasern nicht mit. Wie so oft ist das Altbewährte immer noch das Beste, wenn es zu der Lebensart der Menschen paßt.»

Ainslie wandte den Kopf. «Zweimal im Jahr, sagen Sie, ziehen die Lappen hier durch. Wie weit kommen sie?»

«Manche Familien wandern Hunderte von Meilen, von der norwegischen Küste durch ganz Finnland bis nach Rußland. Alle Lappen haben von den Regierungen die Erlaubnis, ungehindert die Staatsgrenzen zu überschreiten. Der Zug der Rentiere kennt ja auch keine Landesgrenzen.»

«Kommen sie auch bis zum Nordkap?»

«Aber ja. Warum?»

«Angenommen, das Nordkap würde erschlossen werden ...»

«Erschlossen? Sie meinen – Industrie, Städte?»

«Ja, genau das meine ich. Was für Konsequenzen würde das für die Lappen haben?»

Leem paffte eine Weile nachdenklich vor sich hin. «Früher oder später wäre das für viele das Ende. Die Routen wären unterbrochen, und die Rentiere nähren sich nur von den Flechten, die da oben wachsen.» Er zog nachdenklich an seiner Pfeife und betrachtete Aslaks Profil. «Wohlgemerkt, auch heute schon hat sich viel geändert. Die Kinder gehen zur Schule, geben später das Nomadenleben auf und lassen sich weiter südlich nieder. Viele Familien werden seßhaft. Sie sind ein sehr unabhängiges Volk, aber früher oder später ... Tja, das ist wohl heute überall so. Das Alte kann sich auf die Dauer nicht halten.»

«Sie sagten, Berndt sei ein Freund der Lappen gewesen», meinte Captain Skinner, während der Hubschrauber zur Landung auf dem Schneefeld unter ihnen ansetzte. Wie ein lebendes Band zog sich die Herde über die weiße Fläche hin. Männer in der gleichen farbenfrohen Tracht, wie Aslak sie trug, und flinke Hunde versuchten, sie zusammenzuhalten. In großem Abstand voneinander standen mehrere große Zelte im Schnee, wie hingetupft. Sie erinnerten an Indianer-Wigwams, waren aber niedriger und breiter.

«Ja», bestätigte Leem und reckte sich ein wenig, um nach unten sehen zu können. «Seine Mutter stammte von Lappen ab, soviel ich weiß. Er hat immer die Meinung vertreten, daß die Lappen nicht gezwungen werden sollten, eine Lebensform aufzugeben, die seit Urzeiten bestand, daß sie nur auf freiwilliger Basis seßhaft gemacht werden dürften. Berndt war ein moderner Mensch, ein Mann der Industrie, wie Sie wissen, aber er hat einmal gesagt oder geschrieben, man solle den Lappen die ‹Würde der Zeit› zubilligen, damit sie ihren Frieden mit dem Fortschritt machen könnten. Er war ein guter Mensch, aber ein bißchen wunderlich. Kannten Sie ihn?»

«Nein.» Captain Skinner sah Ainslie an. «Wären die Umstände anders gewesen, hätte ich ihn wohl gern kennengelernt.»

«Es war schwer, an ihn heranzukommen», sagte Leem. «Er hat sich vor unserer Welt verborgen. Manche sagen, er habe sie gehaßt.»

«Ja», bestätigte Ainslie. «Das ist wahr. Er hat sie wohl gehaßt.»

Die Lappen hatten den überlebenden Geiseln ihr größtes Zelt zur Verfügung gestellt. Sie lagen um das Feuer herum, das in der Mitte brannte und waren mit Decken und Fellen zugedeckt. Ainslie und Carter stürzten herein, sahen sich kurz um und eilten dann zu Laura, der David Skinner und eine junge Lappenfrau gerade etwas zu trinken einflößten. Skinner sah über die Schulter, dann drückte er der Lappenfrau den Becher in die Hand.

«Mein Gott, David ... Alles in Ordnung?» Captain Skinner stolperte über den weich gepolsterten, holprigen Zeltboden zu seinem Bruder hinüber und packte ihn an den Armen.

David lächelte müde. «Alles in Ordnung, Edward, wie du siehst. Und wie geht es dir?»

«Mir?» Um Captain Skinners Mundwinkel zuckte es. «Danke der Nachfrage; ich kann nicht klagen.»

«Um so besser», sagte Skinner leise. Er sah zu Laura hinüber, dann setzte er sich im Schneidersitz auf die Felle und rieb sich den Bart, als ob er ihn störte. «Sie muß ins Krankenhaus, ich glaube, sie hat eine Lungenentzündung. Hallick – das ist Hallick dort drüben – hat sich einen Arm und mehrere Rippen gebrochen. Und Goade hat sich den Knöchel verstaucht, aber das ist natürlich nicht so eilig. Moment, was war noch? Ja, richtig, Timmy, der kleine Junge. Jemand muß sich um ihn kümmern, die Eltern sind beide tot. Und die Frau dort drüben ist ein bißchen –»

«David», unterbrach ihn Captain Skinner.

«Was?» Skinner sah sich noch immer im Zelt um. Er zählt die Häupter seiner Lieben, dachte sein Bruder unwillkürlich.

«Du brauchst dir keine Sorgen mehr zu machen, David, es ist alles vorbei.»

Skinners Blick suchte wieder Laura, die jetzt von Carter gestützt wurde. «Es war – schwierig, Edward. Verdammt schwierig.»

«Schwierig nennst du das? Na ja . . .» Auch er sah sich im Zelt um. «Entschuldige mal einen Augenblick, ich muß noch was erledigen.»

Ainslie hätte seine Tochter am liebsten überhaupt nicht wieder losgelassen, er konnte es noch gar nicht fassen, daß sie lebte, daß sie wieder bei ihm war. «Mach dir keine Sorgen, Liebling, wir bringen dich heim, es kommt alles wieder in Ordnung. Es tut mir so leid, daß –» Er unterbrach sich. Captain Edward Skinners Stimme hatte einen unnatürlich amtlichen Tonfall angenommen.

«Im Namen der Königin. Alan Joseph Webb, ich verhafte Sie wegen Geheimnisverrats. Ich muß Sie darauf aufmerksam machen, daß –»

Ainslie drehte sich um und erstarrte. Es war Denning, den der Captain verhaftete.

«Ach, und wegen Mordes an Anne Morgan, Edward», ergänzte Professor Skinner vom Feuer her. Die Flammen ließen seine Brille aufblitzen. Er griff danach, wollte sie abnehmen, überlegte es sich anders und ließ die Hand wieder sinken.

Goade sah Skinner überrascht an. «Wie kommen Sie denn darauf, Skinnie?» fragte er in unverkennbar englischem Tonfall.

«Wenn Edward ihn wegen Spionage verhaftet, muß er es gewesen sein, der –»

Ein schneidendes Lachen unterbrach ihn, bei dem es alle Anwesenden kalt überlief. Sherri sah mit wildem Blick zu ihnen hinüber.

«Und alle haben sie Joey verdächtigt, alle.» Aus dem Lachen wurde ein jämmerliches Schluchzen. «Selbst Tommy.»

«Nein», protestierte Denning.

«Nein», stieß Laura hervor und machte die Augen auf. Sie versuchte, sich in Larrys Armen aufzurichten, die anderen drehten sich nach ihr um. Es war nur eine kurze Ablenkung, aber Denning nutzte den Augenblick. Er warf die Decken ab, stürzte sich auf die Lappenfrau, die beiseite getreten war, damit Ainslie und Carter sich mit Laura unterhalten konnten, legte ihr einen Arm um den Hals und zog ihr mit der freien Hand das breite Messer mit dem Horngriff aus dem Gürtel. Dann stieß er sie zu Captain Skinner hinüber, der auf den Fersen hockte und prompt das Gleichgewicht verlor. Die beiden stürzten ins Feuer und kippten den dort brodelnden Kochtopf um. Qualm und der Geruch nach brennendem Fleisch erfüllten das Zelt.

«Keine Angst, er kommt nicht weit», ließ sich durch Rauch und Geschrei hindurch Goades ruhige Stimme vernehmen.

Captain Skinner rappelte sich auf und erstickte die Flammen an seinem Parka. Die Lappenfrau war so verblüfft, daß sie erst merkte, daß ihr Ärmel Feuer gefangen hatte, als Skinner daran herumzuklopfen begann.

«Offenbar haben Sie den Vorgang, den ich Ihnen geschickt habe, nicht gründlich genug gelesen», sagte Captain Skinner mißbilligend. «Webb hat den Pilotenschein und kann auch Hubschrauber fliegen. Wer, meinen Sie wohl, hat Sie in Berndts Privatmaschine aus Adabad ausgeflogen?»

Laura war von einem Hustenanfall geschüttelt und versuchte vergeblich zu sprechen. Sie sah denselben Ausdruck auf Davids Gesicht, den sie darin gesehen hatte, als Timmy von seinem Vater beiseite gestoßen worden war. Sie wußte, daß er diesmal ihretwegen so wütend war, und sie wußte, was er tun würde, aber sie konnte es nicht verhindern.

Larry Carter und Skinner stürzten fast gleichzeitig aus dem Zelt, und sie wandte sich an ihren Vater. «Halt ihn auf, Daddy, es wird ihm etwas passieren, er kann nicht –»

«Larry weiß sich schon seiner Haut zu wehren, Kleines», beschwichtigte er sie. Laura schüttelte den Kopf, versuchte etwas zu sagen und mußte wieder husten. Kraftlos sank sie zurück. Ainslie wischte ihr den Mund ab und trocknete ihre Augen, als sie in ihrer Hilflosigkeit zu weinen anfing.

«Sie haben mir gesagt, daß der da Webb ist», sagte Ainslie vorwurfsvoll und nickte zu Goade hinüber.

Captain Skinner blieb am Zeltausgang stehen, sah Goade an und grinste.

«Ich habe gesagt: Der Mann auf dem Foto. Denning und Goade waren zusammen auf dem Bild.»

«Aber Sie haben gesagt, er sei –»

«Das war geschwindelt», gestand Captain Skinner, dann verschwand auch er.

«Er ist ein gräßlicher Schwindler», ergänzte Goade. Er rollte sich herum und versuchte aufzustehen. «Nur Cross war noch schlimmer. Die beiden hatten sich gesucht und gefunden.»

Als Captain Skinner aus dem Zelt kam, stellte er fest, daß es nicht mehr schneite und etwas wärmer geworden war. Bei den Hubschraubern stand nur die finnische Polizei. Carter und David waren nicht mehr zu sehen. Die Lappen gingen gelassen ihrer Arbeit nach, ein paar Frauen lächelten ihm zu.

Leem kam auf ihn zu. Die Sanitätshubschrauber seien wegen des Wetters aufgehalten worden, berichtete er.

Plötzlich kam Bewegung in das friedliche Bild. Einige Lappen rannten rufend und mit den Armen fuchtelnd zu der Herde hinüber. Zwischen den braunweißen Tierleibern tauchte eine dunkle Gestalt auf, die Tiere warfen nervös ihr Geweih zurück. Hinter dem letzten Zelt sah Captain Skinner Carter und David hervorkommen, die sich durch den Schnee auf die Herde zubewegten – und dann sah er gar nichts mehr. Eine weiße Wand senkte sich vor ihm nieder und verdeckte Herde, Männer, Zelte und Hubschrauber.

Er hatte das Gefühl, gleichzeitig taub und blind zu werden.

Die Rufe der Männer, das Bellen der Hunde verstummte, selbst die Unterhaltung der Frauen, das Klappern der Töpfe in seiner unmittelbaren Umgebung war kaum noch zu hören. Nur das Gebimmel der Glöckchen durchdrang den weißen Schleier. Captain Skinner erkannte undeutlich die Umrisse des Zeltes neben sich, aber schon das nächste war nur eine dunkle Ahnung im wabernden Nebel. Jemand rannte von hinten in ihn hinein, es war Leem, dann erschien Ainslie im Zelteingang und sah sich sachkundig um.

«Wenn er senkrecht startet», sagte er zu Captain Skinner, «können wir nicht mal schießen, und dann –»

Leem machte ein verblüfftes Gesicht, und Captain Skinner setzte ihn rasch ins Bild.

«Ich warne meine Leute.» Leem drehte sich um und war nach drei Schritten im Nebel verschwunden.

«Wo –» begann Ainslie. Captain Skinner deutete in den Nebel, aus dem wie aus weiter Ferne schwaches Rufen, Bellen und Glöckchenklang ertönte. «Da drüben», sagte er. «Irgendwo da drüben.»

Als der Nebel sie überfiel, packte Skinner Carter am Ärmel. «Bleiben Sie stehen.» Aber Carter kämpfte sich noch ein paar Schritte vor, ehe auch er aufgab.

«Er wird uns entwischen», zeterte er und versuchte, sich loszumachen. Skinner hielt ihn ungerührt fest.

«Er kann Sie nicht besser sehen als wir ihn. Jetzt vergessen Sie mal Ihre Augen und benutzen Sie statt dessen Ihre Ohren.»

Carter musterte den Mann, den er bisher nur auf Fotos gesehen hatte. Skinner war größer, als er nach den Bildern gedacht hätte, und für einen Gelehrten erstaunlich kompakt gebaut. Zu der Tracht, die er von den Lappen bekommen hatte, trug er noch immer seine Nickelbrille, die auf der einen Seite durch einen schmutzigen Klebestreifen, auf der anderen durch einen dünnen Streifen Rentierhaut zusammengehalten wurde. Und der Ausdruck der Augen hinter der Brille... Einen Professor für Astronomie hatte Larry Carter sich eigentlich anders vorgestellt. Ganz anders. Und er kam zu dem Schluß, daß Professor David Benjamin Skinner ihm ganz und gar nicht unsympathisch war. Warum, das hätte er allerdings nicht zu erklären gewußt.

«Er wird versuchen, sich zu den Hubschraubern durchzuschlagen», mutmaßte Skinner. «Wenn wir hier stehenbleiben, können wir damit rechnen, daß er ganz nah an uns vorbeikommt.»

«Wenn Sie sich da nur nicht verrechnen», fuhr Carter auf. «Bleiben Sie hier, wenn Sie wollen. Ich gehe ihm nach.»

«Das wäre sehr töricht», sagte Skinner. «Glauben Sie mir.»

Carter warf ihm einen verächtlichen Blick zu und verschwand, dem Bimmeln der Glöckchen folgend, im Nebel.

Skinner blieb, wo er war. Er streifte die Kapuze zurück und neigte den Kopf zur Seite. Ihn interessierten weder die Herdenglocken noch das Bellen der Hunde oder das Rufen der verärgerten Lappen. Ihn interessierten nur zwei Geräusche – schweres Atmen und das Knirschen von Schnee unter Stiefelsohlen. Er dachte an jenen Denning, den er in Berndts Haus erlebt hatte, beim Essen, beim Kartenspielen, beim Holznachlegen. Denning war Linkshänder. Skinner machte einen Schritt nach rechts, hielt inne, lauschte, machte noch einen Schritt. Die Hände hatte er zu Fäusten geballt, denn ein Bild hatte jetzt alle anderen verdrängt: Denning, der etwas Schweres in der linken Hand hielt, Laura von hinten niederschlug, sie nach draußen trug und im Schnee liegenließ. Denning hatte versucht, Laura umzubringen. Dafür würde er mit dem Tode büßen.

Keinen Meter vor ihm tauchte eine Gestalt aus dem Nebel. Skinner griff an den breiten Ledergürtel mit dem Messer, ohne das kein Lappenanzug komplett ist. Aber es war nicht Denning, der vor ihm stand, es war Aslak, der hochgewachsene Lappe, der sie auf Berndts Grundstück gefunden und gerettet hatte.

«Skinna?» Aslak kam langsam auf ihn zu. Er schien sehr ärgerlich zu sein, überfiel ihn mit einem Wortschwall von Lappisch, deutete in Richtung der Glocken und des Bellens. Ein Wort wiederholte sich immer wieder: *Poro*. Aslak war wütend, weil die Herde aufgestört worden war; viele der Kühe waren trächtig. Zwei Kinder von Aslak waren in Inari zur Schule gegangen und sprachen ein bißchen Englisch. Über sie hatten sie sich verständigen können. Trotzdem hatten sie oft genug auf die Zeichensprache zurückgreifen müssen.

Aslak verstummte und sah Skinner scharf an. Dann stellte er eine Frage, die Skinner nicht einmal andeutungsweise verstand. Ehe er etwas sagen konnte, hörte man plötzlich Schüsse aus der Richtung, in der die Herde wogte. Aslaks Augen weiteten sich, er drehte sich rasch, mit wehendem Cape, um. Auch Skinner hatte sich umgedreht und horchte. Es war sehr still. Und dann verrieten ihm seine Füße eher als seine Ohren, was geschehen war. Durch die Schüsse war in der Herde Panik ausgebrochen. Der Boden bebte, die Schwingungen teilten sich durch den Schnee hindurch den weichen Ledersohlen ihrer Stiefel mit.

«*Poro*», flüsterte Aslak entsetzt. Dann begann er zu schreien und rannte mit rudernden Armen in den Nebel hinein. Das Hundegebell war jetzt näher, die Rufe der Lappen wurden dringlicher. Mit aller Kraft versuchten sie, die unsichtbare Herde von den Zelten zurückzudrängen. Skinner blickte sich um, aber er sah noch immer nichts, hörte nur das Glockengebimmel in nervösem Crescendo und das heisere Keuchen der flüchtenden Tiere.

Eben noch war er allein im Nebel gewesen, jetzt war er umgeben von einer Masse wogender, drängelnder Tierleiber, sah lange, weit heraushängende Zungen, feuchte Nüstern, die weißen Dampf in den Nebel bliesen. Sie liefen nicht sehr schnell, aber es waren so viele, daß er hin und her geschoben wurde, ohne Widerstand leisten zu können. Ein Geweihzinken verfing sich in dem Ärmel seines dicken, bestickten Mantels, das Tier warf heftig den Kopf zurück, der Stoff riß, und das Geweih war wieder frei. Skinner spürte die Kälte, die durch den Riß drang. Es fiel ihm schwer, in dem Gewoge der schweren Tierleiber auf den Beinen zu bleiben. Die Rentiere versuchten nicht absichtlich, ihn umzurennen; die Flut teilte sich, wenn sie an das menschliche Hindernis stieß, strömte rechts und links von ihm vorbei, als sei er ein Fels im Flußbett, und schlug hinter ihm wieder zusammen. Die großen Spreizhufe wirbelten Schneebrocken auf, die Skinner ins Gesicht schlugen.

Er begann zu schreien und mit den Armen zu rudern, wie er es bei Aslak gesehen hatte. Sofort ließen die Tiere ihm mehr Freiraum. Die vordersten blieben zaudernd stehen, wurden aber von den nachdrängenden beiseite gestoßen. Wirbel und Strudel entstanden in dem breiten Strom. Zwar waren Rentiere keine gezähmten Haustiere, aber das lange Zusammenleben mit den Lappen hatte sie immerhin gelehrt, daß ein Mensch nicht ohne Grund schreit. Die Erinnerung an die Schüsse verblaßte, die Panik legte sich, aber immer noch waren die Tiere erregt, noch immer drängte es sie zu den Zelten. Wie groß mochte die Herde sein, wenn es schon hier, um ihn herum, so viele waren? Die ganze Herde hatte er nur kurz vom Schlitten aus gesehen, als Aslak sie ins Lager gebracht hatte. Die Zahl war sehr schwer zu schätzen, es konnten fünfhundert, es konnten aber auch sechshundert sein. Erstreckte sich die Herde in die Länge oder in die Breite? Er schrie, er fuchtelte mit den Armen – und dann sah er durch einen Nebelstreifen hindurch, daß noch jemand in der Flut gefangen war: Denning.

Er war nur wenige Meter von Skinner entfernt. Die Tiere zerrissen beim Laufen den Nebel, deshalb hatte Skinner ihn jetzt entdeckt. Denning lief mit der Herde, benutzte sie als Tarnung, um näher an die Hubschrauber heranzukommen. Es konnte nicht Denning gewesen sein, der geschossen hatte, er trug keine Waffe. Carter vielleicht? Oder einer der finnischen Polizisten?

Auch Skinner setzte sich jetzt in Trab, nahm die Verfolgung Dennings auf, so gut er konnte, versuchte, sich zwischen den stoßenden Rentierleibern diagonal zu ihm vorzuarbeiten. Denning war jetzt fast unmittelbar vor ihm. Seine Bewegungen hatten alles Steife, Ältliche verloren, er bewegte sich rasch und federnd wie ein junger Mann. Ab und zu stolperte er, fing sich aber immer wieder rechtzeitig und blieb auf den Beinen. Skinner hatte sich ihm fast bis auf Tuchfühlung genähert, als ein kräftiges Ren gegen Denning anrannte und ihn zu Boden warf. Skinner versuchte, über ihn hinwegzuspringen, aber er fiel hin, rollte sich zur Seite und legte die Hände über den Kopf, um ihn vor den trampelnden Hufen zu schützen.

Denning hatte noch immer das Messer in der Hand. Als er Skinner erkannte, hob er den Arm; die Klinge traf eines der vorbeilaufenden Tiere zwischen den Rippen. Mit einem heiseren Brüllen wirbelte es herum, Blut rann über das weißbraune Fell. Der Tierstrom war dünner geworden, sie hatten jetzt mehr Platz. Skinner stand auf und griff seinerseits zu dem Messer im Gürtel. Das verletzte Rentier betrachtete Denning mit einem Blick, in dem sich Schmerz, Angst und Empörung mischten. Mit den kräftigen Vorderhufen scharrte es auf dem Boden und zog neue Spuren in die aufgewühlte Fläche. Denning beeilte sich, aus der Reichweite des gefährlichen Geweihs herauszukommen. Blut rann an den Rippen des Tieres entlang und tropfte rot auf den weißen Schnee. Immer wieder sah Denning von dem Rentier zu Skinner hinüber, versuchte, gleichzeitig zur Seite zu rutschen und wieder auf die Füße zu kommen.

Jetzt kam ein Hund angerannt, ein Samojede mit dichtem Fell, der bellend das Rentier umsprang. Noch ein letztes Mal schüttelte das Tier das Geweih, dann machte es kehrt und lief, den Hund auf den Fersen, in die Nebelschleier hinein.

Die beiden Männer waren allein.

Skinner faßte den breiten Messergriff fester und ging auf Denning zu.

«Ich weiß nicht, wer Sie wirklich sind, aber ich weiß, was Sie getan haben», krächzte er.

Denning war aufgestanden. «Ich habe sie nicht umgebracht», erklärte er. Auch seine Stimme klang nicht mehr alt. In den Augen über dem verwilderten Bart stand äußerste Entschlossenheit, aber auch Wachsamkeit. Er schätzte ab, wie groß die Bedrohung war, die von Skinner ausging, er kalkulierte die Entfernung, Skinners Kraft und seine Wut.

Skinner reagierte gar nicht. Er hatte dieses oder ein ähnliches Ablenkungsmanöver erwartet. Natürlich würde Denning versuchen, auf Zeit zu spielen. Er rückte vor.

Statt ihn zu erwarten, wo er stand, machte Denning plötzlich einen Ausfall und schwang sein Messer. Skinner wich seitlich aus, traf Denning mit der Linken an der Schulter und drückte nach, so daß er das Gleichgewicht verlor. Denning fiel aufs Knie, drehte sich aber noch so rasch um, daß er Skinners Messerhieb ausweichen konnte. Er packte Skinner am Handgelenk, zog sich hoch und schwang sein Messer. Die Klinge traf die Kante des breiten Gürtels, rutschte ab und schnitt einen langen Schlitz in Skinners dicke Wolljacke.

Skinner spürte Kälte an der bloßen Haut und ein frostiges Gefühl an der Stelle, wo die Messerspitze die Haut geritzt hatte. Noch immer hatte Denning Skinners Handgelenk mit eisernem Griff umfaßt, so daß sein Gegner das Messer nicht benutzen konnte.

Jetzt holte er mit einem Fuß aus, während er gleichzeitig mit dem linken Unterarm auf Dennings Hand eindrosch, die das Messer hielt. Der Tritt traf Denning am Oberschenkel. Zu tief. Aber dann bekam er plötzlich Dennings Handgelenk zu fassen. Auf Armeslänge standen sie einander im Schnee gegenüber, jeder bemüht, dem anderen das Messer aus der Hand zu winden, verkrampft, die Muskeln angespannt, bis ihre Arme zu zittern begannen.

Dann ließ sich Skinner auf den Rücken fallen, stieß Denning beide Füße in den Leib und warf sich den Mann über den Kopf. Skinner rollte sich rasch nach vorn, zog die Knie an, stützte die linke Hand in den Schnee. Noch ehe auch Denning sich hatte aufrichten können, war Skinner bei ihm und setzte ihm einen Fuß auf den Arm. Doch der Arm brach nicht, sondern sank einfach tiefer in den weichen Schnee ein.

Skinner trat Denning ins Gesicht. Die Stiefelspitze war so weich, daß sie wenig Schaden anrichtete, aber der Stoß warf doch Dennings Kopf nach hinten, und Skinner verlor durch den Schwung das

Gleichgewicht und fiel hin. Die Rippen, die er sich bei dem Sturz nach der Explosion gebrochen hatte, taten wieder weh. Bei jedem Atemzug fuhr die kalte Luft schmerzhaft durch seine wunde Kehle. Auch Denning war atemlos vor Anstrengung, aber er war dabei, sich schwankend zu erheben.

Skinner holte tief Luft. Keuchend sah Denning ihn an.

Etwas in Skinners Miene schien ihm zu sagen, daß das Ende gekommen war. Seine Schultern sanken nach vorn. «Na schön, ich gebe auf.»

«Aber ich nicht.» Skinner hob das Messer.

Denning trat einen Schritt zurück und starrte ihn ungläubig an. Skinner rückte weiter vor.

«Ich habe doch gesagt, daß ich aufgebe. Sie können nicht –» Er wich jetzt immer schneller zurück, in seinem Gesicht stand die blanke Angst. «Nein, Skinnie, hören Sie doch ...» Er stolperte auf dem aufgewühlten Boden, schwankte, rappelte sich wieder auf, ging noch immer rückwärts. «Hören Sie mal –» Er sah zurück. Der Nebel war dünner geworden, er glaubte einen Augenblick Gestalten zu erkennen, die auf sie zukamen. Aber dann waren sie wieder verschwunden. «Ich weiß, es ist hoffnungslos, ich –» Entschlossen ließ er das Messer los und warf es mit einer Geste der Kapitulation in den Schnee.

«Das war eine Dummheit», bemerkte Skinner im Gesprächston.

«Aber um Gottes willen, Skinnie ...» Dennings Stimme war schrill vor Furcht.

«Den lieben Gott lassen wir beide lieber aus dem Spiel.» Skinner zielte auf Dennings Kehle, aber Denning hob die Arme und wandte sich zur Seite, so daß Skinners Messer an seinem Gesicht vorbeizischte. Sie stürzten zusammen zu Boden. Mit einem Wutschrei kniete sich Skinner mit seinem ganzen Gewicht auf Dennings Leib. Langsam, unerbittlich preßte er ihm die Luft aus den Lungen. Dann legte er ihm die Hände um den Hals und begann lächelnd zuzudrücken.

Dennings Körper zuckte, er versuchte sich zu befreien, seine Hände schlugen hilflos gegen Skinners zerschnittene Jacke.

«Sie hätten sie nicht da draußen liegenlassen dürfen», krächzte Skinner. «Sie hatte Ihnen nichts getan, gar nichts.»

«Hab nicht ... hab geschlafen ... hatte ... meine Pillen genommen ... Sie haben es gesehen ... Pillen ...» gurgelte Denning, während ihm die Augen aus den Höhlen traten.

Skinner sah nach unten. Denning hatte die Augen verdreht, sein Gesicht war dunkelrot angelaufen.

Und dann war es plötzlich nicht mehr Skinners Entscheidung. Ein Seil legte sich über seine Schultern und wurde angezogen, er mußte Dennings Hals loslassen und fiel in den Schnee zurück. Er sah viele Beine um sich herum, jemand kniete neben ihm, sauber gelegte Lassoschlingen locker in einer Hand. Aslak. Er sah auf den atemlos am Boden liegenden Skinner herunter. Ganz allmählich wurden die Augen hinter der schiefgerutschten Brille wieder klar, ganz allmählich kehrte die Wirklichkeit wieder zurück.

«Nein, Skinna», sagte Aslak kopfschüttelnd und streifte das Lasso von Skinners Armen und Brust. «Nein . . .»

Skinner schloß die Augen. Als er sie wieder aufmachte, lehnte sich sein Bruder zu ihm herunter. In seinen Augen stand ein ganz seltsamer, besorgter Blick. «David . . .»

«Habe ich ihn umgebracht?» fragte Skinner, kraftlos im kalten Schnee liegend.

«Fast. Aber er wird wieder», sagte sein Bruder.

Skinner sah in den dünner werdenden Nebel hinauf. «Gott sei Dank. Ich glaube, er hat es doch nicht getan.»

Die Hubschrauber waren angekommen, um die Kranken und Verletzten ins Krankenhaus nach Inari zu bringen. Ainslie stand zwischen den Skinner-Brüdern und sah zu, wie die Polizei die Trage mit Laura verlud. Sie hatte, als Skinner und Larry Dennings Verfolgung aufgenommen hatten, das Bewußtsein verloren. Larry ging neben der Trage her, half den Polizisten, die günstigste Position dafür zu finden, dann kletterte er hinterher und setzte sich in Besitzerpose daneben.

David Skinner saß auf einem der fertig beladenen Lappenschlitten. Er hatte den Kopf gesenkt und rührte sich nicht. Die kurze Nachmittagssonne war verschwunden, Wolkenfelder näherten sich von Norden. Er sah zu Lauras Vater hinüber und hob die Hand.

«Jetzt ist ja alles in Ordnung», sagte er munter. «Sie wird sich bald erholen.»

«Larry wird schon auf sie aufpassen», meinte Ainslie zurückhaltend. «Er ist ein guter Junge. Sie sind verlobt, wissen Sie . . .»

«Ja», bestätigte Skinner leise. «Ja, ich weiß.»

‹Goade› kam zu ihnen hinübergehinkt. Inzwischen wußten sie, daß er in Wirklichkeit Mike Halloran hieß und einer von Captain Skinners Agenten war. «Endlich», sagte er zu dem Captain, der ihm zunickte und sich dann an Ainslie wandte.

«Tut mir leid, daß ich ein bißchen schwindeln mußte, General, aber da wir die Liste nicht hatten, wußten wir auch nicht, wer von Ihrer Botschaft die Finger in dem schmutzigen Geschäft hatte und wer nicht. Daß Webb versuchen würde, den Kurier abzufangen, damit hatten wir gerechnet, aber den Trick, auf den er verfallen ist, hatten wir nicht erwartet. Cross hatte uns angedeutet, daß wir mit dem Beweismaterial aus seinen Listen alle übrigen würden festnageln können, nur nicht Webb selbst. Möglich, daß einer der Beteiligten unter Druck ausgepackt und ihn verraten hätte, aber inzwischen wäre er über alle Berge gewesen. Es waren meine Leute, die den richtigen Goade in Adabad festgehalten haben. Auf ihn sind wir verfallen, weil Mike ihm zumindest soweit ähnlich sah, daß er seinen Paß benutzen konnte. Als Cross so plötzlich starb, hatten wir keine Zeit mehr, irgend etwas umzupolen. Wir konnten nur noch hoffen, daß sich Webb irgendwie verraten würde. Dann hätten wir ihn stellen können. Zunächst haben wir ihn jetzt durch die Mordanklage auf Nummer Sicher. Mit der Untersuchung müssen wir dann eben noch einmal ganz von vorn anfangen.»

David Skinner hatte die Brille abgenommen und begann, langsam und bedächtig das schmutzige Klebeband aufzuwickeln. «Mrs. Morgan hat er demnach umgebracht, weil sie sämtliche Informationen in ihrem Gedächtnis gespeichert hatte?»

«Gedächtnis?» fragte Captain Skinner verblüfft zurück. «Ich verstehe dich nicht . . .»

‹Goade› lächelte traurig. «Es war nicht Anne Morgan, die für uns tätig war, Skinnie. Der Kurier war Tom.»

Skinner sah auf und hielt einen Augenblick in seiner Tätigkeit inne. «Ach so.» Dann wickelte er weiter. «Und er wußte, wer Webb war?»

«Nein. Und ich wußte es auch nicht. Wir haben dann gefolgert, daß Sie es waren.»

Skinner starrte ihn an. «Wie bitte?»

Der Agent grinste. «Niemand wußte, wie Webb jetzt aussah. Sie sind beide etwa gleich groß, und daß er sich mit Handschellen an jemanden fesseln würde, wie er es mit Hallick gemacht hat, hätten wir uns natürlich nicht träumen lassen. Es war ein verdammt geschickter Schachzug. Bei seinen Beziehungen muß es ihm auch ein Leichtes gewesen sein, die Sache einzufädeln. Sein Kontaktmann in der Botschaft schnappte sich einfach Dennings Paß und sagte dem Alten, er sollte eine Weile untertauchen, während er bei der Polizei von Adabad alles Nötige veranlaßte. Der richtige Denning sitzt in einem Luxushotel in Adabad am Swimmingpool und läßt es sich auf anderer Leute Kosten wohl sein. Er hatte es gar nicht so eilig, wieder in Richtung Heimat zu reisen. Eines erschien uns ziemlich sicher: Webb würde allein arbeiten. Sie, Skinnie, *waren* allein. Wir glaubten, Webb habe den richtigen David Skinner umgebracht und seinen Platz eingenommen. Edward kannte ich, aber Sie hatte ich nie gesehen. Ich wußte auch gar nicht, daß Sie mit dieser Maschine fliegen würden. Die Vorstellung, Edward beibringen zu müssen, daß sein Bruder tot war, schmeckte mir ganz und gar nicht. Indem ich nun den Widerling spielte, lenkte ich die Aufmerksamkeit auf mich und weg von Tom, denn das war wichtig. Ich hatte es natürlich darauf angelegt, Sie herauszufordern und hoffte darauf, daß Sie sich durch irgendein Wort, irgendeine Handlung verraten würden. Ich war felsenfest davon überzeugt, daß Sie Webb sein mußten.»

Skinner sah ihn nur sprachlos an, und ‹Goade› mühte sich weiter mit seiner Erklärung ab. «Sie interessierten sich einfach für alles, Skinnie, Sie schnüffelten überall herum, das mußte einen ja stutzig machen. Als Anne ermordet wurde, war ich meiner Sache nicht mehr so sicher, aber dafür glaubte jetzt Morgan, Sie hätten seine Frau umgebracht. Er tat, als ob er Hallick für den Täter hielt, aber in Wirklichkeit wartete er nur auf eine Gelegenheit, es Ihnen heimzuzahlen. Als Laura niedergeschlagen und im Schnee ausgesetzt worden war, habe ich natürlich kapiert, daß nicht Sie das auf dem Gewissen hatten, aber Tom wollte einfach nicht begreifen, daß Sie sich an Laura ganz gewiß nicht vergriffen hätten. Er sah darin schlicht und einfach ein Ablenkungsmanöver. Immer wieder gab er sich die Schuld an Annes Tod, weil er es gewesen war, der ihr phänomenales Gedächtnis erwähnt hatte. So ganz allmählich ist er wohl richtig ausgeflippt, er brauchte bloß noch einen Vorwand, um Sie umzubringen. Irgendeinen Vorwand. Als er dann seine Chance sah, ist die Sache prompt schiefgegangen.»

Skinner nickte und beschäftigte sich weiter mit seinem Klebeband. «Ich habe den Eindruck, daß eine ganze Menge schiefgegangen ist», bemerkte er milde. Aber dann wurde seine Stimme schärfer. «Nicht nur schief, nein, voll in die Binsen ist er gegangen, euer schöner Plan, nicht wahr? Du hättest lieber eine Brieftaube losschicken sollen, Edward, vielleicht wäre Timmy dann jetzt keine Vollwaise.»

«David –» begann Captain Skinner entschuldigend, aber was er noch hatte sagen wollen, blieb ihm im Halse stecken. Er starrte auf etwas, was ihm sein Bruder auf der flachen Hand hinstreckte.

«Das dürfte der Gegenstand sein, der euch so viel Kopfzerbrechen gemacht hat, nicht?» sagte Skinner bitter. Auf seiner Handfläche lag der Mikrofilmstreifen, den er um den Bügel seiner Brille gewickelt und unter dem Klebeband verborgen hatte. Man sah an einigen Stellen noch etwas von dem weißen Klebstoff. «Du hast mich nicht um meine Ansicht gebeten, Edward, aber meiner Meinung nach betreibst du ein schmutziges Geschäft. Du solltest aussteigen, dich irgendwo als Steuerberater niederlassen, dich um deine Frau und die Kinder kümmern und in Zukunft die Finger von solchen albernen Spielchen lassen.»

Captain Skinner nahm ihm den Mikrofilm ab und nickte. «Wahrscheinlich hast du recht, David, du hast ja meistens recht. Dieses Spiel jedenfalls ist zu Ende, und das verdanken wir dir.»

Skinner schob die Brillenstücke in die Tasche und sah dem Hubschrauber nach, der nur noch ein immer kleiner werdender dunkler Fleck am Himmel war.

«Ja», sagte er. «Es ist zu Ende. Unwiderruflich.»

25

«Leider kannst du es nicht beweisen, Kleines», sagte Ainslie und sah hinaus auf das Schneetreiben vor dem Fenster. «Allerdings behauptet Denning, Webb oder wie immer er heißen mag, noch immer steif und fest, daß nicht er Anne Morgan umgebracht hat und daß er auch nicht versucht hat, dich zu töten.»

Laura versuchte, tief Luft zu holen, aber das ging noch nicht so, wie sie wollte, und sie mußte sich mit einem vorsichtig-flachen Atemzug begnügen. «Natürlich hat er es nicht getan, er hatte ja kein Motiv. Sie dagegen –»

«Vielleicht –»

«Sherri hat Anne Morgan umgebracht, Daddy, und dann hat sie versucht, auch mich zu töten. An jenem Nachmittag hatte ich ihre Briefe gefunden und sie ihr zurückgegeben. Sie war davon überzeugt, daß ich sie gelesen hätte, aber das stimmte nicht, jedenfalls wußte ich nicht, wer der Absender war. Jetzt bin ich davon überzeugt, daß die Briefe nur von Tom Morgan gewesen sein können. Sherri dachte, ich hätte das damals schon gewußt und daraus gefolgert, sie habe Anne Morgan umgebracht. Ich habe mir den Kopf zerbrochen, was ich wohl gesehen, gehört oder gespürt habe, als sie im Heizungsraum hinter mich trat, weil ich doch so sicher war, daß es nicht der Sergeant gewesen sein konnte. Jetzt ist es mir wieder eingefallen. Ich hatte ihr Parfum gerochen. Gerüche bleiben einem ja nur in den seltensten Fällen bewußt im Gedächtnis, nicht wahr? Und dann fing sie an zu lachen, als der Captain Denning verhaftete . . .»

«Aber warum hätte sie denn Anne Morgan umbringen sollen?»

«Das habe ich dir doch schon erklärt, Daddy. Sie hatte offensichtlich ein Verhältnis mit Tom. In Adabad gibt es sicher Leute, die das bestätigen können. Er war ihr hörig, er begehrte sie, aber er liebte nicht sie, sondern seine Frau. Vielleicht hat Anne von der Beziehung erfahren, das kann ich nur vermuten. Höchstwahrscheinlich aber sind die beiden aus Adabad weggegangen, um einen neuen Anfang miteinander zu machen. Tom Morgan fühlte sich von Sherri nur körperlich angezogen, aber sie hat ihn geliebt, ist ihm kurz entschlossen gefolgt und wollte ihn möglicherweise mit Hilfe seiner Briefe dazu bewegen, wieder zu ihr zurückzukommen. Sie war verzweifelt.» Laura sah auf die Bettdecke herab und schluckte. «Wenn man jemanden liebt, der einen nicht wiederliebt, das ist schlimm. Es tut weh, fast unerträglich weh. Nachdem Hallick als idealer Verdächtiger zur Verfügung stand, hat sie sich wohl entschlossen, Anne zu beseitigen. Wahrscheinlich hat sie sich gesagt, daß sie Tom dann ja nicht mehr zu erpressen brauchte, weil er ganz von selbst zu ihr zurückkommen und ihr nun auch seine Liebe schenken würde. Daß Sherri Anne getötet haben könnte, darauf ist er nie gekommen, er war viel zu sehr mit dieser anderen

Geschichte beschäftigt, von der du mir erzählt hast. Er hat mit ihr geschlafen, weil sie nun einmal da war, vielleicht auch, weil sie ihn von Anfang an und ganz bewußt mit Hallick verrückt gemacht hat. Wahrscheinlich hat er sich gesagt, daß sein Privatleben mit der Agentengeschichte nichts zu schaffen hatte.»

Ainslie wandte sich stirnrunzelnd um und sah seine Tochter an. Heute früh hatten sie das Sauerstoffzelt weggenommen. Sie sieht schon besser aus, dachte er – und wußte, daß er sich belog. In ihren Augen stand noch immer eine Müdigkeit, die nicht weichen wollte.

«Du scheinst neuerdings einen scharfen Blick für die Seelenzustände deiner Mitmenschen zu haben, Kleines», sagte er freundlich. «Aber ein Beweis ist auch das noch nicht.»

Sie seufzte und spielte mit der Bettdecke. «Ich weiß. Aber die Briefe waren da, soviel steht fest.»

«Ja», räumte er ein. «Ich habe Skinnie gefragt. Er kann sich erinnern, daß du mal Briefe mit heruntergebracht hast.»

«Und hast du ihm auch erzählt, was ich von Sherri denke?»

Ainslie zog sich einen Stuhl heran und setzte sich. «Ja, das habe ich ihm auch erzählt. Es sieht ganz so aus, als ob er deiner Meinung ist.»

«Ja, aber dann –»

«Du hast keine Beweise, Kleines. Und auch dann könnte sie in ihrem jetzigen Zustand nicht vor Gericht gestellt werden. Vielleicht nie mehr.» Er erinnerte sich daran, wie er Sherri zum letztenmal gesehen hatte, ehe sie Laura nach Oslo verlegt hatten, damit er die ACRE-Gespräche weiterführen konnte. Sherri Lasky hatte dagesessen und stumpf und stumm vor sich hin gestarrt, gefangen in einer Geiselhaft, aus der es keine Rettung gab.

«Als Tom zurückging, um Annes Leiche zu bergen, hat sie gewußt, daß alles umsonst war, daß er an der toten Frau mehr hing als an der lebenden Geliebten. Und da hat sie sich einfach fallenlassen», sagte Laura leise.

«Ja, so wird es wohl gewesen sein, Kleines. Es sei ganz logisch, meinte dein Skinnie.»

«Er ist nicht ‹mein› Skinnie, Vater, und sein Vorname ist David.»

Ainslie lachte ein wenig. «Er ist schon ein bemerkenswerter Mann, dein – dieser David Skinner. Du hättest ihn auf der Pressekonferenz erleben sollen, als alles schrie und tobte und nach Sensationen gierte. Da saß er ganz gelassen vor ihnen, antwortete in seiner gemessenen Art und ließ sich nicht aus der Fassung bringen. Als ginge ihn das Ganze überhaupt nichts an.»

«Wie geht's ihm denn so?» fragte sie ein bißchen zu beiläufig.

«Ganz gut soweit. Ein bißchen bedrückt scheint er zu sein, aber das ist ja kein Wunder bei dem, was er hinter sich hat. Nach allem, was ich so gehört habe, ist es ihm zu verdanken, daß ihr überhaupt noch am Leben seid. Stimmt das?»

«Ja, das stimmt.» Sie stellte sich David auf der Pressekonferenz vor, sah ihn, wie er durch die Räume des Hauses am Polarkreis ging, wie er neben ihr im Zelt schlief, leise in der Dunkelheit mit ihr sprach, wie er lachte, Timmy Geschichten erzählte, Chopin spielte, wie er sie in der Kälte und Finsternis an sich gedrückt hatte, nachdem sie von ‹Goade› zurückgebracht worden war ... «Doch, das kann man durchaus so sagen.»

«Hat dir Larry erzählt, daß er sich erboten hatte, den Jungen zu adoptieren?«

Sie sah ihren Vater erstaunt an. «Nein.»

«Nicht? Sonderbar. Wahrscheinlich hat er's vergessen. Aber die Sache hat sich zerschlagen. Morgans Bruder nimmt Timmy zu sich, er und seine Frau sind gestern angekommen. Nette Leute, sie werden dir gefallen. Sie wollen dich besuchen, und Timmy auch.»

«Und David?» Die Bettdecke war an den Rändern gefaltet wie eine Ziehharmonika.

«Wie? Ach so, nein ... Allerdings sehe ich, daß seine Blumen angekommen sind.» Er sah zu dem großen Strauß weißer Rosen hinüber, die Skinner am Morgen im Hotel bestellt hatte. «Nein, Larry hat für alle noch Plätze auf der Mittagsmaschine bekommen. Skinner kommt wohl ohnehin zu spät zum Semesterbeginn, und außerdem läuft da irgendein Experiment, das ihm am Herzen liegt. Ich habe den Eindruck, daß er jetzt die ganze Sache so schnell wie möglich vergessen will. Das würde dir vermutlich ebenso gehen, hat er gemeint.» Er verstummte und betrachtete Lauras Profil. Sie hatte sich abgewandt und sah aus dem Fenster. «Du hast doch versucht, es zu vergessen, nicht wahr, Liebling?»

Nein, dachte Laura. «Ja», sagte sie.

«Gut. Sobald du wieder auf den Beinen bist, geht es ja dann los mit den Hochzeitsvorbereitungen, das wird dir Spaß machen.» Er stand ziemlich unvermittelt auf. «Tja, Larry wird gleich hier sein. Ich muß heute nachmittag mal kurz nach Helsinki fliegen.»

«Warum?» Sie sah ihn an, und er lächelte.

«Weil jetzt die Auslieferung Joey Hallicks in Finnland beantragt werden muß. Er möchte, daß ich mich für ihn verwende. Ein Gutes hat die ganze Sache doch gehabt, es sieht so aus, als ob sein Fall noch einmal aufgerollt wird. Die Welt liebt Helden, vielleicht findet sich sogar noch neues Entlastungsmaterial.» Er sah sie noch einen Augenblick an, dann räusperte er sich. «Heute abend bin ich aber wieder zurück. Übrigens –» Er griff in seinen Mantel, der über dem Stuhl gelegen hatte. «Skinnie hat mir das hier gegeben und mich gebeten, es dir zu bringen. Er hat also bessere Manieren, als du ihm zugetraut hast, nicht?» Er lächelte und reichte ihr den langen, dikken Hotelumschlag. «Er gefällt mir. Ein komischer Vogel vielleicht, aber sehr sympathisch.»

«Kein komischer Vogel, Daddy. Man kann nur nicht in ihm lesen wie in einem aufgeschlagenen Buch. Er gehört zu den Menschen, die man erst allmählich entdeckt.»

«Sehr weise gesagt», lachte er, winkte ihr von der Tür her noch einmal zu und war verschwunden.

Liebe Laura, las sie, bei einem unserer nächtlichen Gespräche haben Sie gesagt, Sie seien eine ‹Packpapier-Persönlichkeit›, mit anderen Worten ein unscheinbares Wesen. In jener Nacht habe ich Ihnen widersprochen, und ich habe recht behalten. In allem, was geschehen ist, hat sich erwiesen, daß Sie ein bemerkenswerter Mensch sind, voller Stärke, Mitleid, Humor und Wärme. Aber Sie geben den anderen so viel, daß Sie nicht genug für sich selbst behalten. Bitte seien Sie ein bißchen selbstsüchtig, sonst merken Sie eines Tages, daß Sie gerade dann, wenn Sie es sich am meisten wünschen, nicht die Kraft haben, zuzupacken und festzuhalten. Glauben Sie mir, ich weiß, wie quälend eine solche Erfahrung sein kann. Suchen Sie Ihren eigenen Weg, lassen Sie sich nicht von anderen sagen, wer Sie sind. Vergessen Sie das Packpapier, Laura, es ist nicht da. Sie sind eine Frau, auf die ein Mann stolz sein kann, und das weiß sicher auch Larry ganz genau. Ich wünsche Ihnen alles Glück. Mit herzlichen Grüßen

David B. Skinner

Es war ein schöner, korrekter Brief, den Professor Skinner da –
vermutlich auf einer Hotelschreibmaschine – getippt hatte. Aber
ganz unten, hastig hingekritzelt, als habe der Verfasser Angst gehabt, wieder anderen Sinnes zu werden, kam ein Satz, der ganz
offensichtlich von einem anderen Mann stammte. Der Stift hatte
sich tief ins Papier gegraben, die Worte liefen ineinander, als müßten sie sich stützen, nackt und bloß, wie sie da auf dem weißen
Papier standen:

*Bitte nehmen Sie dies von mir an. Ich könnte nicht haben, daß eine
andere Frau es trägt.*

Langsam wickelte sie das kleine Schmuckstück aus dem Seiden-
papier. Sie hatte es für ihn aus dem Feuer gerettet, und jetzt hatte er
es ihr zurückgeschickt. Sie sah es noch immer an, als ein strahlender
Larry hereinstürzte und ihr einen Kuß gab.

«Stell dir vor, meine Beförderung ist da. Endlich haben diese
Holzköpfe im Pentagon auf deinen Vater gehört. Nach der Hoch-
zeit geht's nach Washington, was sagst du dazu? Es geht los, Liebling, wir sind im Kommen.»

Sie sah in sein hübsches Gesicht, betrachtete die neuen Streifen
auf seiner Uniform. Ja, er war im Kommen, das war nicht zu übersehen.

Er geriet ins Schwärmen, redete von Parties und Leuten und
Chancen, und erst als er merkte, daß sie auf einen kleinen Gegenstand in ihrer Hand starrte, statt in die erwarteten Freudenschreie
auszubrechen, bremste er sich. «Was ist denn das?»

«Ein Hochzeitsgeschenk von Professor Skinner.»

«Komisches Hochzeitsgeschenk, wenn du mich fragst.» Er sah
sie an, zuckte die Schultern. «Ich meine . . . ganz nett, aber ein bißchen altmodisch, findest du nicht? Jedenfalls ist das nicht dein Stil,
mein Schatz. Wenn wir nach Washington gehen, suche ich dir die
tollsten Sachen aus. Wir werden mit wichtigen Leuten zusammen-
kommen, staunen sollen die über meine Frau. Sie sind alle schon
sehr gespannt auf dich.»

Sie schloß die Hand über der Amethystbrosche und erkundigte
sich pflichtschuldigst nach seinem neuen Posten.

26

Das Taxi hielt in der kleinen Nebenstraße der kleinen Stadt.

Laura beugte sich vor, zahlte, stieg aus und sah dem Wagen nach, der in der Nacht verschwand. In keinem der Häuser brannte Licht, nichts regte sich – mit Ausnahme einer einsamen Katze, die sich auf einer niedrigen Backsteinmauer putzte und Laura neugierig anblinzelte.

Laura griff nach ihrem Koffer und öffnete die Gartenpforte. Er käme immer später nach Hause, hatte die Haushälterin gesagt. Aber so spät? Vielleicht hatte sie ihm nicht den versprochenen Zettel auf den Schreibtisch gelegt? Es hatte sich nicht angehört, als sei sie besonders aufgeweckt, und die Verbindung war schlecht gewesen.

Laura war müde. Sie hatte festgestellt, daß es ein schweres Stück Arbeit sein kann, sich seinen eigenen Weg zu suchen.

Sie ging die beiden Stufen hinauf, hob die Hand, um zu klopfen, und zögerte. Von der Seite her hörte sie leises Klavierspiel. Vorsichtig wurden die Töne angeschlagen, um die Nachbarn nicht zu stören. Nur sie und die Katze hörten die Musik. Sie stieg die Stufen wieder hinunter und ging über den Rasen, der weich und feucht war nach der für Januar ganz ungewöhnlichen Tauwetter-Periode. Sie kam zu einer halb geöffneten Terrassentür, ein Stück Vorhang wehte im Nachtwind. Die Katze folgte ihr durch den Garten und beobachtete sie aus großen gelben Augen. Laura setzte ihren Koffer ab.

Es war dunkel im Zimmer, aber der Mond schien, so daß sie sich zurechtfand. Er drehte ihr den Rücken, man sah seinen Hemdkragen über dem ausgefransten Rand einer uralten braunen Strickjacke. Ein Haarschnitt wäre durchaus angebracht gewesen.

Leise öffnete sie die Terrassentür, trat an den Flügel und wartete. Er wandte den Kopf, und seine Augen weiteten sich. Er war schmaler, als sie ihn in Erinnerung hatte und wirkte blaß. Vielleicht sah das aber auch nur so aus, weil er keinen Bart mehr hatte. Sie lächelte, sagte aber nichts. Er zögerte sekundenlang, dann spielte er weiter.

Sie ging an ihm vorbei, berührte leicht seine Schulter, fühlte die Bewegung seiner Muskeln unter ihren Fingerspitzen, sah sich um. Abgesehen von dem Flügel war das Zimmer kaum möbliert. Sie holte sich einen kleinen Hocker und setzte sich neben ihn.

Und weil sie inzwischen wußte, daß David Benjamin Skinner nie etwas Neues anfing, ehe er das, was er sich vorgenommen hatte, zu Ende geführt hatte, hörte sie sich geduldig den letzten Teil des Nocturne von Chopin an, das er auf ihre Bitte so oft auf dem Bösendorfer gespielt hatte. Sein Flügel war lange nicht so großartig, aber irgendwie hörte sich die Musik hier schöner an.

Er griff kein einziges Mal daneben, obgleich er den Blick nicht von ihr ließ. Und als die Musik verstummt war, als ihre Schatten sich in dem dunklen Zimmer trafen, miteinander flüsterten und ineinander verschmolzen, bekam sie ihre erste Lektion in Astronomie.

Wir bewegen uns auf einem einsamen kleinen Planeten durch den Weltraum. Um uns herum sind die großen Gestirne: Der Polarstern, Arcturus, Antares, Wega, Rigel, Deneb, Atair ... Sie mögen uns eiskalt erscheinen, aber ihr Licht erreicht uns durch die endlose Nacht nur deshalb, weil sie so hell, so strahlend, so leidenschaftlich brennen.

Perseus: Nördliche Hemisphäre, Rektaszension 3 h 20 min, Deklination + 45°, Algol β (Pers.) 2 mag, Mirfak 1,9 mag und andere.

> Von schicksalhaftem Tun kehrt Perseus,
> der hochberühmte, geflügelt zurück.
> Ihn zu begrüßen rennen alle zuhauf.
> Vom breiten Rücken des Rosses gleitend
> nimmt er ihm die schweißnassen Zügel,
> treibt es mit einem Klaps in den Stall.
> Das sternenäugige Weib heißt er
> sich weiß zu gewanden,
> wendet sich dann zu seiner Tafel.
> Der Helm fällt in ein Eck, der Schild auf den Boden,
> nach Wein und Fleisch ruft er mit mächtiger Stimme,
> versinkt in den Sessel mit Lachen:
> «Genug jetzt der Schlangen und Drachen,
> sagt lieber, was euch widerfahren,
> seit ich euch verlassen.»

Aus: *Sternbilder* von Laura Ainslie Skinner.

«In der Auflehnung gegen allzu glatte Konstruktionen liegt das Interesse begründet, das man diesem deutschen Krimiautor entgegenbringt, weil er die vertrauten Formen — mitunter auch bis zum Bersten voll — mit einer neuen Wirklichkeit füllt.»

Hessischer Rundfunk

 **-ky**

Kein Reihenhaus für Robin Hood

Ein Kriminalroman. 192 Seiten. Geb.

In der Reihe rororo-thriller sind erschienen:

Einer von uns beiden [2244]

Von Beileidsbesuchen bitten wir abzusehen [2250]

Stör die feinen Leute nicht [2292]

Ein Toter führt Regie [2312]

Es reicht doch, wenn nur einer stirbt [2344]

Mitunter mörderisch [2383]

Einer will's gewesen sein [2441]

Von Mördern und anderen Menschen [2466]

Mit einem Bein im Knast [2565] Juli 81

Sjöwall/ Wahlöö

erschienen in der Reihe rororo thriller